阿里阿多・謝謝

アリガト謝謝

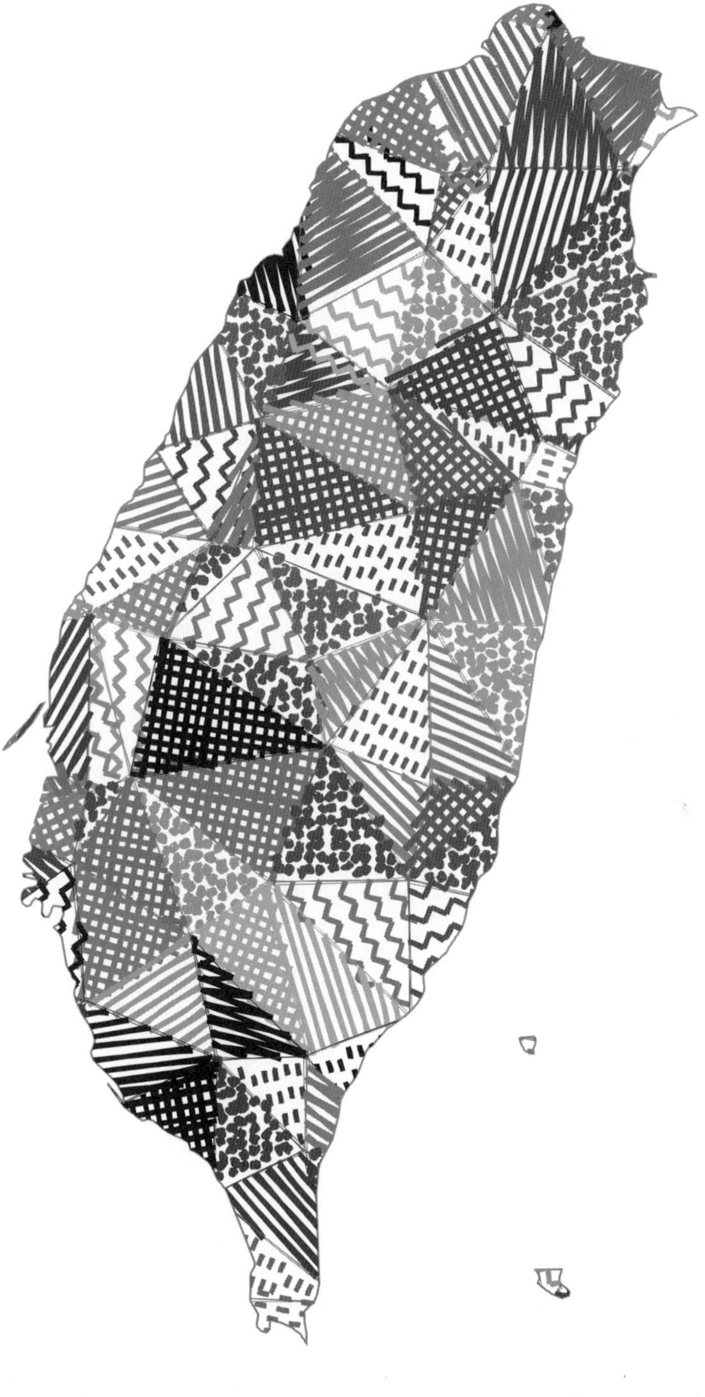

木下諄一
KINOSHITA JUNICHI
──著

高詹燦──譯

目次

感動推薦 007

第一章
三月十一日 011
隔週 042

第二章
山中學校 077
日本精神 106
集氣 130
藍天白雲 155
報恩 192

第三章
謝謝臺灣計畫 217

終章 333

後記 343

感動推薦

木下先生是我在觀光協會擔任會長期間，《台灣觀光月刊》的總編輯。

我在觀光協會及擔任台北國際旅展主任委員前後十幾年中，台日雙邊觀光活動都非常頻繁，雙方互訪及每年陸陸續續與日本各地不同區域的交流活動，可說是無時無刻都在發生，《台灣觀光月刊》日文版成為報導台日雙方觀光活動最重要的一本刊物，木下先生以他精湛的日文，及對台灣深厚的了解，成為我們不可或缺的夥伴，協助協會直接、間接地參與了許多雙邊活動的報導。

欣聞木下先生利用小說的筆調，重新帶讀者回到了日本三一一海嘯發生的第一時間，台灣民間自發性想伸出援手的熱切反應，在在顯示兩地民間深厚的友誼。尤其可貴的是這本書先在日本發行廣受關注，然後再回到台灣，讓台灣的讀者能夠重新回顧那一段真情流露、唇齒相依的跨國界友誼。

目前國與國之間政治衝突不斷，相信發自內心的關懷，才是未來世界人類邁向文明最重要的解方。

—嚴長壽

二〇一一年三月十一日。

這是很多日本人的心中永遠忘不了的日期。

身為曾經被木下諄一先生的《アリガト謝謝》日文版感動過的我，一直期待著這本小說的中文

版。現在能夠有機會讓更多人閱讀這本臺日之間真正發生過的溫暖故事，真替木下先生感到開心。

謝謝臺灣的很多朋友當年願意伸出溫暖的手幫助日本。我們會把那時候受到的感動一直留在心中並傳遞給下一代的人，因為「我們是真正的朋友」。

—田中千繪（演員）

三一一東日本大地震。以未曾發生過的國家災難為契機，讓許多日本人了解到台灣的善良。患難見真情。當時深陷悲痛中的日本人，是如何看待來自台灣的支持呢？這是為了台灣與日本之間的未來，希望大家一定要閱讀的故事。

—吉田皓一（《日本人の旅遊指南》版主）

第一章

三月十一日

早上八點一過，臺北市內開始塞車。載滿乘客的公車，像要壓制其他車輛的氣勢，一路飛馳，計程車狡猾地從它旁邊避開。而成群的摩托車猶如蒼蠅一下往左，一下往右，毫無規則可言，在它們之間穿梭。

燈號轉為紅燈，摩托車在停下的車輛前排列，一列有七、八臺，一次可以排成五、六列，於是形成四十臺左右的車陣。

排在最前列的騎士們，目光皆緊盯著顯示剩餘時間的燈號數字。而數字變成零的那一瞬間，他們就像在賽車般，爭先恐後以飛快的速度往前竄出。

三月十一日，星期五。

一大早就讓人覺得今天會是個炎熱的日子。

南北貫穿臺北市的復興南、北路。從它與南京東路交錯的十字路口轉進巷弄，眼前是高聳入雲的十四樓層大樓。

大樓前方有一處開闊的水泥地空間，身穿制服的警衛站在入口旁，像在監視般，以犀利的眼神注視往來的行人。從那裡再繼續往左手邊走，有一塊宛如石碑般的大招牌，以工整的楷書刻著「文化經濟代表處　臺北事務所」。

文化經濟代表處，在臺灣一般都是以「代表處」的名稱加以稱呼。這個單位，對外公開聲稱是民間組成的團體，但實際是外務省與經濟產業省共同管轄的政府機關，辦理的業務除了充當經濟、文化的交流窗口外，還有代表日本與臺灣的公家機關進行聯絡與調查，以及出國、僑居相關的領事業務。說得更明白一點，是在沒有邦交關係的臺灣所設置的日本大使館。

上午八點半，地點在代表處文化室。派遣員山崎真奈打開辦公室的門鎖。

這裡是從九點開始上班，但真奈每天早上都在這個時間到辦公室。持有辦公室鑰匙的，只能是日本職員，所以必須有位日本職員最先到辦公室開門。

空無一人的辦公室，仍處在半睡眠狀態。

累積了一整晚的溼氣，緊黏著肌膚。

真奈坐在自己的辦公座位，打開裝著無糖豆漿和蛋餅的早餐。這是在附近的路邊攤買來的。老闆是一位年約四十的女性，她將商品交到客人手上時，一定會笑容滿面地說「祝您有美好的一天」。起初並沒特別在意，但聽了幾次後，真奈覺得自己似乎在一天的開始便得到滿滿的能量，現在她平均一週有兩、三天會在這家路邊攤買臺式早餐來吃。

以吸管插進豆漿的外帶杯，從塑膠袋裡取出蛋餅後，麵粉煎過的氣味微微刺激著鼻孔。真奈吃得滿嘴都是蛋餅，從座位後方的窗戶往外望。

從四樓的辦公室可以望見正下方的一座小公園。

有生長茂盛的榕樹與供人休息用的涼亭屋頂。坐在長椅上聊天的老人們。快步趕著上班的粉領族。一路往前跑的褐色小狗。

因為不是面對大馬路，所以感覺不到交通壅塞的喧鬧。日照也還沒那麼強烈。

一如平時的早晨風景。

代表處臺北事務所，約有三十名來自日本的派遣職員。此外還有在當地僱用的臺灣職員約五十人。以駐外單位的規模來看，這樣的人數已具有中等規模的水準。當中，文化室有十六人。他們背後對著幾扇大面窗的牆壁，前方則是一字排開的日本職員辦公桌。面向辦公桌，由左至右依序是室長小笠原修二、主任柳田仁、專門調查員廣田梢，以及派遣員山崎真奈。稍遠處則是高見澤健吾與藤田廣子這兩位日語教師的座位。而從日本職員的座位可以看清楚辦公室中間，有個由好幾張桌子拼在一起的區域，這是當地僱用的臺灣職員所屬的辦公區，除了正式職員外，連同打工人員和圖書館管理員一併算在內，共有十人。

隨著早上九點的時間將至，同事們陸續抵達。「早安」的問候聲此起彼落，整個辦公室順利開始一天的業務。

有人盯著桌上型電腦看電子郵件，有人打電話，有人到別桌去談事情。這是真奈到臺北就任後的這半年來，每天看慣的光景。

真奈負責電子郵件的收信和回覆，以及網頁更新。這些都得趕在中午前處理完畢。

這天，她收到一封和啟發品的出借有關的詢問信。

所謂的啟發品，正確名稱是「文化啟發品」，指的是像雛人偶[1]、鯉魚旗、風箏、毽球板、沙包等玩具，以及於搗麻糬的臼、太鼓、招財貓等和日本獨特文化有關的物品。這類的啟發品，代表處保管了百種以上，以學校和非營利團體為對象，無償出借。

雖然現在已經習慣，不過真奈一開始聽到啟發品這個名稱時，總覺得這個命名不太妥當。應該叫作「文化品」，頂多可稱之為「文化傳達品」。這樣的話還勉強能理解，但為什麼要用「啟發」這個字眼呢？此事一直令她不解。

她試著在辭典上查「啟發」一詞，上頭寫著「針對人們尚未發現的事物，教導使其了解，引導其獲得更高的認識和理解」。

若試著直接將啟發品套用在這個說明上，則「人們」指的是臺灣人，「尚未發現的事物」是日本文化，而「教導使其了解、引導」的，是我們日本人。

的確，代表處文化室的主要業務是傳達日本文化沒錯，但總覺得是採取一種居高臨下的視線。以前她曾和同事廣田聊到這件事。但當時廣田只是笑著回一句「經妳這麼一提，也是呢。這是為什麼呢」，接著便沒再多說。

廣田叫喚坐在隔壁的真奈。

「真奈，柳田主任找妳哦。」

真奈的右邊是廣田的座位，再過去則是柳田的座位。日本職員的辦公桌排成一列，所以柳田要找真奈時，得直接走到真奈的座位來，要不就是透過廣田傳話。

真奈馬上停下手中的工作，從椅子上站起身，朝柳田的座位走去。

柳田是文化室裡少有的外務省調派官員。有著一百八十多公分的高大體格，五官端正，穿藏青色西裝相當好看，十足的優秀外交官形象。真奈第一次見到柳田時，很驚訝地心想「沒想到真的存在這種人呢」。不過，這句話的意思並非指柳田看起來頗具男性魅力，而是柳田呈現的氣質，與真奈想像中的菁英官員一模一樣，令她覺得很好笑。

「主任，有什麼事嗎？」

「嗯，是關於這個。」

柳田只簡短說了這句，指向桌上的電腦螢幕。

上面顯示的是昨天上午真奈上傳到網頁的報導。

「這篇報導怎麼了嗎？」

---

1 雛祭是日本的女兒節，在這天，日本的父母會為女兒設置階梯狀的陳列臺，擺放穿著和服的娃娃，這種娃娃稱之為雛人偶。

「妳自己看一下。」

臺灣與北海道的觀光產業論壇

二〇一一年三月十日製作

三月九日在臺北國際會議中心舉辦「臺灣與北海道的觀光產業論壇」。本代表處由三森副代表參加，表達期待擁有不同觀光資源的兩個地區，今後能進一步深化交流。

會中也討論到，對兩國的遊客而言，具有魅力的觀光資源為何。

除此之外，臺灣旅行業公會名譽理事陳茂彬、北海道觀光協會會長牧野正也參加這次的論壇，牧野會長具體介紹幾種旅遊示範路線。

「啊！」

自己寫的報導還未看完，真奈不自主的叫出聲來。

「真的很抱歉。」

話才剛說完，她馬上飛奔回到自己的辦公桌。接著急忙打開網頁，找到出狀況的頁面，謹慎地將有狀況的部分重看一遍，加以修正。

短短五秒便修正完畢。

只是將「兩國」改成「日臺雙方」。

代表處對臺灣有一項認知。

這是根據當初日本與臺灣斷交，改與中華人民共和國建交時發表的日中共同聲明。在聲明中，中華人民共和國主張臺灣始終是其領土的一部分，不得當作「國」來對待。對此，日本政府的見解是充分「了解且尊重」這是中華人民共和國的主張。

「了解且尊重」，這種模糊不明，而且十足外交手法的解釋，表面上雙方共有同一價值，卻留下解釋上的微妙差異。

不過，話雖如此，站在外務省的立場，不想將日本與中華人民共和國的關係搞僵，對外公開秉持的立場始終都是支持中華人民共和國主張的這個想法。這麼一來，外務省旗下的中國課臺灣班所屬的代表處，也非得配合這種想法不可。

基於這種理由，代表處發表的評論或文章中，絕不能採用「兩國」這種標示，取而代之的，必須改用「日臺」或「雙方」這種含糊的說法。附帶一提，像「臺灣政府」這種說法，當然也是禁忌，這會改以「當局」來替代。「中華民國政府」改為「臺灣當局」。

真奈在赴任前，曾在外務省舉辦為期一週的研習中，針對這樣的稱呼紮紮實實地學習過。而赴任後，室長小笠原也語帶委婉地向她叮囑道：「代表處這個地方，雖說是民間團體，但實質就像是政府一樣，所以有許多事不是我們能擅自決定的。該怎麼說呢，在那方面——像如何取得平衡這一類的——我希望山崎小姐妳能盡快學會。」

當時真奈還不太懂小笠原說的「取得平衡」這句話中的微妙含意。不過，她深切感受到，這裡有其獨特的規矩，既然日後要在這裡工作下去，就非得遵從這個規矩不可。

從那之後，真奈在網頁上標示，或是在公開場合發言時，對用詞遣字都會特別仔細注意。所以她很有自信，像標示錯誤這種事，應該百分之百不會發生。但，還是發生了。

應該是她不經意將現場評論員說的話直接套用了吧。不過，就算真是如此（雖然也想不出其他原因了），還是無法相信自己會用鍵盤打出「兩國」這個字眼。

之後她查看對外的電子郵件信箱，所幸外界沒有投書表達不滿。

確認沒問題後，今天的工作明明才剛開始，卻已疲憊不堪。而當她還沒搞清楚自己做了些什麼時，上午的時間已經過去。

●

托盤上擺了三道菜肴。

在勾芡的海鮮湯裡加入凝固的米漿作成的鼎邊趖。再來是炸豆腐和甜不辣。甜不辣的發音很像

「天婦羅」，不過和日本的天婦羅是完全不同的東西，是將油炸過的魚漿用水煮後撈起，淋上甜辣醬。

三樣菜一共一百二十五元，換算成日圓的話，是三百五十日圓。日本人或許會覺得這頓午餐很便宜，但是對當地人來說，可就未必了。因為這幾年物價不斷上漲，薪水卻始終沒有調漲的動靜，就算在速食店或便利超商打工一小時，也吃不起這樣的一餐，這是現實情況。

真奈隨便找了個位子坐下。

代表處附近吃午餐的餐廳不少。不過，午休時間每家店都客滿，要找到位子可不容易。因為大部分的一般企業，午休時間是十二點開始，但代表處的午休時間卻是從十二點半才開始。慢了這三十分鐘，要選擇餐廳可就諸多不便了。

其中，真奈最常去的地方，就屬走路約兩分鐘路程，位於港系百貨公司地下室的美食街了。

這裡整層都是用餐空間，四人座和六人座的桌位一共有七十桌左右。而環繞四周的，全是專賣外帶的店面。餐飲的種類有中式、越式、韓式、義式等多國口味。而拉麵、丼飯、鐵板燒等日本餐點也摻雜其中。

客人從這些店家中挑選各自喜歡的餐點購買後，端往桌位享用。如果是這裡，就算十二點半結束工作前來，也不至於連一個空位也沒有。至於口味，雖然稱不上有多美味，但與其他地方相比，價格便宜許多，因此，不知不覺間，真奈一個禮拜裡大部分選在這裡用餐。

過了一會兒，廣田也一同坐下。

她托盤裡的是紅油抄手，是四川風味的餛飩淋上辣油而成，一旁還附上酸豆角和滷竹筍。這樣一百四十元，換算成日圓約四百圓。

「今天早上，柳田主任找妳做什麼？」

廣田似乎早就準備好一坐下來就要問這件事。

「我不小心用了『兩國』這個字眼。在網頁的新聞上。」

「這下麻煩了。」

「可是我完全不記得有這麼回事。」

「出錯的時候，通常都是這種感覺。會懷疑自己是否做過這樣的事。」

一點都沒錯。真奈莫名覺得廣田說得有理，繼續說道：

「還好，發現的人是柳田主任，他不會一直嘮叨個沒完。像今天早上，他就只是讓我看網頁畫面，並跟我說『妳自己看一下』。」

「『妳自己看一下』是吧。確實很像柳田主任的作風。」

「不過我常想，代表處的規矩為什麼這麼麻煩呢？就我來說，不論是『兩國』，還是『臺灣政府』，是怎樣都無所謂。」

「妳想說的我懂。不過，因為局勢是這樣，所以也是沒辦法的事。倒是妳，說這種話，小心日後又會再犯『兩國』這種錯哦。」

廣田莞爾一笑，真奈也跟著回以微笑。

談到這個話題時，廣田似乎都會配合真奈，事實上，她始終不會跨出安全範圍外。廣田的回應裡，總隱約讓人感覺到她發出「這話題就到此為止吧」的訊息，而真奈感受到這樣的氣氛後，也就不忍再勉強她繼續說下去。

「對了，廣田小姐，今晚妳有何打算？妳不是說下午有一場研討會嗎？」

「對哦，如果可以，我想先回辦公室一趟，但不知道會忙到幾點。等五點過後，我會視情況再跟妳聯絡。」

突然改變話題，談到今晚的餐會。

這場餐會是廣田上禮拜參加臺灣近代史讀書會時，與會中的成員——臺北歷史大學的陳義信教授共同敲定，除了他們兩人外，也有其他臺灣的教授同伴會參加。

之所以邀真奈參加，是因為有位教授對廣田說「請帶日本女性一同前來」，提出熱情的請求。

在臺灣，日本女孩很受歡迎，遠超乎她們自己的想像。

不過，臺灣人都滿心以為日本女孩謙虛又溫柔，這對提升日本女孩的好感度多少起了一點加分作用，這也是事實。

而另一個原因，是日本女孩所說的日語。

例如「唔哇，好厲害哦」。在說這句話時，開頭的「唔」音會先小小聲的，之後再一口氣提高音量，最後的「哦」則會微微拉長。這麼一來，臺灣人聽在耳裡，就算不懂這句話的意思，腦中似乎也會大量分泌 α 波，而產生一種陶醉的心情。

關於這個效果，真奈也很清楚。不過，她覺得這種說話方式本身很做作。如果說是自己沒有女人味，真奈也無話可說，但就是做不來，這也是沒辦法的事。而現在真奈即將參加人們期待她有「這種表現」的餐會，使得自己在無形中倍感壓力。

話雖如此，她還是充滿好奇，想看看陳義信到底是個怎樣的人。

真奈之前從廣田那裡聽到和陳義信有關的資訊，得知他是東京大學碩士畢業，日語很拿手，專攻臺灣的近代民主化運動。還有，大概是位帥哥。到底長得帥不帥，廣田未曾提及，不過，真奈憑自己的直覺，認為應該是這樣沒錯。

「陳教授這個人的想法很靈活，這點真的出色。印象中，研究歷史的人很多都因為自身的立場而想法僵化，不過以陳教授來說，這方面倒是很令人放心，總之，他的觀點很多元。所以妳一定能從他那裡聽到不少有趣的故事。」

這是廣田對陳義信的短評，給他A的評價。

接著她們談到餐會的事，聊著聊著，忽然發現原本的喧鬧聲變得安靜。人數也減少許多。她們盤子上的菜肴都空了。兩人什麼也沒說，心中有了「差不多該走了」的共識，不約而同起身離席。

用完餐後，廣田參加研討會直接前往臺北歷史大學，於是真奈和她道別，回到辦公室。時間剛過下午一點半沒多久。

預定從兩點開始，針對日語辯論大會進行事前討論。

在臺灣，學日語的人不少。如果會日語，找工作比較吃香，不過，也有許多人純粹只是對日本感興趣而開始學習日語。

代表處以這些學習日語的人為對象，舉辦一年一次的辯論大會，今天便是為了此事而進行準備工作。以代表處常駐的日語教師高見澤為主，再加上幾位地方大學的日文系教授，共同篩選出審查員的名單。

離事前討論還有一段時間，所以真奈趁這段空檔打電話到東京的國際文化中心。

國際文化中心是為了將日本文化推廣到海外而展開各種業務的政府外部團體，儲備了大量的日本電影影片。真奈打算請他們寄幾支影片過來，預定六月時在臺北市政府舉辦的臺北電影節中播出。

真奈約一個禮拜前，便與負責聯絡窗口的若宮聯絡，但對方在回覆的郵件中寫道「當中有幾支影片，我們沒有」。

這句話本身沒什麼問題。但後面接著出現一句「我會試著找找看」，這可令真奈有點擔心。

真奈期待的答覆，是像「我會馬上找，盡快給您答覆，請稍候」這樣的內容。但是從若宮的「我會試著找找看」這句答覆中，雖然無法明確斷言，但給人一種「能否找其他替代品湊合一下」的感覺。

接下來一個禮拜，若宮沒有主動聯絡。

「我是代表處臺北事務所的山崎。」

可能是沒料到會接到這通電話，若宮先是「啊」了一聲，接著一片沉默。

「上次提到影片的事，不知道後續如何？」

「我找了很多地方，但一直都找不到……。很抱歉。」

果然。事情沒有解決。但說來也真不可思議，聽了若宮的回答後，不知為何，真奈既不焦急，也不生氣，反而是感到安心。這股安心在真奈胸中轉變為理直氣壯，她語氣強悍地說道：

「這樣的話，請問什麼時候會有結果呢？可以給我一個大致的日期嗎？」

「這個嘛……」

她真的有心要找嗎？這聲音聽起來實在很不可靠。真奈心裡這麼想著，靜靜等候若宮答覆。

但這時候，不知道該怎麼形容才好，一時之間感覺若宮似乎消失了。

——她是怎麼了？

沉默。

感覺不到話筒另一端那個人的存在。

等了半晌，一樣沒有應答。

「喂，喂，若宮小姐？」

——到底怎麼了？

難道是電話線路突然出狀況嗎？臺灣偶爾會有這種事發生。一一分析考量原因後，這種情況最有可能……

「喂。」

掛在牆上的時鐘映入眼中。

指針指向一點四十六分。

離兩點的事前討論還有一點時間，還可以再等。真奈心裡這麼想，繼續等若宮答覆。

「喂，若宮小姐？」

才剛說完這句話，接著傳來啪嚓一聲，電話被掛斷了。

剛才掛斷電話的方式，不是電話線路的問題。顯然是對方自己掛上話筒的聲響。

——太過分了。

怒火不斷湧上腦門。

再怎麼窮於應答，也不該突然掛人電話吧。

真奈手中握著話筒，維持這個姿勢，在原地僵立了好一會兒。

「怎麼了？」

可能是她的表情充滿怒氣，臺灣職員莊文真望著真奈，一臉納悶地問道。

「咦，不，不知道是怎麼回事，對方突然掛我電話⋯⋯。哈哈哈⋯⋯」

她硬擠出笑容，化解現場的尷尬，但仍一時氣不過，又重新撥打電話。這次沒人接聽。只有持續傳出來電答鈴聲。

她回過神來，發現辦公室內和平時一樣，同事們在各自的座位上對著電腦，或是在製作文件。

她望向右邊，看到小笠原正以不太流暢的中文和人講電話。「對、對、對、對、對」，用很大的音量重複講了五遍的「對」，在真奈的座位這邊也聽得到。

她打算按照預定，從兩點開始在文化室附屬的會議室裡，針對日語辯論大會進行事前討論。

出席者除了真奈之外，還有來自代表處的日語教師高見澤與藤田，以及在這個計畫中負責與臺灣相關人員聯絡的莊文真，還有從外部來的淡水大學教師大島和新莊大學的教師林惠玲。六人圍在桌子前同坐。

「各位百忙之中撥冗在此齊聚一堂，真的非常感謝。今天針對審查員一事，希望能做出某種程度的決定，在此，我方準備了基本資料，請各位先過目，如果有什麼意見，請儘管說，不用客氣。」

就在高見澤針對事前討論的主旨做開場白時——

傳來一陣敲門聲，會議室的門被打開，小笠原走了進來。後面跟了幾名臺灣職員。

由於事出突然，正在進行事前討論的成員們，一臉茫然，不約而同望向他們。

「打擾各位，真的很抱歉。因為發生了緊急情況。」

雖然嘴巴上說是緊急情況，但小笠原的口吻很平淡，感覺不出絲毫緊張。

臺灣職員陳怡靜迅速從真奈後方走過，按下會議室裡的電視開關。

她拿起遙控器選臺時，小笠原雙脣緊閉，沒有任何說明。

——到底發生什麼事了？

沉默的會議室裡瀰漫著不安的氣氛。

「有了。」

隨著陳怡靜的聲音一同出現在電視畫面上的，是東方新聞臺。

一身藍色套裝的女性播報員，正以清晰有力的口氣播報新聞。

「今天下午大約一點四十六分，當地時間二點四十六分，日本宮城縣發生地震規模七・九的強震。有可能引發高達六公尺的海嘯，政府呼籲當地居民盡速避難。」

字幕打出「日本宮城縣發生地震」。一旁的「地震規模七・九」這行字，以異樣的存在感直逼而來。

播報員背後正播放某座港口的景象。好幾輛汽車漂浮在水中。遠處有個物體正被水流沖走，看得出是巨大建築受損的一部分。

播報員一再重複播報同樣的內容。可能是災難才剛發生不久，能獲得的資訊有限。

「剛才有新的畫面傳來了。」

地點應該是某個辦公室。攝影機劇烈搖晃。遲遲無法平靜下來。

層架傾倒，文件散落一地。桌上的電腦螢幕左右搖晃。還有慌張的人們強震的情況，透過畫面傳來百分之百的臨場感。

接著直接用日本新聞節目的畫面播放。播報員可能懂日語，從背後小聲播放的日語聲音中摘錄要點，翻譯成中文。

接著字幕改為「取自日本ＮＨＫ新聞快報」這行文字，直接打出日文。

「今天下午大約二時四十六分左右，東北地方一帶發生大地震。震央為三陸外海，震源深度十公里，震度七的地區有……」

可能是在臺灣的新聞臺聽日語不太習慣的緣故，真奈覺得很不可思議。

「青森縣、岩手縣、宮城縣、福島縣、茨城縣、九十九里濱及外房地區，發布大海嘯警報。請當地居民盡速避難。」

播報員的聲音仍舊持續。

眾人皆緊盯著電視畫面。

「情況好像很嚴重呢。」

小笠原如此說道，但這些影像只能算是開端。幾個小時過後，才傳來真正悲慘的影像，但此時此刻他們都還一無所悉。

因為無法掌握現狀，辦公室內瀰漫著一股坐立難安的氣氛，始終無法消散。

真奈想起剛才播報員說地震發生的時間是下午一點四十六分。正好是若宮掛她電話，她不經意地望向時鐘時，指針所指的時刻。

東京一定也感受到搖晃，而且是非比尋常的搖晃。

想到這點，真奈頓時覺得日本離她無比遙遠。

——對了。這裡不是日本。

像是要證明這點似的，真奈周遭什麼事也沒發生。只有平靜的日常，持續運作著。

地震發生後不久，代表處集合所有幹部，召開緊急會議。

代表處的組織，簡單來說，高層是人稱「三巨頭」的管理職，底下設有經濟部和總務部兩個部門。而經濟部下設經濟室和貿易諮詢室，總務部下設總務室、政務室、祕書室、領事室、會計室、文化室這六個處室，這便是它的組成。

三巨頭當中，位居龍頭的，是稱作「代表」的職位，以外交官來說，相當於大使。代表是由外務省出身的國家公務員，而且有大使經歷的人擔任，與臺灣交涉的一切權力，全交由他一手掌握。

此外，以前代表又稱作所長，但所長的稱呼，聽起來身分低下，所以從幾年前開始便改稱為代表。不過，住在當地的民間日本人當中，也有不少人並不以代表稱呼，而是稱其為大使，所以臺灣政府當中，臺獨派的議員們一般也都用大使這個稱呼。

代表底下，位居第二把交椅的是副代表，是由經濟產業省的國家公務員，人稱「中二階」的局長和課長這種中等位階的官員出任。相當於首席公使，除了代表不在時代理行使職務外，也兼任經濟部長的職務。

而第三把交椅是總務部長，相當於總務公使。由外務省出身的課長等級國家公務員出任，不過，和前面兩種職務不同的是，其出任條件是必須會說中文。

總務部長在當地人稱祕書長，是代表處臺北事務所全體的事務局長，所有案件都由這位總務部長掌握，站在前線指揮。說起來算是臺北事務所的大掌櫃。

只有這三巨頭是由主管官署的外務省及經濟產業省派任，至於其他成員，除了來自這兩省外，還有來自財務省（包含國稅廳）、農林水產省、國土交通省（觀光廳）、警察廳、防衛廳、海上保安廳、日本貿易振興機構（JETRO，經濟產業省管轄）和國際交流基金會（外務省管轄）這類的獨立行政法人、地方政府、大學、智囊團研究者、日語講師、民間企業（保全公司等），由以上單位共同組成。

他們不問年齡、出身組織，一律賦予主任的頭銜。這樣的安排，是為了避免因派遣的官署或年齡差距而產生從屬關係，除了這樣的內部考量外，還有另一個原因是，在執行業務方面，中文的「主任」一詞，給人的印象是一種肩負某種責任的職位。有多位主任在的同一室裡，年資最高者人稱「室長」。

「各位或許已經知道，剛才在下午一點四十六分，亦即日本時間兩點四十六分，發生了震央在東北外海的大地震。」

擔任會議主持人的總務部長草部說。

「代表處臺北事務所設立了緊急對策本部。具體上我們應該做些什麼，其實有很多，例如向臺灣媒體發送來自日本政府的資訊、另一方面蒐集臺灣地方媒體所報導的資訊、物資的接受和管理等等。而對於這類的業務，代表處臺北事務所這裡，無法撥出設立專屬部門所需要的人力，所以想分配給各個部門進行。各位，眼下除了原本的業務外，暫時會增加不少工作量，但因為發生這種前所未有的災難，希望各位能全力以赴。請多多配合。」

文化室參加這起會議的人是室長小笠原。

懷著被緊急情況激起既緊張卻又興奮的情緒，小笠原專注聆聽草部部長的指示，頻頻點頭。

文化室被分配到的工作，是蒐集地方媒體的資訊。早晚兩次，擷取臺灣四大報（《自由日報》、《連合報》、《中國日報》、《蘋果時報》編按）和網路上的新聞，翻譯成日語後，向日本發送，這是文化

編按：本書寫作時作者刻意將許多專有名詞隱去其真實性，如這段的報紙名稱即為虛構而非錯誤。

室的主要業務內容。

請當地職員全力工作，徹底網羅各種相關新聞，由日本職員隨時翻譯，向日本發送。

負責翻譯的即時戰力，是懂中文的廣田和山崎兩人。雖然不知道究竟有多少翻譯量，不過，光靠她們兩人恐怕無法負荷。這種情況下，必須找尋外包的翻譯人員，而這項工作就交由高見澤和藤田來處理吧。小笠原的腦中已進入應戰狀態，展開各種模擬。

緊急會議最後由迫田代表以「正因為是這種時候，希望大家能團結一心，共同努力」勉勵大家，隨即散會。

團結一心。

小笠原對這句話並不反感，因為它讓人感覺到無私的精神與絕對的正義，並從中產生超乎想像的強大力量，毋庸置疑。

日語辯論大會的事前討論，因突如其來的地震而中止。

外部來的老師們離開後，會議室裡的臺灣職員緊盯著電視，持續關注有無新的動態。

另一方面，小笠原囑咐真奈、高見澤、藤田等日本職員，打電話回他們日本家中，確認家人是否平安。

真奈在自己的座位上打電話回東京老家，這還是第一次從辦公室打電話回去。內心充滿不安，擔心會不會電話線路混亂，無法撥通，但沒想到響了幾聲，母親接起電話應道「喂，這裡是山崎家」。

「媽，我是真奈。」

「真奈。妳現在人在哪兒?東京嗎?」

「不，我在臺灣。」

「對哦。對了，剛才發生地震呢。」

「我知道。」

「是嗎。」

「嗯。大家都沒事吧?」

「晃得很大，不過沒事。剛才妳爸也打電話回來，政彥上個月去了美國，不在家。」

「沒事就好。那就這樣吧。」

「啊，這樣啊。」

「那我掛電話嘍。這種時候電話講太久也不好。」

「是、是。」

母親還是老樣子。不過，這令真奈放心多了。在打電話前，坦白說，她覺得家裡應該平安無事，但因為若宮突然掛她電話，使得她一時間腦中閃過不祥的預感，這也是事實。

不過，她是個想法很實際的人，一知道家人平安無事，心中的不安立刻一掃而空，倒是隔了這麼久，再度聽到政彥的事，令她頗為在意。

政彥是真奈的弟弟，是名大四生。真奈知道他已決定要到保險公司上班。政彥似乎是趕在畢業前一個月到美國旅行，以此作為學生生活最後的一次活動。

經這麼一提才想到，真奈也和弟弟一樣，在大四那年的最後幾個月裡，人在中國。

不過，她和政彥不同，當時還沒找到工作。

就算現在回想當時的求職活動，還是覺得很反感。

不管去了多少家公司，始終都沒有被錄用。剛開始的時候即使沒能獲得錄用，她一樣很努力，毫不氣餒，但漸漸地開始感到焦急，不久，已然成為習慣，甚至不覺得受到打擊。也不知道該說是形成了免疫，還是彈簧拉到極限，彈性疲乏，再也恢復不了原狀。就像這種感覺。即便聽說朋友們找到了工作，也不覺得羨慕。

不過就是進公司上班罷了，為什麼非得這麼痛苦不可？她覺得自己似乎發現了世上一切事物的本質，頓時覺得怎樣都無所謂了。最後，變得有些自暴自棄，心想「這麼拚命想擠進公司，又有何用」，便自行為求職活動劃下句點。

在那之後，為了加強學生時代專攻的中文，便獨自一人前往北京學習語言。現在回想，那或許是一種說來好聽的逃避。

但有趣的是，正是因為到北京磨練過中文，才促成現在在代表處的這份工作，所以她也不知道老天爺究竟是如何安排。

結束為期二年的留學，回到日本後，真奈從網路上得知外務省對外召募派遣員的事。

派遣員是針對希望能運用自己的語文能力在海外政府機關工作的青年，而召募的臨時職員。對於夢想著未來能前往海外，在國際舞臺上有活躍表現的青年來說，能獲得夢寐以求的經驗，是很寶貴的，但也因為這樣，應徵者也多，想要被錄用，必須通過難度頗高的筆試和面試。

真奈雖然沒自信，但在很想一試的念頭催促下，前來應徵。接下來，在不同於先前參加求職考試的運氣加持下，順利通過每一關，連自己也很驚訝。

在接獲錄取通知時，相當開心。彷彿第一次有人願意接納，之後接連好些天，能夠感受到燦爛的未來在前面等待著自己。

半晌過後，真奈從開完緊急會議返回的小笠原口中得知，代表處將設立緊急對策本部，同時文化室也將負責蒐集媒體資訊。

小笠原顯得情緒高昂，像連珠砲似地說道「在這麼忙的時刻，又增加工作量，真的很抱歉，不過山崎小姐，現在很需要妳的能力」。真奈被他這番激昂的話語所震懾，坦白說，心裡覺得很困惑，不知該如何回應才好。

時間來到五點多，廣田從外面打電話跟她聯絡。說餐會取消，接下來會馬上返回辦公室。

臺灣網路上的新聞報導已經列印好，送交到真奈手上。在小笠原的指示下，臺灣職員全部集合在一起，從中挑出重要的內容，翻譯出幾則新聞，送交東京辦公室。

報導內容幾乎全是地震的受災情況。資訊來源可能是日本，所以這是臺灣媒體將日本的新聞翻譯成中文加以報導，現在又要重新翻譯回日語，很奇怪的一項作業，但真奈還是獨自默默處理。廣田回來後，改由她們兩人分擔處理這項作業。

晚上九點多，終於結束這項作業。

原本一直坐在自己座位上緊盯電腦螢幕的小笠原，像是一直等候這一刻到來似的，伸了個大懶腰，從座位上站起身，向她們兩人邀約：「要不要出去吃頓飯？」

真奈什麼都不想吃，可是廣田已經開口回答「是該吃晚餐了」，所以真奈也就加入他們。

三人走進辦公室附近一家日本風的小居酒屋。真奈從沒來過，但聽說代表處裡很多職員會光顧這家店。總之，如果是這裡，現在這時間也可以用餐。

就座後，這位日籍的老闆一面前來詢問點餐，一面說道「這次日本很慘呢」。他與小笠原似乎是熟識，從他們彼此毫無隔閡的模樣看得出來。

小笠原對真奈和廣田說「喜歡吃什麼，儘管點」，自己先點了幾道菜。真奈雖然沒什麼食欲，但心想，多少還是點一道菜比較好，便點了一份番茄沙拉。廣田則是加點了一份奶油可樂餅。

仔細想想，除了迎新會和忘年會外，真奈還是第一次像這樣和小笠原一起「下班後出外喝一杯」。

對真奈來說，覺得小笠原有他親切、體貼的一面，但反過來說，也有不知該如何與他相處的一面。

舉例來說，像在辦公室內吃早餐、訂立下午點心時間，小笠原對這一類臺灣獨特的習慣都很包容，甚至還宣稱「入境隨俗是在海外構築良好關係的祕訣」，並刻意搬出中文的四字成語；但另一方面，他又會毫不在乎地強制要求當地職員遵行日本的做法，讓人懷疑這裡是不是在日本。

當然了，他本人完全沒這樣的自覺。

不過，他這個人其實不壞。

所點的餐點都上桌了，三人面前各擺了一個啤酒杯。

「接下來會忙上一陣子，不過，今天在此先謝謝兩位的辛勞。」

小笠原出言慰勞，同時舉杯，真奈和廣田也一同舉杯。

「不過話說回來，接下來會怎樣呢？」

廣田詢問。

「應該說，就連現在是什麼情況也不知道吧。」

真奈出言吐槽。

「等明天一到，就會傳來各種資訊。到時候妳們的工作也會變得更加吃重。」

「我和廣田小姐兩人將會被成堆的翻譯淹沒。」

「別這樣說。光想就覺得很可怕呢。不過，想到災區的人們，就不能說這種話。至少現在應該竭盡所能做好我們能做的事，否則會覺得很歉疚。」

說得一點都沒錯。

想到瞬間被奪走一切的災區群眾，真奈便感到心情複雜。他們在昨天的這時候，一定萬萬沒想到會變成這樣，肯定有人和真奈他們現在一樣，在居酒屋喝著酒，聊著未來的夢想。只是短短二十四小時前的事。

「為什麼會變成這樣呢？」

真奈對於無論怎麼想都覺得很沒道理的現實，道出心中的感嘆。

「只能說，人類終究無法戰勝天災。」

小笠原做出很合理的回答，但幾乎沒半點說服力。

黑色大浪在大地上一路向前滑行的影像，再度從真奈腦中掠過。

不過，那也許只能算是開啟了序章。他們聊天的此時此刻，有個無比巨大的東西在地面蠢蠢欲動，等明天一到就會現身，大肆破壞。真奈感覺到這種莫名的恐懼。

幾杯黃湯下肚後，變得話多的小笠原，坐在真奈旁邊，熱切地向廣田說個不停。廣田面露微笑，並適時的附和幾句，但真奈可不像她這麼有精力。

雖然也不全然是因為這樣，不過真奈一味地伸手拿起啤酒杯猛喝。平時不會這樣，但今天的啤酒幾乎沒半點味道。而且明明喝得比平時還多，卻完全沒有喝醉的自覺。這種情形還真的沒發生過呢。

回家後，剩自己一個人時，各種思緒更加熱絡地運作起來，在真奈腦中不斷旋繞。

一如平日，打開客廳的電視，但畫面上出現的是針對日本地震所做的專題節目，雖然已是深夜時分，但幾名評論員仍在現場直播下講得慷慨激昂。

她實在不想看，改轉其他頻道後，發現正在播電影。是幾年前看過的一齣美國電影。但剛才的地震專題節目仍在腦中揮之不去，最後索性關掉電視。

從客廳窗戶可以俯瞰大安森林公園。在昏暗茂密的綠意中，可以看見好幾顆散發朦朧亮光的橘色路燈。一幕奇幻的風景。

然而，她望著眼前的景象，腦中卻浮現出，要是那可怕的大浪朝公園湧來，那該怎麼辦？不斷湧來的大浪。樹木陸續被沖倒，路燈也被吞沒。只有大型的戶外舞臺死命的抵擋大浪的衝擊，過沒多久，它也力量耗盡，巨大的屋頂一陣搖晃，緩緩掉落大浪中。

一切都是轉瞬間發生的事。

——不行。我在想什麼傻事啊。

她改變想法，強行把那幕光景趕出腦中。

取而代之浮現腦中的，是當初想應徵派遣員時的事。

當時真奈對臺灣幾乎一無所知。她從沒來過，甚至不知道以前這裡曾受過日本統治。非但如此，連臺灣在什麼地方都很模糊。

因為覺得很丟人，所以她從未向任何人提過這些事。

來到臺灣後，令她大感驚訝的是，街上滿滿都是日本文化，學日語的人也不少，就連日本的產品也能隨手買到，如同住在日本的時候一樣；而且透過工作或生活而認識的許多臺灣人知道真奈是日本人後，都很友善地接待她。

經這麼一提才想到，當初通過派遣員的考試後，外務省的負責幹事說過，臺灣是個很親日的地方。

這種感覺就是他所說的親日嗎？

的確，與之前在北京的時候相比，是截然不同的感覺。雖然不是很清楚，但有一種宛如會將人包覆的暖意。

不過在數十年前，臺灣不是一直都受日本統治嗎？講難聽一點，是被日本支配。被支配者對支配者懷有好感。真的會有這種事嗎？

她左思右想，有個疑問很自然地在腦中形成漩渦，那就是——所謂的親日到底是什麼。

猛然回神，發現這天已即將過去。

好漫長的一天。

真的很漫長。早上出門上班，以及一早工作時，被柳田主任指出「兩國」的用字錯誤，感覺就像已經是一個禮拜前發生的事一樣。

當時萬萬沒想到會懷著這樣的心情迎接夜晚的到來。

我會變成怎樣呢？真奈心不在焉地想著這個問題，在毫無睡意的狀態下鑽進被窩。

隔週

真奈比平時早醒來。

通常星期一的早上就像翻開筆記本的頁面一樣，會以煥然一新的心情展開，但今天卻怎麼也沒這種感覺。時間從上個禮拜開始就拖拖拉拉一直延續，而且情緒變得很亢奮。這個禮拜恐怕會忙得無法想像吧。她在腦中模模糊糊地想著這種事。

因為提早出門，市內還沒開始交通阻塞。慢吞吞行駛在路上找尋客人的計程車旁，一輛摩托車以幾欲劃破一早空氣的飛快速度急馳而過。

賣豆漿的路邊攤還沒開始營業，所以真奈在便利商店買了三明治和果汁。一共是三十九元，換算成日幣約一百一十日圓。論價格確實很便宜，但是跟豆漿和蛋餅相比，吃起來沒有分量感，無法填飽肚子。所以之前在便利超商買早餐的日子，還不到中午就會肚子餓。

「早！」

穿制服的保全遠遠看到真奈走來，便主動向她問候。

真奈也回了一句「早安」。這是每天不可少的問候，就像儀式一樣。

這時，她看見屋外大門口柱子旁的巨大花瓶裡，有人放了束花。

——咦，有人在這種地方放花束。

這正好是從保全的位置看不到的死角位置。
應該是有人偷偷放在那裡，沒讓保全發現吧。那花束就像一直在等候真奈到來般，低調的擺在那裡，上面附有一張小卡片，以手寫字寫著祈求日本平安的文字。
「保全先生，這地方有一束花呢。」
真奈叫喚保全，指向花束。
保全小跑步靠近後，發出「咦？」的一聲，一臉納悶的拿起花束。沒半點對可疑物品保持警戒的態度。
「大概想要替日本打氣吧。」
「嗯，大概是吧。」
「扔掉的話，會覺得於心不忍，可以請妳收下嗎？」
「啊，好。」
真奈如此應道，收下那半強迫遞到她手中的花束。
除了白百合外，還有幾種真奈不知道名字的鮮花，漂亮地綁成一束。
甘甜的香氣飄入鼻端。
走進辦公室後，她先將花束擺在自己的辦公桌上。應該有花瓶，但真奈不知道在哪兒。
吃完三明治時，同事們陸續走進辦公室。他們一看到真奈辦公桌上的花束，很感興趣地紛紛表示

「好美啊」、「為什麼有花」，每次真奈都得說明她撿到這束花的經過，漸漸有點不耐煩。

而當小笠原走進辦公室時，真奈做了最後一次說明，同時將花束遞給了他。

「今天早上我來上班時，發現大門口的柱子旁放了這束花。保全說，他認為這花是送來打氣慰問的，叫我帶回代表處。」

「這樣啊。就當這是對日本的打氣慰問，由我們收下，也沒什麼好奇怪的。不過，我們這裡並不是受災區。這樣的話，就只是說一句『謝謝』，便收下這個禮物，又覺得過意不去……」

「如果是送去災區呢？」

真奈半開玩笑的說道，沒想到小笠原一本正經的回答道「這個嘛……」

「那麼，試著把這件事放在網站上介紹，您覺得如何？」

「這樣啊。不錯。」

暫且算是找到了共識，小笠原變得心情大好。真奈望了他一眼，馬上回自己的座位著手寫報導。

寫下一早上班時看到的景象，以及花束擺在大門口附近柱子旁的情況後，一併加上代表處的感謝之意。

——可是，寫下這樣的內容後，要是從明天起，天天都有人送花束來怎麼辦？

寫到一半突然想到這件事，但她心想「算了，到時候再說吧」，重新專注於撰寫報導，上傳至官方網站。

之後，真奈想報告一下這件事，前往找小笠原，但他沒在座位上，四周也都不見蹤影。

「有人看到小笠原室長嗎？」

真奈走到有好幾名臺灣職員聚在一起工作的地方詢問。

他們正好在翻閱報紙，蒐集震災相關的資訊。

「不是去參加幹部會議了嗎？剛才我看到他出門。」

發現真奈到來的陳怡靜，從報上抬起頭來。

「而且手裡還拿著真奈妳撿到的花呢。」

「咦，為什麼？」

「我不知道。他拿在手上對吧？」

陳怡靜就像在確認似的，向隔壁座位的莊文真詢問。

「嗯，他拿在手上，我也看到了，所以不會有錯。先不管那件事，妳看這個，很酷對吧？」

莊文真一邊說，一邊拿起手邊的《連合報》給真奈看。

頭版。刊出泡在水裡的宮城縣南三陸町的空拍照。並大大地打上「死城」兩個字。極具震撼力的畫面。

陳怡靜所看的《中國日報》，則是以福島核電廠事故相關的報導當頭版。「日本的核災擴大」這行鮮紅的文字十分引人注目。照片中是身穿白色輻射防護衣的數名工作人員以及自衛隊員以擔架床搬運受災者的模樣。陳怡靜讓真奈看這張照片，並說道：

「到了第三天，報導的主軸逐漸移往核電廠了。感覺每家報紙都把愈來愈多的版面分配到那件事情上。」

「核電廠是吧。光是地震就已經災情慘重了，現在不光海嘯，要是連核電廠也出問題的話，日本會變成怎樣呢？」

「變成怎樣？真奈，那是妳自己的國家耶。」

「話是這樣沒錯，但我現在真的腦中一團亂。因為以前從沒發生過這種事。」

就真奈來看，感覺就像做了一場噩夢，而且遲遲無法清醒。

「啊，還有，既然真奈妳來了，那就順便交給妳。這是這個週末的份，昨天的還沒來，不過，報紙的標題清單已經做好了。至於報導，我事後會影印出來交給妳，目前就先這樣。」

「謝謝。」

真奈從陳怡靜手中接過在幾張A4紙上打字的清單。

這清單是將哪一天的哪份報紙的哪一欄上刊登怎樣的報導，特別整理出的一覽表。雖然沒清楚數過，但大致看起來，似乎有上百篇的報導。從標題來推測，似乎都只是傳達受災狀況，當中也摻雜了一些教導地震發生時的避難方法，以及股價動向之類的報導。也有幾則和核電廠事故有關的報導。

真奈逐一查看清單上的標題時，完全忘了她要找小笠原這件事。

會議室裡，除了迫田代表和副代表三森外，所有幹部全都到齊。大家都天南地北閒聊，但沒人提到震災的事。並不是因為這是禁忌，只是大家似乎都有默契，認為聊一些輕鬆的話題比較能緩和現場的氣氛。不過，這樣的努力反而徒增一種不協調感，屋內瀰漫著一股微妙的沉悶氣氛。

當中有個人特別凸顯出這種感覺，他正是小笠原。他雙手捧著花束。正好就擺在胸前的位置，所以他的模樣看起來有點滑稽。

「你那是怎麼回事？」

就算同事詢問，小笠原也只是回一句「今天早上收到的」，便沒再多說。同事們聽了，也猜出他此舉應該是有什麼原因，也就沒再刻意追問。

到了會議開始的時間，迫田和三森兩人一同走進會議室。迫田一看到捧著花的小笠原，便說了一句「噢，好漂亮的花啊」，而小笠原似乎早就在等這一刻，開始道出緣由。

「是這樣的，今天早上我們的派遣員上班時，發現大樓的大門口處擺了這個東西。雖然不知道放這束花的人是什麼名字，不過，裡頭附上這麼一張卡片。」

小笠原煞有其事地從口袋裡取出卡片，朝迫田的方向高高舉起。

「上頭寫的內容是希望日本平安，傳達出想向我們打氣慰問的一份心。」

小笠原就像宣布了什麼大新聞似的，顯得意氣風發。

然而，周遭人的反應卻顯得有點冷淡。因為他捧了這麼搶眼的花束，但講出的內容卻如此平凡無奇，令人大失所望，似乎也沒有後續發展。

儘管如此，小笠原還是接著往下說。

「花束無法送到日本，所以我已指示下屬，將這件事刊登在代表處的網站上。這麼一來，應該能稍稍回應對方的這份心意吧。」

會議室裡的氣氛還是一樣冰冷，但小笠原的表情因充滿熱情而顯得滿足。冰冷與熱情的溫度差異所產生的不協調感，緩緩流動著。

這時，總務室的室長村田插話道。

「雖然不清楚是否和小笠原室長說的這件事有關，不過，從今天早上開始，我們接到好幾通打來慰問和鼓勵的電話，幾乎都快讓我們不知該怎麼回應了。也有人是寄信來。對於這次的災害，似乎有很多人在關心我們，真的很感謝。」

他說的內容與小笠原很相似，但似乎他說的話比較令出席者感興趣，現場的氣氛微微變得開朗。

這時，迫田先做個簡單的開會致詞，接著總務部長草部開始介紹震災發生後，這兩天內所發生的各種動向。

「先談到三月十二日，也就是地震發生的隔天，臺灣當局透過外交部主動聯絡，說他們想提供一億新臺幣的捐款。此外，在十三日，也就是昨天，由臺灣的民間單位組成的三十五人救援隊，已抵達成田。而今天，臺灣當局的內政部消防署，以及臺北市、新北市、臺南市這三個地方政府組成的救援隊二十八人，預定出發前往羽田。關於這支救援隊，臺灣當局派出一名駐日經濟文化代表處的職員，我代表處派出一名東京總部的職員一起同行，將於明天十五日抵達仙台。」

在各個地方，有各式各樣的人展開行動。和臺灣公家機關有關的故事相當多，不過，他們個個都動作迅速。大家似乎都是基於想幫助日本的這份心而行動。令人感激。小笠原一邊聽草部說，一邊因湧上心頭的熱情而熱血沸騰。

緊接著，針對為了設置緊急對策本部而分配給各部門的作業狀況，展開相關的報告和提問回答，其中，村田提出募款部分的問題。

「剛才我提到代表處收到許多電話和信件，其實這當中有不少人詢問，說想捐款，可否提供帳戶給他，想請問一下，像這種情況該如何因應？」

「要接受募款，必須要開設特別的帳戶是嗎？」

迫田提出反問。

「對。依臺灣的法律，以一般代表處的帳戶，不能匯入捐款。不過，因為情況特殊，只要我方與臺灣當局商談，或是提出請求，應該就會同意我們開設帳戶，不過我想知道，代表處這邊是否有意發起募款活動。」

「有多少人向你詢問？」

「這個嘛。就我所知，光是今天早上就有三、四件。」
「不少呢。」
「是啊。」
「我明白了。那就舉辦吧。請辦理開設帳戶的手續。」
就這樣，代表處也決定要辦理接受捐款活動。
會議最後由迫田提到對臺灣媒體的對應方式。
「總之，在這個時機下，最好先以代表處的名義致謝，草部部長，可以請你跟當地的媒體聯絡嗎？今天村田室長和小笠原室長所說的事，也順便介紹一下，並陳述我們對此事的感謝之意。」
對小笠原來說，這是意想不到的消息。帶花來果然是帶對了。他在心中又再次確認了一遍，一股難以壓抑的喜悅，不由得湧上心頭。
「小笠原室長心情很好呢。他說花的那件事，可能會在媒體上介紹。」
真奈告訴廣田，小笠原開完幹部會議回來後，刻意跑來跟她說花束的事。
「他城府可真深。因為他還帶著花束去參加幹部會議呢。」
「好像是呢。」
這時，電梯抵達一樓，電梯門開啟，外頭耀眼的陽光直射眼中。

「要去哪兒吃？」
「都好。」
「那就去平常去的美食街吧？」
「好啊。」
兩人邊討論午餐去哪兒吃，邊向外走，這時，外面有幾個人聚在一起，望著真奈她們。
其中一名中年婦人走近，向真奈問道：
「妳們是日本代表處的人嗎？」
從對方友善的說話口吻中，也看得出她的緊張。因為這裡是代表處，外國的政府機關嗎——至少他們應該是這麼想——還是說，因為一旁有保全盯著他們瞧？
「是的。」
真奈回答後，婦人遞出一個白色信封。
「這個請妳收下。」
「這是什麼？」
「希望妳能送往日本的災區。雖然金額不大。」
「不，這我不能收。」
眼看兩人的對話即將變成爭執時，真奈不經意的望見婦人身後，那裡還站著三、四個人。

「希望能由代表處交給日本。」

「我說過了，我不能收。」

這時，一名中年男子插話。

「那麼，請告訴我們代表處的募款帳戶。我們會把錢匯過去。」

「我們有募款嗎？」

真奈望向廣田。

「應該沒有吧。」

聽到這句話後，真奈對那位男性說：

「很抱歉，代表處不接受捐款。所以您如果要捐款，可以請您去紅十字會或是世界展望會嗎？」

「不，我們想直接交錢給日本。」

「就是說啊。我們想交給日本，不是紅十字會。」

他們的聲音顯得有些激動，很快便蓋過真奈說的話。

保全在一旁見狀，急忙趕來。

「怎麼了嗎？」

「不，沒事。這些人說想捐款到災區，但我們代表處不受理捐款。」

保全望向站在真奈和廣田面前的四、五名臺灣人，用曉以大義的口吻，將真奈說的話又講了一遍。

「各位，你們的心情我懂，但就算你們在這裡把錢交給她們，對方也很傷腦筋，總之，既然說代表處沒辦理募款，要是想捐款，就只能找其他地方辦理了。」

他們面面相覷。

露出不滿的表情，是唯一的抵抗方式，但是當了解到這樣也無法被接受時，其中一人低語一聲「那就沒辦法了」。

「對不起。」

眼下真奈也只能這樣回答。她微微朝他們頷首致意，期望對方能得到些許的慰藉。

他們聽了之後，留下一句「我們明白了，妳別介意」，便就此離去。原本的不滿表情，不知何時，已轉變為笑臉。

當中有位老太太一直在原地留到最後。她露出不知如何是好的表情，似乎有話想說，卻又不知該說什麼才好，不發一語地朝真奈遞出一個紅白直向條紋的薄塑膠袋。

「這是什麼？」

真奈詢問後，她以語調有點古怪的日語說了一句「飯糰」。

真奈往塑膠袋裡望，發現裝了五、六個超商販售的飯糰。應該是帶來想送給災區的人們吃吧。

明知就算收下，也不可能將這些飯糰送往災區，但真奈實在無法拒絕。

不知怎麼地，真奈的雙手自然而然往前伸，不知不覺間已接下塑膠袋。

「……謝謝您。」

她只能勉強擠出這句話來。

老太太離去後，真奈和廣田兩人手裡拿著裝有飯糰的塑膠袋，呆立原地。

「這東西該怎麼辦？」

真奈覺得自己收到了一個比今天早上撿到的花束還棘手的東西。

「應該是從電視上看到，覺得災區的人們很可憐吧。」

廣田說。

路上行人陸續快步從她們兩人面前走過。

「把它吃掉吧？」

真奈半開玩笑的說道。

「咦，真的要吃？」

「又不能把它扔了，既然這樣，就別想太多，直接吃掉比較好吧。然後在心裡想，我已享用了這可口的飯糰，謝謝您。」

「嗯，說得也是。」

廣田原本不太情願，但在真奈的鼓吹下，最後還是同意了。

這時，真奈已拿定主意要吃了。

就算吃了也不會有事的。這裡頭絕對沒下毒。

撿到花束的時候也是，從現場的氣氛便可清楚了解，那絕不是什麼可疑的東西。

兩人原路折返，準備回文化室的辦公室，再度走進電梯。

下午，真奈正式著手翻譯新聞報導。

陳怡靜給她的清單上，列出近百則的標題。她從中找出看起來比較重要的標題，閱讀報導內容。

有一半以上是傳達受災狀況。

除了顯示地震規模的詳細資料外，也接連有好幾則關於海嘯災情的報導。

仙台機場被大浪吞沒，完全失去功能。氣仙沼發生火災，大火幾乎快將整個城市燒毀殆盡。茨城縣北部高三十公尺的海岸線，因海嘯而崩塌，紅土外露。東京的交通運輸停擺，數百萬人在餘震不斷的避難所裡，度過難以成眠的一夜。除此之外，還有許多附照片的報導。

說到真奈過去所知道的大地震，就屬她小學時發生在神戶的阪神淡路大地震了。當時沒有海嘯，但高速道路高架橋倒塌，住宅區發生火災，當時的電視畫面至今仍殘存在她的記憶中。所以一說到大地震，就會不自主地拿來和當時的地震比較，但看著這一篇又一篇的報導，她覺得這次的地震似乎帶來更嚴重的災情。

她最先著手翻譯的，是臺灣當局的對應方式。

對於日本發生的大地震和海嘯，由於臺灣也被納入觀察區域內，所以馬英九總統和吳敦義行政院長，於昨天下午變更原本的預定行程，改在災害應變中心待命，觀察情況。同時臺灣也發布了第一次的海嘯警報。

在馬英九總統的指示下，外交部對日本政府慰問致意，同時表達只要日本需要援助、臺灣方面將立即派員前往的意願。

真奈幾乎花了一整個下午的時間，針對她負責的部分，翻譯了將近三十篇報導。和隔壁的廣田加起來，至少也有五十篇以上的報導被翻譯成日文。

看了這麼多篇報導，真奈重新真切感受到眼前發生了多麼慘絕人寰的災難，這是她在日本從未體驗過的事。包括東京在內，東日本全境已完全脫離日常的常軌，以驚人的速度失控暴走。原本存在的事物就此消失，另一方面，見所未見的事物出現眼前，而未來變得無法預測。接下來這些天，應該還會有各種報導出現。她不想再看這些沉重的報導，但無法期待令人心情開朗的報導會出現。

「真的會覺得意志消沉呢。」

隔壁辦公桌的廣田，以精疲力竭的表情望向真奈。

「是啊。全是悲慘的內容。一想到災區，就心情沉重。」
「嗯。我翻譯的內容，以核電廠事故的報導居多，所以接下來會怎麼發展，令人深感不安。」
「核電廠事故不要緊吧？」
「不清楚。每個人的說法都不一樣，但事實上，感覺現在一切都還是未知數。」
「很久以前發生過事故的那個地方叫什麼來著？是俄羅斯還是哪裡？」
「車諾比？」
「對對對。不知道會不會變成那樣。」
「真變成那樣可就糟了。」
一直以來，核電廠事與自己無關，真奈原本一直都這麼想，但現實就發生在離她東京老家沒多遠的地方。透過國外的報紙得知這件事，不知道該形容是像隔岸觀火，還是災難也降臨到自己身上，總之，是一種說不出的感覺。
而且，就算看了新聞，也是完全搞不清楚情況如何。就只能任由想像自行膨脹，演變成莫名其妙的恐懼。真奈唯一能做的，就只有祈禱。祈求眼前的悲慘平安度過，重回往昔安穩的日子。明知祈禱毫無幫助，但別無他法，只能誠心祈禱。
一天轉眼就這樣過去。
真奈即將被翻譯的浪潮吞沒，但她仍死命地游。眼前的新聞，能多處理一份是一份，除此之外，她已無暇多做思考。

隔天一早。她正在回覆郵件時，莊文真拿著一張紙來到真奈的座位。

「妳看這個。」

看上頭的印刷字，是和代表處有關的報導。標題寫著「日本代表處　衷心感謝」。是《中國日報》的報導：

日本發生震災後，臺灣由馬英九總統率領的政府和民間攜手合作，向日本提供溫暖的慰問。

昨日，日本代表處除了收到許多電話和信件的慰問外，也有人靜靜地在辦公室的大門附近擺放花束，並附上寫有慰問之意的小卡片。此外，迫田代表也提到「承蒙臺灣當局提供新臺幣一億圓的捐款，以及許多緊急救援物資。在此表達感謝之意，我們也會對今後的重建工作努力」。

「昨天的花。就是真奈妳撿到的那束花。」

「真的耶。」

看到自己撿到的花束，被如此大肆報導，真奈很吃驚。

「小笠原室長也知道嗎？」

「還沒。」

「那妳趕快拿去給他看。他一定很高興。」

她望向小笠原的座位，只見他正盯著電腦螢幕。

莊文真離去後，真奈將剩下的郵件寫完，馬上又開始翻譯累積的報導。才短短一天，報導就增加得跟小山一樣高。總之，如果不隨時處理，等發現時，真的就會被埋在報導堆中動彈不得，這可不是在開玩笑。

手邊厚厚一疊的報紙影印，另外還有將所有報導標題、報社名稱、日期，全部做成一覽表的清單。

真奈先拿起清單來看。

她馬上發現，與昨天相比，核電廠事故相關的報導明顯增加了。光是大致看過一遍，就看到好幾個「核災」或「輻射」的文字。還有「福島」這兩個字。

從標題來推測內容，從單純只是報導事故處理的狀況，一直到食品汙染相關的內容、過去核電廠事故的案例、臺灣今後是否該使用核電廠的論述，內容相當分歧。當中，以反核當神主牌展開活動的民進黨所支持的《自由日報》，從其報導中可以看出強烈的反核論。

核電廠的報導，光是看標題就令人心情沉重，彷彿一路往地底墜落。昨天廣田幾乎半天的時間都在處理這些報導，就某個層面來說，真奈對她感到無比佩服。

該從哪兒著手呢？正當真奈猶豫不決時，桌上的電話鈴響。

「文化室您好，敝姓山崎。」

「妳是日本人嗎？」

「是的。」

「那正好。想請教妳幾個問題。」

是一般民眾打來的詢問電話。

「報紙或電視上的報導提到日本發生核電廠事故，現在去日本，會不會有輻射的問題？」

真是教人難以回答。因為打電話來的人以為我們對於日本的事無所不知。他當然很期待能聽到「沒問題的」這樣的答覆，但這得視內容而定，不能不負責任地隨便回答。

「這問題，我們也不清楚。」

「下個禮忙我兒子要去東京留學。我們都要去你們的國家了，為什麼妳連最基本的安全資訊也不知道呢？」

「因為我們並非隨時都和電力公司保持聯繫。」

「既然這樣，請去查明清楚。」

「不過，我們現在也處在資訊取得不易的狀況下。」

「你們不是日本的窗口嗎？如果連妳這裡都不清楚，我該找誰問啊？」

「很抱歉。一取得最新資訊，我們就會上傳到網站上，請自行上網瀏覽。」

真奈很有耐性地加以說明，但對方遲遲不肯掛斷電話。

雙方都很不安。

「對於核電廠事故，許多人都很擔心，所以我們會隨時公布最新消息，請您再等一陣子。不過，如果您真的沒辦法等，請直接向當地的大學詢問。之後我們也會針對這件事提供資訊，不過，我們不會隨意提出保證。最終還是要請當事人自行判斷。」

此話一出，對方便無話可說。不管再怎麼不安，再怎麼無法接受，也只能掛上電話。而代表處能做的事，也就只有這樣。

真奈再次回到翻譯的工作中。但本來就已經做得很沒幹勁了，現在又因為剛才那通電話，心情完全跌落谷底。

這時，碰巧在清單底下發現一個引起她興趣的標題。

「想送愛心　超商可捐款」

這是《連合報》的報導。不知為何，看在真奈眼中，覺得這篇報導的標題光芒耀眼。

國內的三大便利超商，開始接受對日本震災的捐款。大家便利商店與中華民國紅十字會合作，在全國二千六百家店面設立「Fami spot」進行募款。金額最低一百元起，最高兩萬元。統帥超商「SEVEN11」與聯合勸募協會合作，除了在全國四千七百家店設立募款箱外，也能利用便利生活站「bon-i」捐款。哈爾富「H-life」在收銀臺設置募款箱。

除此之外，銀行合作社也宣布，匯款至震災的捐款帳戶，在六月三十日前一律不收跨行手續費。

看到募款這兩個字，真奈想起每年到了歲末，車站前都會有好幾個人捧著方形的募款箱，一邊說「請大家幫忙」，一邊向行人募款的景象。

小學低年級時，真奈曾因為想捐錢而到他們身旁。但走近之後，聽到他們高分貝的叫喊聲，不知為何，她為之怯步，在原地無法動彈。明明只是走到募款箱前，把錢投進裡頭即可，但不知為何，她就是做不到。手中的二十日圓，因汗水而散發出金屬的氣味。

可能是因為有這樣的經驗，真奈對捐款的行為感到彆扭。

長大後，就連偶爾看到電視上出現NHK歲末互助募款的通知，她也只是覺得那和自己沒關係，是對某個地方的善良市民發布的消息。

然而，從今天看到的《連合報》報導，她感覺到一股和自己過去所知道的捐款截然不同的氣味。

報導本身就只是提到接受捐款，並沒有特別大聲的向民眾疾呼。但從那平淡的文句中，不斷傳來「我們需要你的力量」這樣的想法。

這是為什麼呢？雖然心裡這麼想，但真奈不知不覺間，又變回了當初那個想對街頭募款投錢的小學生。

她仔細照著清單往下看，發現了其他好幾個像是針對捐款在報導的標題。

繼續讀這些報導，獲知不少消息。

除了許多地方政府首長率先呼籲自己所轄之居民踴躍捐款之外，救難隊及救難犬也已整裝待發，並且開設緊急募款的專用帳戶。

在民間的行動方面，將睡袋、防寒用品（圍巾、毛毯、衣服等）、食品（泡麵、穀片、餅乾等）等收集後運往桃園國際機場，與外交部準備的救援物資一同送往災區。

翻譯捐款和物資援助相關的新聞，真奈一點都不覺得累。非但如此，甚至感覺自己得到了力量，之前因核電廠事故的標題而變得陰鬱的心情，頓時變得輕鬆許多。

乘著這股氣勢，她持續翻譯，忙到晚上八點多。

結束工作返家的路上，她順道走進辦公室附近的一家超商。原本是為了買飲料，但更主要的原因是白天時翻譯報紙上的報導，她想看看實際募款的情況。

募款箱就擺在收銀臺上。有種孤零零的感覺，與小時候見過的街頭募款箱相比，顯得毫不起眼。

但真奈卻覺得它很巨大。

真奈從錢包裡取出一張百元鈔，放進裡頭。既不覺得緊張，也沒意識到自己正在做善事。這感覺就像將明信片投進郵筒裡一樣。

「捐款的人很多嗎？」

她一面在收銀機前結帳，一面向年輕的男店員詢問，對方以平淡的口吻回了她一句「是啊」。

接下來這兩天，文化室一直被震災相關的工作追著跑，時間過得飛快。

「真的很抱歉，我們代表處對於核電廠事故，只會傳達我們收到的公開新聞，除此之外，一概無法做任何判斷。」

隔壁座位的廣田，很賣力地向一般市民打來的外線電話解釋。

「是留學生嗎？」

廣田剛掛上電話，真奈便向她詢問。

「對。是學生的母親。因為自己的寶貝兒子要去日本，所以這種心情也不是不能理解啦。」

從廣田的笑容看得出一半同情，一半為難的複雜心境。

這類的電話愈來愈多。

翻譯的工作還是老樣子，堆積如山。

不過，與昨天相比，支援物資和捐款的報導增加許多。至少這點令人開心。除此之外，以核電廠事故為主，地震受災狀況的相關內容已幾乎看不到了。

真奈從手邊的清單中挑選支援物資和捐款的報導，以螢光筆塗色。這是優先處理的標記。透過翻譯獲知的事情，不只是地方政府之類的政府機關，還有許多一般市民自動自發舉行各式各樣的支援活動。

像是有為數不少的大學，以日文系學生為中心，舉辦募款活動。他們有的以在街頭手持捐款箱的方式，也有將午餐費省下、開辦愛心義賣、以自己力所能及的方式募集善款。學校的募款不限於大學，同時擴展到高中、國中及小學，學生們從零用金中，拿出十元、二十元捐款行善。

除此之外，更有捐出數十萬至數百萬元毫不心疼的民間企業和宗教團體、語言學校，以及在日據時代，曾受過日本老師恩惠而心懷報答的農家，捐出自己栽培的高級水果，加入愛心義賣的行列。

關於支援物資的新聞源源不絕。

聽聞災區發電機不足的消息，僅僅三個小時便募得十六台，而且是日本進口的新品，運回日本可以立即投入救援行動。當募集防寒用品的呼籲一出，襪子五萬雙、帽子一千頂、圍巾二百條、手套三百雙、衣服五十件等等，瞬間募集完成。

在翻譯這一篇篇報導的過程中，真奈心中有個想法，期望有更多的日本人能夠知道台灣人溫暖善良的心，即使是多一個人知道也好。

或許現在自己所做的翻譯稿件會在某個場合下發揮作用；或許稿件送往東京總部之後，被日本媒體轉載報導，被某個人看見。這是相當有可能的，真奈深信不疑，繼續開始翻譯的工作。

猛然回神，發現已即將九點。

「如何？忙得完嗎？」

真奈緩緩倚向椅背，並向廣田詢問。

「還剩一些，不過，剩下的就留到明天再處理吧。」

「那麼，我也明天再說好了。」

兩人互望一眼，同時把電腦關機。

「她們在忙什麼？」

「不清楚耶，會是什麼呢？」

兩人說的是臺灣職員。平常這個時間，早已結束工作返家，但今天不知為何仍留在會議室裡，沒有要回家的意思；而且不時傳出女生特有的笑聲，真奈一邊翻譯，一邊感到好奇。

「我去看一下。」

真奈如此說道，站起身，廣田對她說「我也去」，也隨後跟上。

打開會議室的門一看，陳怡靜、莊文真、郭佩琪這三人正專注地看著電視。桌上擺了飲料和幾包已開封的點心。

「妳們在看什麼？」

真奈詢問後，陳怡靜轉過頭來說道「是名叫『愛心』的節目。正在電視上呼籲大眾捐款給日本」。

電視畫面是白底中央一個紅色圓圈的設計——可能是用來表示日本國旗吧——而大約有十名臺灣藝人穿著紅底白字寫著「天佑地球　送愛到日本」的T恤，排成一列站在舞臺上，展開熱絡的交談。

「要在九點前突破三千萬圓的目標哦。聽到了嗎？」

主持的男性藝人，以充滿熱情的聲音提高氣勢。這鼓舞了現場的來賓們，同時也是對守在電視前的觀眾們呼籲。

畫面左下方列出「29395824」這一大排數字。大概是目前募得的累計金額吧。數字下面還由左到右打出「……陳建中　二〇〇〇元、林美鳳　一〇〇〇元、王大明　一〇〇〇元……」，捐款人的名字和金額陸續出現。

舞臺上的交談仍舊持續。

主持人旁邊站著像是藝人的年輕女性，每位真奈都不認識，但她們都在呼籲民眾發揮「愛心」。當中也有人談到自己與日本的關係，以及地球和平。

「妳知道嗎？這些人全都是臺灣的偶像劇演員。」

陳怡靜看出真奈和廣田還搞不清楚狀況，主動說明。

「我沒看偶像劇。」

「那麼，剛才出現的人，真奈妳大概認識。茱莉亞。這妳總認識吧？她是從日本來這裡唱歌的。」

真奈知道茱莉亞。是住在日本的臺灣華僑歌手。似乎是為了呼籲大眾捐款，才回來臺灣。

主持人和來賓站在一起，後方是階梯式舞臺。現場擺有桌子，坐了許多人，與主持人和藝人們穿同樣的T恤，全都一臉認真地接電話。似乎正在進行Call in，接受觀眾打電話進來捐款。不過，負責接電話的有多少人呢？真奈想細數，但畫面旋即切換，來不及數完。總之，人數相當多，看起來有五、六十人之多。

「真奈，妳也快點打電話。」

莊文真半開玩笑的說。

「我去超商捐款就行了啦。文真，要不要妳來打電話？」

「不行、不行。我從剛才就一直在打電話，但完全打不通。」

「咦，妳真打啦？」

「對啊。」

莊文真一副理所當然的表情，如此說道。

「廣田小姐也快點打電話啊。」

陳怡靜像在催促似地說道。

「不，我……」

話題突然拋到自己身上，廣田嚇了一跳，如此應道。

在彼此你一言我一語時，莊文真再次用手機撥打電話，但還是撥不通。手機傳來通話中的「嘟～嘟～」一聲。

「看吧。」

莊文真將手中的手機拿給真奈看。

真奈看了一眼，回以一笑。

接下來的十分鐘，大家一起看著電視，但這時真奈像是突然想到什麼似地，開口問道：

「這節目到幾點？」

「對哦，到幾點？」

「記得好像是到十一點。」

還有將近兩小時的時間。她們打算在這裡一直看到最後嗎？

不過，就算她們再怎麼想看，只要真奈和廣田要離開，她們就不可能看完節目。因為只有日本職員才有辦公室的鑰匙。

真奈不知該如何是好。於是她問：

「妳們要看到最後嗎？」

沒人回答。這表示她們想看嗎？

「廣田小姐，妳打算怎麼做？」

這次她試著把問題拋給廣田。
「我沒辦法留下來，不好意思。」
每日埋首在翻譯的工作中，持續加班，想必很疲憊吧。坦白說，真奈很明白廣田的感受。
但另一方面，為什麼她們這麼想看這個節目，真奈對此感到很好奇。最後，她的好奇心獲勝了，
「那麼，我也陪妳們看一會兒再回去吧」這句話已脫口而出。
廣田聽了，似乎也沒特別驚訝，就只是回了一句「這樣啊。那我要回去了」，最後她邊揮手邊補上一句「先走一步嘍」，就此從會議室離開。
「真奈，妳不用勉強哦。我們回家後再看也行。」
莊文真顧慮到真奈，如此說道。
「不，我也想看這個節目。」
說完後，真奈朝一張空椅一屁股坐下，桌上的點心拿了就吃。
畫面中，真奈不認識的藝人輪番登場，各自都呼籲民眾捐款。個個表情都很認真。但他們為什麼能這麼認真呢？這令真奈覺得想不通。
這段時間，畫面底下流過的捐款人姓名始終沒停過。
用來顯示累積金額的數字，已遠遠超過真奈一開始看的三千萬元，超過四千萬元，正直逼五千萬元。

「啊，姚元豪！」

郭佩琪突然大叫。

有許多年輕男子站上舞臺。之所以全都理短髮，是因為他們個個都是以軍營當舞臺的連續劇演員。

其中一名身材高大的帥哥，就是姚元豪。辦公室的這三位臺灣職員似乎從某處得知他會登臺，一直在等候這一刻。

接著又是一陣拍手，有另一群人走上舞臺。

站在中央的女演員，真奈也認識。因為看過幾次她演出的連續劇。

雖然不太記得那齣連續劇的劇名，但裡頭好像有「人妻」這兩個字。

「人妻」不是中文，而是日文。像這樣，臺灣很流行拿各種日語當外來語使用。而這些語彙在不知不覺間取得中文的市民權，每個人都用得很習慣，一點都不覺得有哪裡不妥。

「哇，太酷了！」

緊盯著畫面的陳怡靜，忍不住發出歡呼。

「這兩齣戲，雙方都以超高人氣在比拚收視率，因為分屬不同電視臺，要是在平時，絕對不可能一同站上舞臺。」

莊文真略顯興奮的說明情況。

真奈沒有真切的感受，不過，從莊文真和陳怡靜吃驚的神情來看，這場演出本身似乎帶了點驚喜。

這時，姚元豪與「人妻」當中的一名演員向前跨出一步，開始伏地挺身。似乎在比誰做得多。

五、六、七、八……

兩人做的次數，都以驚人的速度增加。一旁有人大聲報數。現場的許多人合力營造出的驚人熱情，從電視畫面中傳來。而陳怡靜和郭佩琪就像要加以呼應般，也怪聲怪叫。

真奈望著這一幕，心中暗自思索。

為什麼他們能這麼狂熱？

眼前這三人，還有電視裡的藝人們。不光這樣。還有陸續在畫面下方出現的各個捐款人。這幾天來，從報上看到投入各種募款的人們。幾天前，在代表處擺上那束花的人、帶援助金來的人，和帶飯糰來的老太太。

就像在足球體育場裡常看到的波浪舞，就這樣在整個臺灣帶動起來。

它的起伏會隨著時間愈來愈大，任何事物都會被捲入其中。

四十七、四十八、四十九……

伏地挺身沒變慢。依然強勁有力的持續著。

不過，臺灣人為什麼要出錢呢？而且對他們來說，這絕不是一筆小錢。

真奈對臺灣人的印象，覺得他們比日本人更看重金錢。不論是做生意，還是買東西，只要能更便宜的買到，就會不厭其煩的展開交涉，為了能多得到一點利潤，有時甚至會做黑心生意。愛錢，這是真奈原本對臺灣人的印象。

然而，大家這樣辛苦存下的寶貴錢財，現在卻毫不吝惜地捐了出去。

這麼大的反差，令真奈感到不可思議。

也許他們遠比日本人更懂得金錢的用處。

也懂得賺錢的困難、用錢能得到的幸福，以及一旦有事發生時，錢能發揮出難以估算的力量。因此，對他們來說，出錢應該比任何事都更能傳達心意吧。傳達自己的一份愛心。

舞臺上做伏地挺身的步調逐漸變慢。姚元豪露出痛苦的表情，從超過八十五下後，每多一下就顯得吃力。使出渾身的力量撐起身體。會場上眾人一起高喊「加油」。

他們為什麼要這麼賣力呢？是為了「愛心」嗎？真奈不知道。不過，她只知道一件事。看著他們，真奈認為，唯獨這件事絕對不會有錯。

他們內心與日本的距離，絕對遠比真奈想像中還要近。這對真奈來說，是很驚訝的發現，同時也對此感到很歉疚。

「幸好我看了。」

當姚元豪再也撐不下去，趴在地上時，幾乎同一時間，真奈也如此低語。

「那麼，我告訴妳一個好消息哦。」

莊文真面露開心的表情，望著真奈嫣然一笑。

「明天晚上，還有另一個『愛心』的節目。」

「還有類似的節目？」

「嗯。內容大致一樣。不過，演出的人數或規模，應該會大不相同。能募得的資金，大概會有十倍之多吧。」

「十倍」一詞，在真奈腦中形成漩渦。

這數字之大，已非真奈所能想像。不，是連想都沒想過。

無數個無名人士。臺灣的民眾……

真奈此刻覺得自己周遭發生的事，遠遠超乎自己的理解範疇。同時更想要了解他們。是發自內心想要了解。

第二章

山中學校

星期一的第一節課。

小六生的課表上寫的科目是國語課，但這天突然改變上課科目。

「大家到前面來！」

導師王筱絹一走進教室，馬上向全班的學生喚道。雖說是「全班」，但學生連二十人都不到。要全部集中一處，並不會多費事。

接下來會發生什麼事？一張張充滿好奇的臉蛋，開始陸續往教室前移動。

王筱絹將自己帶來的筆電擺在黑板前的講臺上，以熟練的動作打開電源。

不久，出現了幾個畫面後，開始播放上傳至YouTube的新聞影片。

大浪從海的遠方襲來，輕易的越過防波堤，接著一口氣將數十輛車吞沒。翻倒的船隻重重撞向建築物。被沖走的屋子。黝黑的大浪以驚人的速度在水田上滑行。

一整面都是瓦礫。殘破不堪的大樓勉強留了下來，車輛交疊在一起。在泡水的狀況下，一味等待救助的人們。避難所裡擠滿了人，眾人都在和絕望對抗，努力探尋家人的消息。

學生們圍在筆電旁。

他們一開始還會發出怪叫聲嬉鬧，但漸漸變得小聲，最後再也沒人開口。

「這是上星期日本發生的地震。我想，有人在電視上看過。有許多人因為這場地震而喪命，或是受傷。如果你們的家人像這樣過世，有什麼感覺？要是住家沒了，一切全都被沖走，你們會怎麼想？」

學生們就像中了魔法般，發不出聲音。

「我們大家能為他們做些什麼呢？」

王筱絹一一望向每位學生的臉龐。

沒人發言。

「淑真，如果是妳，會怎麼做？」

王筱絹指向其中一名女學生。

「大概會寫信吧。」

「就算妳用中文寫，日本人也看不懂。還是說，妳會用日語寫信？」

看樣子，男生班長陳偉大對淑真提出寫信安慰日本災民的作法，非常不以為然。好幾個同學跟著笑了。

沈淑真以為自己說了不該說的話，露出羞愧的表情，低頭不語。

「還有其他做法嗎？」

「寫卡片。」

「那和寫信一樣吧。」
「送食物。」
「在抵達日本前就先腐爛了。」
眾人提出了幾個意見，但每次陳偉大都會指出問題點，出言嘲笑，就像這是他負責的工作似的。
王筱絹觀察學生們的對話，似乎覺得很有意思。
「如果是我，就會呼籲大家捐款。」
之前一直保持沉默的李茹雲說。
李茹雲是女生班長，也是班上成績最優秀的人。正因為是她這種高材生的發言，全班同學都很感興趣。
不過，只有陳偉大還是老樣子，繼續出言嘲諷。
「捐款？哪來的錢啊。大家平時明明都在喊零用錢不夠用。」
「就算大家都沒錢，但一元總湊得出來吧。」
「就算收了一元，也什麼都買不起啊。」
「才不會呢。就算只是小小的一元，但只要大家湊在一塊，或許就能成為一大筆錢。」
李茹雲像平時在課堂上發言一樣，自信滿滿的接著說道。
「我的想法是這樣，每個人捐一元，光我們班就有十九元。如果從一年級生到六年級生，甚至國中部的學長姐也能一起幫忙的話，一天就會有將近兩百元。這個活動一直持續到這個月月底。今天才十四號，所以還有半個月的時間。這麼一來，核算大約可募到三千元左右。如果有三千元的話，我覺得就已經不算是一筆小數目了，大家覺得呢？」

李茹雲這番話就像在上數學課一樣。關於她的計算過程，有同學沒認真聽，不過，沒人會在意計算的事。因為這是李茹雲說的計算應該不會有錯。這女孩就是有這樣的說服力，或是給人這種信賴感。

而且捐款的金額就只有一元。這部分大家都能理解。如果一天一元就能幫助日本人，那肯定是很棒的一件事。班上開始瀰漫起這樣的氣氛。

「茹雲。如果照妳的想法去做，就會以我們班為中心，從明天開始，大家一起到校內展開募款活動對吧？」

王筱絹像在確認似的問道。

「也沒說一定要做，我只是在想我們能做什麼，結果覺得這似乎是最好的做法。」

「如果覺得這樣最好，那何不試著做做看呢？」

王筱絹笑容可掬的說道。

「是啊。就試試看嘛。」

剛才還一直提出反駁的陳偉大，此刻目光炯炯，一副現在就想做的模樣。其他同學也對這項發展很感興趣，一直等著李茹雲答覆。

「說得也是。要試試看也無妨。」

李茹雲自己也開始有這個意願。

「那就這麼決定了。」

陳偉大如此說道，接著全班沉浸在這件事就此敲定的氣氛中。

這時，李茹雲補上一句說明。

「不過，既然要做，有個募款的規則，希望大家能遵守。那就是拜託別人捐款時，絕對不能強迫。希望能仔細說明募款的意義，當對方同意時，才能請對方捐款。還有，對方捐款的錢，一定得是他自己的錢。不是為了捐款而向父母要，而是要請他們照自己的意思，從每天買果汁或點心的零用錢當中拿出一部分來捐款。」

感覺計畫愈來愈正式了。可能是每個同學都有這種感覺吧，就連李茹雲自己在說明時，也這麼認為。

之後李茹雲成為計畫的核心人物，針對具體的做法展開討論。

最後決定班上四人一組，分成多個小組，各自在休息時間帶著募款箱，從小學部一年級到國中部三年級，全都去跑一趟。有一組只會有三個人，於是提案者李茹雲自動加入那一組，前往大家都很不想去的國中部國三班級。

「同學們。那大家明天就好好加油吧。」

下課鐘聲響起的同時，王筱絹如此說道，全班仍都洋溢著熱情。

下午的教職員室，和煦的陽光從窗戶射進屋內，感覺說不出的舒服，彷彿一不小心就會打起盹來。

范威如正在上網找下週戶外教學要用的照片資料。

這所鳥山中小學，位於與都市之間隔了好幾座山的村落，如果要在大自然中學習動植物的生態，可說再也沒有比它條件更完備的學校了。尤其鳥類更是種類豐富，除了五色鳥和繡眼畫眉外，運氣好的話，還可觀察到竹雞或臺灣的國鳥臺灣藍鵲。

范威如之所以立志要當老師，其實受到她小學時一位實習老師很大的影響。

以前只要談到在學校的學習，就是一味強迫學生死記。不對教科書上寫的內容抱持懷疑，從頭到尾多記多背，這樣的學生就會得到好成績。

但那位老師卻帶全班的學生去附近的山上，觀察昆蟲、教導岩石的名稱，還在放假的前一天去露營，入夜後一一說明頭頂上的星座。

等我長大後，也要當老師。不知道從什麼時候起，范威如開始有這個念頭。她朝這個夢想持續努力用功，考上國立師範大學，和那位老師一樣，專攻自然科學。

大四那年，她到臺北市內的小學展開教育實習時，她要像自己小學時那樣進行戶外教學。但指導老師卻冷冷的對她說「平時學生念書的時間都不夠了，哪來的空閒時間做這麼悠哉的事啊」。這時她仍然不放棄，但最後因為指導老師怕家長們會提出抱怨，而沒能獲准。

對她來說，還有一件事更令她大受打擊，那就是學生們對戶外教學顯得興趣缺缺。「就算學那種東西，考試也不會出吧」。聽到這句話，范威如覺得就像有人拿著一把暗藏的刀子朝她砍了一刀。

因為這個原因，范威如在通過教師資格考後，希望任教的學校不是都市學校，而是能在大自然中上課的學校，就算地點偏僻也無妨。最後她選擇了這所鳥山中小學。

「大家都懷抱著祈禱的心情在等候分發，希望能想辦法到都市的學校去，為什麼妳偏偏想去那種偏僻的地方？」就讀同一所師範大學的同學覺得很納悶，但她始終不改其衷。

幾乎沒機會認識異性。老家的父母之前多次提起相親的事，但實際上，范威如從來沒有去相親。婚後願意和她一起住在這種深山裡生活的對象，應該是找不到了。若是因為這個原因，便決定離開被綠意與自然圍繞的鳥山，遷移到都市生活，范威如更是無法想像。

「在準備戶外教學嗎？」

回到教職員室的王筱絹，一見到范威如，便向她問道：

「因為正值八重櫻的季節，我想帶學生們去賞櫻。」

「這樣啊。范老師在準備戶外教學時，光是從旁邊看就知道了。該怎麼說好呢，說妳神采奕奕，好像有點失禮，不過就是給人這種感覺。」

電腦畫面正好呈現出充滿蓬鬆感的八重櫻照片。

神采奕奕。聽她這麼說，范威如有點難為情，急忙想改變話題。

「對了，王老師，妳生命教育的課上得怎樣？」

生命教育這門課，是為了讓學生學會生命的尊貴，這幾年臺灣教育部特別將它視為重要的教育課程，向各個學校推動。范威如今天早上從王筱絹那裡聽說，她以日本發生的震災當教材，跟學生上生命教育課。

「學生們好像遠比我想的還要關心。他們以茹雲為核心人物，充滿幹勁的說，要從明天開始展開募款活動。」

「募款活動？」

「對，現在應該正在製作募款箱吧。」

「哦～真教人期待呢。」

范威如如此應道，莞爾一笑。這時，她腦中閃過一個點子。

——要是讓「關懷班」的學生也從事這項活動，不知道會怎樣？

「關懷班」是針對因排斥上課而拒絕上學的學生，想辦法讓他們到學校來上課的班級，是其他學校沒有，烏山中小學特有的制度。

在「關懷班」裡，學生上的不是一般的教育課程，而是上烹飪、跳舞、木工，什麼都可以，只要是學生感興趣的事物，都能充當上課內容讓他們學習。這些與升學考試的科目完全無關，學校方面也很清楚這點。因為目的是要讓學生肯到學校來。

「關懷班」的成立背景，有這個地區特有的社會問題。

烏山中小學所在的烏山區，居民大多是原住民。原住民指的是在十七世紀左右漢民族從中國大陸渡海來到臺灣之前，已經在這塊土地上生活的民族，現在人口連臺灣總人口的百分之五都不到。

就像世界其他地區的原住民族一樣，臺灣的原住民同樣也絕非得天獨厚。對他們來說，要適應主流派漢民族的語言和生活習慣，並不容易，因此難以找到固定職業，淪為經濟弱者的也不少。

烏山中小學的學生，小學部和國中部合起來約二百人，而原住民就占了大約百分之九十的比例。其中大約百分之四十不是父母離婚，就是母親為單親媽媽，亦即所謂的單親家庭。

在這樣的家庭下，父母光是要賺取生活所需的費用，就已竭盡全力，實在沒餘力顧及孩子的課業。孩子當中，也有討厭念書，不來上學，或是誤入歧途的。

就這樣，為了守護孩子們，成立了「關懷班」。既然討厭念書，那不念書也行，就學習其他感興趣的項目。不過，一定要到學校來，這是關懷班基本的想法。

范威如是國中部三年級生的導師，而她班上也有一人轉進「關懷班」。那位學生目前學的是木雕，負責的教師名叫張銘達，是與校方簽訂一年合約，兼職的年輕男老師。

范威如上週聽張銘達說，那位學生又不來上學了。時常會有這種情況。每次范威如都會到學生家，說服學生回到學校來。

要帶學生重回學校，一週內是重要關鍵。這段時間，學生們多少也會有點罪惡感。但一過了這段時間，罪惡感就會慢慢變淡，這時再加上外界的誘惑，就很難帶得回來。之前也有好幾名學生就是這樣休學。

差不多該去找人了，范威如心裡這麼想。正好這時候從王筱絹那裡聽聞募款活動的事。「學生們好像遠比我想的還要關心」。雖然這句話毫無根據，但范威如突然腦中閃過一個念頭——他會不會也感興趣呢？

范威如決定要在明天上午去一趟。

鳥山是有名的溫泉地。這處四周綠意環繞的小鎮，到處都蓋有溫泉旅館。

鎮上被河川一分為二，河川上架了一座橋。

橋的前方有一處公車站，每到週末，就會有好幾輛遊覽車從都市運來大批遊客在此下車。

過橋後，有條短短的溫泉大街。兩旁櫛比鱗次的禮品店，販售原住民的工藝品或食物。也有幾家提供簡單的鄉土料理的店家，店頭掛上寫有「山豬肉」的招牌。

離開大街，沿著河川往山上走，有一條可走下河灘的小路。這條河的水量鮮少會增加，所以這一帶有好幾塊裸露的白色巨岩，後方是水流湍急的溪流。

高英傑仰躺在巨岩上，望著天空發呆。雲呈現各式各樣的形狀。時而像鳥，時而像熊，過了一會兒，又變成了老鼠，望著這樣的浮雲，他就算在這裡待上一整天也不會膩。

不知道已經多少沒上學了。前兩天還記得，但從第三天起，就再也不會在意這個問題了。

高英傑這幾天都是上午到這座河灘來，什麼也不想，就望著天空耗時間。等到了中午，就到附近一家做編藤工藝的工房。那是一名原住民工匠工作用的小工房，但不知為何，高英傑光是在那裡看他工作，就覺得很開心。

這一帶有很多單親家庭，高英傑就是在這種家庭中長大。年幼時父母離婚，由父親扶養的他，常被喝醉酒的父親暴力相向。這時，他總會跑去找母親，但每次都會被趕回家，然後又再受父親的暴力。

施暴是不對的。它總是防不勝防，所以高英傑決定不去想這個問題。如果有一天沒遭受暴力，那天就是剛好運氣好。不知不覺間，他開始有這樣的想法。

高英傑從胸前口袋取出一根菸，點燃了火。

高英傑是從上週開始抽菸。在工房裡，師傅自己要抽菸時，遞給他一根。高英傑覺得好像是得到了什麼很重要的事物般。叼進嘴裡點燃火，深吸一口，頓時喉嚨深處覺得好難受，開始咳個不停，眼中噙滿淚水，但隔天，卻在大街的禮品店買了一包菸和打火機。然後很寶貝的收在胸前口袋裡帶著走。

「高英傑！」

走下河灘的小路傳來一個叫喚他的聲音。

仔細一看，是范威如，她很注意腳下，正戰戰兢兢的往下走。

「剛才我向工房的師傅詢問，他說你大概是在這裡。」

「為什麼妳知道去工房找我？」

「這個鎮這麼小，大部分的事都會知道。」

范威如前來的目的，是要叫他上學。之前已發生過幾次，所以高英傑也知道。

「張老師說，你後來都不來上學。你不是喜歡木雕嗎？」

「是喜歡，不過……」

「怎麼了嗎？」

「……覺得沒什麼意思。」

「為什麼又覺得沒意思了呢？」

「不知道。」

高英傑是真的不知道。木雕本身很有趣，但張銘達教課時，總覺得哪裡不對。

「我知道了。既然覺得沒意思，那就不用勉強自己繼續下去。對了，你知道之前日本發生大地震的事吧。有許多人喪命，無家可歸，很可憐呢。這次六年級的學生為了幫助他們而舉辦募款活動，目的是幫助日本人。你要不要也試試？」

高英傑默默聆聽。

關於日本地震的事，他從電視新聞上多少看過一些，但詳情並不清楚。所以老師突然提到募款活動的事，他一時也不懂這和他有什麼關係。不過，當他聽到「可憐」這句話時，微微感到心弦被撥動了。

他心想，這世界到處都有可憐人。

國中部位於校舍最高樓層的三樓，從國一到國三各有一間教室。共有三個班。第一節課剛結束，學生們的喧鬧聲從教室內一路傳向外頭的走廊。

李茹雲和兩名同學一起從國三的教室後門往內窺望。手中握著昨天放學後，留在學校裡用寶特瓶製作的募款箱。

國三生個個看起來都好高大。當中有只留頭頂一小撮頭髮、剪成龐克頭的學生，以及將藍色運動外套的拉鍊敞開，露出裡頭亮黃色T恤的學生。光是和他們目光交會就覺得可怕。

李茹雲在來到這裡之前，原本還很有自信，認為全校的學生一定都很樂於協助捐款。可是一旦來到最高年級的班級面前後，她的自信頓時像洩氣的氣球般，開始無力的萎縮。而其他兩名同學可能也被李茹雲的情緒感染，不發一語的露出不安之色。

「我們上。」

「嗯。」

他們小小聲的互相打氣後，李茹雲拿定決心，從教室後門走進，全神貫注的使出她最大的音量喊道：

「報告！」

教室裡的學生一臉納悶，不約而同的轉頭望向李茹雲他們。

「拜託大家發揮關懷的心。一天一元。送愛心給日本災區的人們。」

昨天李茹雲回家後，一再練習說的話，現在比想像中還要流暢的從她口中說出。

「拜託大家發揮關懷的心！」

「拜託！」

其他兩位同學也跟在李茹雲之後大聲說道。

瞬間教室裡鴉雀無聲。

這時，坐在最前排的一名女學生突然起身走來。

「你們是幾年級的？」

「六年級。」

「要送去日本災區嗎？」

「對。只要從零用錢中捐出一元就行了。請大家幫忙。」

「喏，給妳。我第一個捐。」

那名女學生從錢包裡掏出一元，投入寶特瓶作的募款箱內，在底部發出咚的一聲。

緊接著，她身後有四、五名女學生也跟著朝募款箱裡投入一元。

「不是投一元也沒關係吧？」

這次是兩名男學生各投入五元。

「喂，大家一起幫他們忙吧。要投十元也沒關係哦。」

陸續有男學生前來。各自投入一元或五元。剛才從門外看的時候，覺得很可怕的龐克頭學生，還有穿黃色T恤的學生，也都投了錢。

每次李茹雲他們都會說「謝謝」，最後補上一句「我們明天會再來的，到時候再請多多幫忙」，就此離開國三生的教室。

李茹雲有個念小二的妹妹，每天從學校返家後，她都會幫忙看妹妹的功課，然後做作晚餐。這是她每天的例行功課。

她父母都在工作。

李茹雲的母親是溫泉街禮品店的店員，販售以漂亮的原色絲線編織的小盒子和包包、竹編工藝、木雕人偶、以稻米釀的蒸餾酒、麻糬等等。時薪一百二十元。從上午十一點到下午七點，一天工作八小時，賺不到一千元。這樣的收入並不多。

父親是打零工的工人，一旦出外工作，就得等到工地的工作結束後才會返家。現在他人在基隆的工地，下次回來應該還要再等上一個多月。

李茹雲剛吃完晚餐，收拾好碗盤時，母親正好下班回家。

一聽到大門的開門聲，李茹雲的身體反射性的望向聲音的方向。

「媽，妳聽我說哦，我們光今天就收到了一百八十四元哦。」

母親連鞋都還沒脫，李茹雲便興奮的說個不停。

母親聽了之後，一時間露出納悶的表情，但可能是很快便猜出是什麼情況，朝她露出笑臉。

「拜託大家發揮關懷的心。一天一元。送愛心給日本災區的人們。」因為母親想起她昨晚為了募款的事，一直練習到很晚。一開始原本是說「給可憐的日本人」，母親說這樣很奇怪，叫她改成「給日本災區的人們」。

「大家都很配合，國中部的學長們，甚至有人一次投五元哦。」

「那太好了。不過，不能因為想多收點錢，就強迫別人哦。這樣的話就無法傳出這份心意了。」

「我知道。我都沒強迫別人。」

「那麼，請繼續努力，讓鳥山中小學眾人的這份心意，傳達給災區的人們吧。」

「嗯。」

李茹雲很開心，不僅向母親報告了今天的活動成果，母親還對她說「請繼續努力」。雖然才第一天結束，但今天一整天感受到的喜悅有多大，絕非昨天的時間點所能想像。

才短短一天，心境就有如此大的轉變。讓人等不及明天的到來。李茹雲腦中想著許多事，沉醉在無限膨脹的期待中。

晴空萬里。明明才三月半，但天氣已相當炎熱，光是站著就已滿身大汗。

鳥山中小學正在舉行一週一次的朝會。

小小的紅沙土運動場，正中央是籃球場，環繞它四周的，是四條田徑跑道。正面是一座有屋頂的司令臺，背後是一大片蒼翠的山林，左側聳立著三根升旗竿。

一百多名小學生面向司令臺，整齊的排好隊伍。

在鳥山中小學，國中、國小都在同一所學校內上課，但朝會分開舉行，所以小學朝會時，最高年級的學生是小六生。

繼一陣麥克風的回授音之後，告知朝會開始，之前一直嘰嘰喳喳講個不停的學生們，全都安靜下來。

校長向全體師生道早安後，就像反射動作般，上百名小學生大聲的回覆道「校長早」。

「大家早安。」

校長年約五十歲，是一位體格健壯的男性，以響亮的聲音接著說道。

「大家都知道，這一個禮拜來，六年級的大哥哥大姊姊們，為日本的災區舉辦了募款活動。每天一元。大家也都有捐款嗎？」

在校長的詢問下，傳來「有」的大聲回覆。

「大家所捐的一元，將會遠渡日本，幫助災區的日本人。這是很棒的一件事。所以請努力將各位的這份心意傳達給日本人。還有一件事，校長想跟各位說。我希望大家能藉由這次的機會，學會感謝的重要。怎麼說呢？我們鳥山中小學的學生平時便受到許多援助。你們知道嗎？你們和其他地區的學生們不一樣。多虧有政府和民間團體提供我們援助，我們學校的每位學生才都有教科書。而一學期只要付八百元，就每天都有午餐可吃，一天只需要八元。請各位不要將每天接受的這種援助視為理所當然。是許多人的愛在支撐著各位。必須心存感謝。而現在，日本有許多人遭遇困難，這次輪到我們提供援助了。接受援助的我們，現在改為援助別人，你們或許會覺得奇怪。但每天只要一元。重點不在於金錢的數量。就讓我們一起傳達這份心意吧。我們並不富裕，但我們擁有一顆美麗的心。要將這份心送到日本。明白了嗎？」

講了很長的一段話，但學生們全都靜靜聆聽。最後，大家整齊劃一的大聲回答「明白了」。

朝會結束後，六年級生的教室裡滿是喜悅。學生們個個笑容滿面。校長在朝會上談到他們的事。這表示他們之前的努力，得到全面的認同。

之後每位六年級生都能大大方方的抬頭挺胸四處募款了。而且可能還會接受眾人尊敬的目光。

李茹雲也認為自己能展開這項活動，真的很慶幸。

就在這時，陳偉大前來找李茹雲。

這場活動開始的契機是那堂生命教育課，當時陳偉大在課堂上一直對募款活動提出反對意見，以此為樂，但現在他就像完全忘了那件事似的，都會率先去自己負責的班級募款。

「茹雲，只有你們這組只去一個班級，妳不覺得有點不公平嗎？」

「這話怎麼說？」

「因為除了你們這一組外，每一組都要負責到兩個班去募款，為什麼只有你們這一組只去一個班？」

一班十九人在分組時，原則是一組四人，所以最後會有一組只有三個人。全班共分成五組，到全校九個班級去募款，所以每一組負責兩個班，但有一組只負責一個班。那就是茹雲他們這一組。

「因為我們這一組是去國三班。一開始決定負責的班級時，大家不是都不想去國三班嗎？所以就決定由我們去了。而且只有我們這一組是三個人。」

「就因為這樣，你們這組只負責一個班就行了，這沒道理吧？」

「你在胡說什麼啊？鳥山中小學只有九個班，一定會有一組只負責一個班，你難道不知道嗎？」

「又沒人說只能去學生的班級。」

「這什麼意思？」

「老師那裡也要去啊。」

這是在朝會中，連校長也認同的活動，所以趁這個機會也跟老師募款，這就是陳偉大想說的話。

這確實也不無道理。不過，一開始的時候，是因為學生們全都認為，從自己的零用錢中捐款是很有意義的事，這才對全校展開呼籲，推動這項活動。就算校長認同，但現在突然要向老師們募款，李茹雲有點裹足不前。

但陳偉大對於自己想出的這個好主意，不會輕易讓步。他堅持說，就算多一元也好，能募集到更多錢，才能幫助日本人，最後李茹雲他們這組只好也開始到老師們那裡募款。

帶著募款箱和其他兩名同學一起來到教職員室的李茹雲，站在門口往內窺望。

這和一開始去拜訪國三教室是不一樣的感覺。之前很擔心要是都沒人捐款怎麼辦，平時都很少和上面的學長姊接觸，現在得面對他們，倍感緊張，而此刻她完全沒這種感覺。但取而代之的，是覺得這場由學生發起的活動，只為了想增加募款的金額，而把老師也捲進來，很過意不去。而且就在校長於朝會上談到募款的當天，就馬上登門募款，她覺得自己很厚臉皮。

「沒關係的。妳不方便去的話，我打頭陣。」

見李茹雲一直遲遲無法走進教職員室，沈淑真大方的走進教職員室。

坐在座位上的老師稀稀落落，雖然李茹雲全都認得，但與她熟識的老師一位也沒有。

沈淑真朝位子離她最近的范威如走去。

「老師好。請發揮關懷的心，一天一元，送愛心給日本災區的人們吧。」

沈淑真每天一直都說同樣的話，現在隨時都能流暢的說出這句話來，她朝老師走近，這樣說道。

「老師已經在外面捐款了，所以在學校就不捐了。」

范威如就像在尋學生開心般，如此說道，並觀察他們的反應。

「咦，可是校長今天早上叫我們要加油。」

「那麼，妳可以去找校長啊！」

沈淑真似乎是沒有料想到老師會這樣回答。

「對了。那換老師發問，大家是為了什麼目的而舉辦募款活動呢？如果妳能清楚說明妳這麼做的意義，我也可以幫妳哦。」

「是為了幫助日本人。」

「還有呢？」

「呃……」

「是為了學習感謝的重要。」

見沈淑真不知如何應答，李茹雲從她背後代為回答。

「嗯」，范威如點了點頭，朝募款箱投入一元。

週末的鳥山，滿滿都是從都市來這裡泡溫泉的遊客。大街的人群摩肩擦踵，兩旁的禮品店和餐廳傳來響亮的拉客聲，想將他們拉進店裡。而在大街的角落，亦即橋邊一帶，鳥山中小學的學生們聚集在此。男生班長陳偉大、女生班長李茹雲等一共五人，手裡捧著用紙箱作的募款箱和立式看板。

「這裡有這麼多人，至少也要募到一千元左右。」

陳偉大就像扮演一位呼籲員工認真工作的社長般，一臉開心的說道。

「一千元太多了，沒辦法啦。」

「這麼沒鬥志怎麼行呢。不是要幫助日本人嗎？今天可以不用特別強調一元就好。一百元，二百元都行，要盡可能多募點錢。」

在陳偉大的指示下，他們拿著募款箱和看板，在橋邊排成一列。

就在這時，李茹雲看到有張熟悉的面孔從橋的對面走來。

是國三生高英傑。高英傑在鳥山中小學也算小有名氣。因為他常和人打架，蹺課沒來上學。現在念「關懷班」。就連小他三年的小六生，也都知道高英傑這號人物。

高英傑穿著一件藍色的開襟襯衫，搭黑色長褲，腳下踩著涼鞋，緩緩朝他們走來。

李茹雲他們就像遇上獅子的鼠群般，馬上保持警戒。

「你們在這裡做什麼？」

「……為日本災區募款。」

回答的人是陳偉大，但剛才的氣勢已一點都不剩。

高英傑不發一語的從胸前口袋裡取出一根香菸，叼進口中，點燃了火。

他呼出的一口白煙，逐漸消失在翠綠的山中。

其他學生全都靜默不語。

「募集到的錢，會送往日本是嗎？」

「嗯。有許多日本人的家人死了，或是無家可歸，真的很可憐。就算只有一元也好，請協助捐款。」

李茹雲雙眼筆直的望著高英傑，如此說道。

高英傑聽了之後，也沒答話，就只是「哼」了一聲，便消失在大街的人潮中。

他們就只有這段時間感到緊張，之後以重拾原本活力的陳偉大為中心，展開募款活動，一直忙到傍晚。

最後募得三千多元。

大家似乎都對這樣的結果很滿意，回去時互相開著玩笑。大家都完全忘了高英傑來過的事。

募款活動也逐漸接近尾聲，能募到的金額明顯減少許多。

校長在朝會上替他們加油後的那幾天，有些日子甚至可以募到三百元以上，但現在那股氣勢似乎已完全停止。

今天去國三的班級募款時，有的學生會說「我已經投入了不少錢，應該夠了吧」，有的學生則是每到李茹雲他們前來的時間，就會像早算好時間似的，不是跑去上廁所，就是在運動場上四處跑。

每次李茹雲都會告訴自己「不能強迫」，然後帶著近乎空空如也的募款箱離開教室。

「今天也完全沒募到錢呢。」

「嗯，不過我們已決定要堅持到月底，所以請大家再努力一陣子吧。」

「這我知道，不過感覺自己很不受歡迎，還是會有點沮喪。」

在回到自己教室的途中，李茹雲他們互相吐露心裡的想法。要是不這麼做，恐怕會深陷在陰沉的泥淖中，連辦這項活動的意義都忘了。其他組一定也都抱持同樣的心情四處募款。

為了幫助日本人。在生命教育課看影片時，那發自內心的同情心並未消失，但這種被拒於千里之外的現狀，也令人覺得難受。

「老師，今天只募到這些。」

李茹雲將同學們從小一生到國三生那裡募得的錢，全交給王筱絹。

共九十三元。

當中，六年級生班上的十九元，以及從老師那裡募得的三十五元，便占了一半以上，相對的，從其他班級幾乎都募不到錢。

王筱絹從辦公桌抽屜裡取出筆記本，在記錄每天募款金額的表格中，寫下今天的日期以及九十三元的入帳金額。

「大家的熱情都冷卻了嗎？」

「我認為不是這個問題。」

「這話怎麼說？」

「募款並不是在比誰募得的錢多，而且……」

「而且？」

「這項募款原本就是照自己的意願，用自己的零用錢捐款，以這樣的原則展開……所以和募到的金額多寡無關。因為我們要傳達的是這份心意。」

這時，教職員室的門開啟，范威如走進。

而她身後，站著身穿學校藍色運動外套的高英傑。

「茹雲，妳來得正好。其實我原本是打算要問王老師的，但既然妳在，那剛好。」

「老師，有什麼事嗎？」

「這孩子是國三的高英傑。妳知道嗎？」

當然知道，上週末才在橋邊遇過他。為什麼高英傑在這裡，為什麼范威如在找我？

「他說他也想幫忙募款活動。」

「啊，是……」

「他也想為日本災區的人們做點什麼。當然了，他不是想妨礙你們的班級活動，所以不用擔心。他說想幫忙做海報、向自己的朋友宣傳，用這樣的方式來幫忙。」

站在范威如身後，不發一語的高英傑，望著李茹雲。

「既然學長說要幫忙，班上同學大概也都很高興，只不過……」

「只不過什麼？」

「募款只到這個月月底。所以只剩三天了。」

「就算只有三天，只要全力以赴，這份心意一定會傳到日本。」

確實就如同范威如所說。

「那麼，我會回班上跟同學說。還有，就我個人來說，如果他能幫忙向國中部的班級募款，那就太感謝了。」

這是李茹雲的真心話。

「國中部的班級是吧。這點子不錯哦。總之，雖然不知道會用什麼方式，不過，就請高英傑也幫忙吧。這樣可以吧？」

「可以。學長，那就有勞您了。」

李茹雲如此說道，向高英傑微微一鞠躬。

隔天早上的導師時間，瀰漫著一股沉重的氣氛。

對於突然冒出高英傑的協助，似乎有許多學生覺得，為什麼現在非得和他一起行動不可。但沒人想當面對高英傑這麼說。大家都只是提出一些無關緊要的意見，例如「他會幫我們忙，那很好啊」，或是「反正也不是一定要一起去其他班級募款」，大家都覺得這樣也無所謂，就此接受。

李茹雲說「我認為應該尊重他想幫忙的這份心」，但不知道同學們是否能接受。最後，有名男同學不經意的說道「反正只剩三天了」，而這句話最能表現全班此時的心情。

「大家早。」

就像闖進喧鬧的教室內空氣般，設置在黑板上的喇叭傳來校內廣播。

沒人理會廣播，但一聽到接下來說的話，頓時全部鴉雀無聲。

「我是國中部三年級的高英傑。」

那是低沉又聽不清楚的聲音，但教室內的學生全都仔細聆聽那個聲音。

剛好這時導師王筱絹走進教室。

然而，大家都專注的聽高英傑說話，連跟老師問候都忘了。

「想必大家都知道，現在烏山中小學正以小六生為主，為日本災區展開募款。募款期間就到這個月月底。還剩三天，但請大家再次思考一下這項活動的意義。現在日本有很多人失去了自己的家人和住家。其中應該也有和我們一樣的小學生或國中生。現在六年級生所進行的募款活動，只要一天一元。或許我們大家都不是有錢人，但一天一元應該每個人都出得起才對。讓我們將這份心意投注在這筆錢上，送去日本吧。我認為，當有人受苦受難時，能盡己所能去幫助他們，是很棒的一件事。雖然只剩三天，我希望大家能再次思考這項活動的意義，所以在這裡廣播。謝謝大家聽我把話說完。」

廣播到此結束。

眾人半晌說不出話來。可能是因為用廣播呼籲大家捐款的高英傑，與他給人的形象落差太大。

不久，一名女學生開口道：

「還有三天，大家好好加油。」

接著，其他學生也都紛紛說道：

「得重新打起精神，去班級募款才行。」

「為了可憐的日本人。」

與交談的學生們保持距離，默默觀察他們情況的王筱絹，臉上露出開心的微笑。

募款的最後三天，再次募得每天超過三百元的金額。

尤其是最後一天，甚至募得四百二十九元。國三生的班級有許多學生都捐了五元。

「老師，之後就麻煩您了。」

李茹雲將整個募款箱交給王筱絹後，離開教職員室。

王筱絹在募款金額的核算筆記本上寫下三月三十一日、四百二十九元後，靜靜的合上筆記本。之後她拿出事先準備好的郵局匯款單，在收款人的欄位上寫下「臺灣紅十字會」。

鳥山中小學的募款總額為三千零五十七元。

還有街頭募款募得三千二百五十元。

兩者合計是六千三百零七元。換算成日圓，約一萬八千日圓。

日本精神

眼前是典型的臺灣鄉下景致。

筆直的一條路，兩側是一路向遠方綿延的田地，不時可以看到獨棟的鋼筋水泥房矗立田中。

位於東海岸，面向太平洋的五節鄉，人口共三萬八千人，大部分居民都是農民，種稻維生。此外，也會栽種西瓜等水果，但為數不多。

在近海地區，也會進行些許的蝦子養殖。

蝦子的養殖從一九八〇年到一九九〇年間，有好幾家業者對日本出口，一年賺進七、八百萬元，換算成日圓約二千萬日圓以上，風靡一時。

但之後因原因不明的傳染病蔓延，陸續有業者歇業。現在已減至約全盛期的十分之一。他們託付在蝦子上的夢想，僅短短十年便告終，現在只有一大片水泥打造的魚池，無法變回農地，仍保有以前的樣貌。

明明是三月，卻很炎熱。

在隔壁鄉鎮開完會議返回的路上，廖五松坐在鄉長專屬座車的後座，望著窗外的景致。

天空的蔚藍與水田的翠綠，顯得無比鮮明，陽光閃耀於兩者之間。光是靜靜的望著這景致，彷彿就會在不知不覺間被吸入其中。

廖五松按下電動車窗的按鈕。

隨著嘰的一聲，車窗降下，舒服的涼風吹進車內。

聞到青草的氣味。

車子在田園風景中行駛了一陣子後，駛進鄉內最繁華的鬧街。

最近進駐的超市，以及在全國開連鎖店的超商，讓人感覺有市鎮的味道。此外還有當地居民只在特殊日子才會全家出外用餐的餐廳，在屋簷下掛著好幾年不換、被太陽曬得褪色的偶像照片的文具店、在大都市已看不到的柑仔店。在這條僅兩百多公尺長的大街上，這些店家緊緊相鄰。

五節鄉的鄉公所，就位於這條大街的正中央一帶。

這是一棟三層樓建築，外觀一看就知道是政府機關。是鄉內最具存在感的建築。它不光只是地標，更是這地區的中心。顯示出所有一切全都聚集此地。

車子緩緩在鄉公所的入口處停好。

時間是下午四點半。

鄉公所還要再等一段時間才下班，但現場氣氛已在告知這天即將結束。而且今天是星期五，從職員們的臉上看出，他們已做好準備，等著迎接週末的到來。

其中，祕書劉芳敏一直在鄉長室等廖五松回來。

「鄉長，您知道嗎？」

「嗯？」

「日本發生地震呢，而且規模相當大。」

「什麼時候的事？」

「不久前。現在應該還在播那則新聞。」

劉芳敏一面說，一面打開鄉長室的電視，開始用遙控找尋新聞臺。

「喏，就是這個。」

畫面上播出海嘯肆虐的情況。底下打出一行字幕寫道「在日本宮城縣發生地震規模八．九的地震」。

畫面換成化為一片火海的煉油廠，播報員頻頻提到對核電廠事故的擔憂。

——到底是發生了什麼事？

雖然知道是地震，但另一方面，卻還遲遲無法接受這個事實。眼前的可怕畫面，以及播報員略顯激動的聲音，都像空氣般緩緩流走。

接下來登場的畫面更震撼。

大浪以驚人的速度在水田上滑行。房屋、車輛、巴士，所有一切都被整個吞沒，撞向高速道路後又折返。宛如巨大生物一般。

廖五松的視線無法從畫面上移開，劉芳敏也只能望著廖五松這樣的神情。

不知何時，主任祕書林明俊聽到鄉長回來的消息，趕著來到他身旁可能是察覺到鄉長室內的空氣凍結，他什麼也說不出口，呆立原地。

畫面中的女播報員告知，受困在仙台的臺灣遊客有八十二人，目前還無法確認他們的安危，馬英九總統剛才已設立緊急災害應變總部。

「嗯。」

廖五松傳出痛苦的低聲沉吟。無法再繼續接話。各種複雜的思緒在他腦中交錯。

如果此刻我看到的光景是真的——大概是這樣不會有錯了——他們以後會怎樣呢？過去與自己的人生密切相關的事物，例如家人、風景，甚至是自己的性命，都在瞬間消失。沒任何預告，也無法做任何抵抗。

此事光想就覺得可怕。

還有一件事。說來也真不可思議，這場災難明明是發生在國外，卻感覺像是發生在自己的同胞身上，不，像是發生在身邊的家人、與自己有切身關係的人身上。

「嗯～」

他再度傳出一陣低吟。

但這次可能比較冷靜一些。他腦中浮現一個想法，告訴他必須接受這個現狀，他感覺從心底微微湧現某種力量，說得更清楚明白一點，是一種想挺身而戰的心情。

「林先生，可以幫我請財政課長和社會課長來一趟嗎？」

再過幾分鐘就要五點了。

在週末的下班時間前把對方叫來，有點過意不去，但這是現在非做不可的事。

一會兒過後，林明俊帶著財政課長和社會課長回到鄉長室。兩名課長面露緊張之色，朝沙發坐下。

「是關於日本地震的事。」

廖五松先來了一段開場白，接著先對財政課長說。

「我想在我們鄉裡舉辦援助日本災區的募款。」

「啊，是。不過，如果是募款，不是有紅十字會或世界展望會這種更大型的組織會做嗎？」

「不，對這個地區的居民來說，就算你說紅十字會、世界展望會，他們也不知道那是什麼。相較之下，鄉公所他們應該會比較熟悉，所以由我們來當募款的窗口，比較能募得資金。而且，如果像我們這種小鄉鎮先帶頭做，其他行政單位可能也會開始效法，這麼一來，應該會凝聚成更大的力量。搞不好整個臺灣會匯聚成一股強大的力量。」

「我明白了。那麼，下週我馬上跟銀行談，請他們開設捐款專戶。」

「不，希望等一下馬上就做。」

「咦，等一下嗎？可是銀行的上班時間已經結束……」

「總之，可以請你馬上與銀行聯絡嗎？」

牆上的時鐘指向五點十五分。

「我明白了。」

財政課長說完後，毫不遲疑的回到自己的辦公桌。

「接下來，我想請社會課長告知民眾，募款從星期一一早開始舉行，地點在鄉公所一樓。請在櫃臺設立特別專區。」

「那麼，我會與電視臺和報社聯絡，請他們幫忙。還有，在五節鄉鄉公所的網站上，也請他們在頭版新聞上刊登這則消息吧。」

「嗯。」

就在廖五松與社會課長談完時，鄉長室的內線電話響起。是財政課長打來的電話，他告訴鄉長，他已和銀行的負責人聯絡上，對方承諾會盡快設立專戶。

當天晚上，廖五松回家後，仍不斷想起白天看到的那強烈衝擊的畫面，每次都讓他感到悶悶不樂。

人要順天，不可能人定勝天。

小時候學到的這句話，突然浮現廖五松腦中。在大自然面前，人們是如此無力。他再次有這樣的深切感受。

「不知道他們今後會怎樣？」

正在看電視上的地震特別報導的妻子問道。

「現在大家應該都沒餘力想今後的事吧。」

電視畫面上正播出逃過海嘯、成功逃難的人們接受訪問。有許多人和房子都被大浪吞沒，倖存的他們會有什麼感想呢？廖五松光是想像他們此刻的心情，就覺得胸中隱隱作痛。

兩人不發一語的朝電視畫面看了半晌。

「真的很可憐。」

妻子小小聲的說道，廖五松也點頭應了聲「嗯」。之後他補上一句「我們鄉內也決定要為日本募款」。

他的口吻相當平淡，但他想說的話似乎明確的傳進妻子心中，妻子露出開心的表情。

「這是功德一件啊。因為五節鄉也有很多長輩，他們當中很多人對於日本的事，都不會覺得事不關己。」

「對了，爸爸知道這件事嗎？」

「對於日本的事，不會覺得事不關己的人們。」聽到這句話，廖五松率先想到的是自己的父親。

父親今年虛歲七十七。對父親而言，日本不管哪方面都「一級棒」。

就連收音機也是，用三天就壞的是中國製造，至於日本製造，則永久不壞。如果是日本製造，他鞋子可以穿十年，長褲穿十五年，衣服穿二十年，即使已變得老舊破爛，還是繼續使用，直到物品壽終正寢為止。

他對日本人的尊敬之情非比尋常。

他真心相信，日本人心中自古便存有武士道的精神，他們與中國人之間最關鍵的差異便源自於此。

父親常掛嘴邊的一句話就是「那個時代只有一位警察，但沒人敢偷東西」。

廖五松從小一再聽父親講這件事長大。

當時是日據時代。社會治安好，人心純樸。雖然大家都窮，但不會覺得不幸，這就是父親口中的那個時代。

為什麼那時候沒人會偷竊呢？

父親說「因為要是偷東西被發現，會把手剁掉」。

日本人說一是一。當時大家都很清楚這點，所以就算桌上擺著白花花的鈔票，也沒人敢伸手拿。而且一旦偷東西被發現，如果以為睜眼說瞎話，或是私底下偷塞錢賄賂，警察就會放人一馬，後果更是嚴重，不是光剁手就能了事。似乎大家都對此深信不疑。

然而，對於這件事，廖五松可沒完全相信父親說的話。

真有人被日本警察剁手嗎？而且，這麼殘酷的做法，真的能維護治安嗎？

父親說的話，有些地方實在教人難以相信。

總之，父親對日本的看法，就只是無限美化，已達到崇拜的程度。廖五松很快便產生這樣的念頭，進而對父親的想法產生反感。可能是這個緣故，廖五松大學畢業入伍服役那幾年，對日本沒什麼好感。

而父親這幾年感覺也變安靜許多。原本就不是個話多的人，但最近不管跟他說什麼，他都不搭理。廖五松說的話，總是就這樣穿過父親的身體，浮在半空中。

「爸爸也看過電視了。」

「他有說什麼嗎？」

「不。就只是默默的看。」

「這樣啊。那麼，明天早上起床後，我再問他看看。因為日本變成這個樣子，爸爸應該打擊很大。要是他知道我們五節鄉要辦募款，可能會很開心吧。」

然而，隔天一早廖五松向父親提到募款的事，父親卻顯得興趣缺缺，就只是應了一聲「嗯」。

廖五松不懂他這聲「嗯」是什麼意思也不打算追問。

廖五松對日本的想法改變，是四十多歲的事。

之前他在一家製造機械零件的公司裡擔任業務部長，但那一年公司因為不景氣而大幅裁員，廖五松成為被裁員的對象，因此轉入一家當地的大型建設公司上班，在那裡開始直接與日本人接觸。

廖五松的公司與日本的建設公司共同合資建造垃圾焚化設施。不過，雖說是合資，但在實際的作業方面，就像是日本公司的下游承包商，建造的工作幾乎都是以日本公司為主在推動。

當時見識到日本人在工作上的做法感到耳目一新。

總之，日本人對任何事都要求嚴格。而且絕不容許妥協。與廖五松所知道的臺灣企業有很大的差異。

一開始最令他吃驚的，是每天的報告。

日本人要求廖五松將他一天所做的事，全部寫成報告提交。

為什麼要鉅細靡遺的報告？他心裡這麼想，只寫了一句「今天沒特別的事」，就此提交。

但當場就被退回。

「既然你在工作，就絕不可能什麼事都沒有，請好好寫。」

「沒有什麼值得報告的事。」

「你要報告今天做了什麼事。」

這時廖五松心想，日本人一定是不信任他。

可能對他們來說，臺灣人就是「不能放手交給他們去做」。要是沒盯緊他們，不知道什麼時候會做出什麼事來。所以日本人想藉由每天的報告，時時掌握一切，在「事情」發生前預先察覺。廖五松一直是這麼想。

但過了一段時日後，他開始覺得，或許是他自己想錯了。

他們常對廖五松寫的報告提出問題，瞭解相當深入。

——讀得真仔細。

從不曾對於報告內容表現出懷疑的態度，也不曾心存惡意施予懲處。

之前覺得他們不信任我，也許不是這樣。雖然沒有確切的根據，但廖五松慢慢產生這樣的想法。

此外，那些八十多歲的臺灣技師們的態度突然變得不一樣，這也令他感到驚訝。

他們在和日本技師進行事前討論時，突然就說起了日語，接著以廖五松從未見過的生動表情，開始展開熱絡的討論。那模樣一點都不像八十多歲的老人。就像年輕人很認真的訴說自己的理想般，能感受到那股熱情。

廖五松在親自體驗這種狀況的過程中，某天他產生一個想法。

日本人想做出好東西的這份心，就像一條大河，流過日本人工作的根基上。當中容不下為了輕鬆而休息，或是為了替公司得到更多利潤而「偷工減料」的這種想法。這就是日本文化。好品質或許就是這樣產生。

廖五松覺得自己上了寶貴的一課。同時對父親所說的「日本製造永久不壞」這句話的含意，也開始產生一些共鳴。

兩年多的合資關係結束時，廖五松與派遣來的日本人已完全打成一片，其中，他與計畫負責人山本達夫之間，更產生了堪稱友情的情感。

山本回日本後，在大阪分店任職。

廖五松在地震發生當晚，打電話給山本，想確認他是否平安。當聽到山本回覆「大阪離災區相當遠，所以我沒事。謝謝你的關心」，他就此鬆了口氣。

星期一早上八點前聚集在鄉公所的媒體，全都收到了一份新聞稿。

發布時間：民國一〇〇年三月十四日

三一一大地震　地震規模八．九的搖晃襲擊日本

此次日本發生大地震，災區仍有很多人不向逆境屈服，持續奮鬥。對此，我們五節鄉也決定發揮愛心，舉辦募款活動。金額多少都可以，請以自己能負擔的金額提供協助，讓我們集結鄉裡眾人之力，送往災區吧。

此外，各位媒體朋友今天配合我們首日的募款，齊聚在此，無比感謝。由衷希望這場活動能發揮

帶頭作用，形成強大的力量，送往遙遠災區的民眾。

五節鄉長　廖五松

「麻煩再往右靠一點。對對對，就這樣。」

地方電視臺的攝影組正在調整廖五松站的位置。

從鄉公所正面大門走進的櫃臺處，坐著年輕的女性職員，是出納組臨時派來幫忙收款的。一旁柱子上的標語映入眼中，上頭寫著「快樂成城、活力五節」。

「大家是從這裡開始排隊，所以鄉長請站在這裡，把錢交給櫃臺的人員。動作請慢一點。」

「像這樣嗎？」

「對。那我要拍嘍。請讓民眾進來。」

配合電視臺工作人員的這聲指令，鄉公所職員請聚在正面大門前的居民們進入鄉公所內。共有十幾人，全都緊跟著站在櫃臺前的廖五松，在他身後排成一排。

「好了，請。」

廖五松和彩排時一樣，將二十張千元鈔放在募款櫃臺上。那位女性職員迅速的一張一張數過後，開立收據。排隊的十幾位鄉民都望著那一幕。攝影機持續拍攝他們的模樣。

完成捐款後，廖五松改來到鄉公所正面大門，這次是針對他開始募款的原因接受採訪。內容幾乎都寫在新聞稿上了，現在只是對著攝影機再講一遍，時間連一分鐘都不到，但廖五松為了讓自己的想法能傳達到守在電視機前的五節鄉鄉民心中，他很誠心的展開說明。

另一方面，居民們持續在櫃臺這邊捐款。

從老人到年輕人都有，許多鄉民紛紛從錢包裡取出一千元、二千元，交到負責的女性職員手中。對他們而言，這樣的金額絕不是小數目。鄉民代表和鄉內十五個村莊的村長、鄉公所的幹部，也各自捐出三千元到五千元不等的金額。

每次櫃臺的女性職員都會確認金額，一邊說「感恩、愛心」，一邊開收據。

「您為什麼會想捐款？」

電視臺記者向捐款的人遞出麥克風詢問。

「為了那些有困難的人們，我希望能幫得上忙。」

「臺灣之前遭遇地震和洪水時，日本都最快趕來幫助我們，不能忘了這份恩情。而現在日本不是正好有難嗎？當時的恩情現在不還，要什麼時候還？」

家庭主婦和退休的老先生在採訪時如此回答。

鄉公所裡擠滿了前來捐款的鄉民、媒體、鄉公所職員。而還沒完成捐款的民眾排成的隊伍，也始終沒斷過。

此外，不斷有人打電話到民政課詢問「不接受用匯款的方式捐款嗎」。每次民政課的職員都會回答道「很抱歉，希望您能到這邊來捐款」，在電話前一再的鞠躬道歉。

在中午前，媒體的採訪終於也告一段落。廖五松向準備離去的攝影人員和記者們一一道謝、握手。

一旁要捐款的人們仍大排長龍。

為了讓收錢的人員換班，財政課派來另一位女性職員。那位從一早開始，始終都獨自處理的女性，一見對方到來，猛然站起身，臉上露出安心的笑容，一副終於解脫的模樣，抬起她一直忙著寫收據的右手，用力在空中甩了幾下。

電視臺緊急更動平時的節目，連日來都在播放日本地震相關的特別節目。而話題的中心，也從一再反覆提到的海嘯災難，改為提到福島核電廠的現況。

這天，廖五松回到家，看到已吃完飯的父親一直緊盯著電視畫面看。

「爸。」

廖五松出聲叫喚，但父親沒回答。

最近時常會這樣。

畫面上播出避難所的情況。

災區的人們整齊的排好隊伍領取生活物資。

應該有不少人還不知道家人的消息，但雖然處在這種緊急情況下，他們依舊不會因為爭吵而互相叫罵，也沒做出搶奪或暴動的行為。非但如此，甚至還能看到相互禮讓的畫面。

日本人冷靜又重禮節，這點很值得我們效法，這位女播報員說道。

但從她的表情看得出來，她雖然嘴巴上這麼說，心裡卻對日本人為何能做到這點感到難以置信。

——日本精神。

父親以前常說的話，從廖五松腦中掠過。

接著他不經意的望向父親，只見父親眼中流下一道淚痕。

好久都不顯露個人情感的父親哭了。

但不知為何，看在廖五松眼中，覺得父親的表情像是開心。那是廖五松過去從未見過，充滿光采，自信十足的神情。

兩年前，廖五松剛當上五節鄉鄉長時，曾組成訪問團，因公務而前往日本。目的是拜會大阪市公所，加深雙方交流，以及參觀東京地方設施的建造工地，而負責當地安排的，是他在建設公司任職的時代，曾因為垃圾焚化設施的建造而一同推動合資的山本。

訪問團成員除了廖五松和主任祕書林明俊外，還有幾名鄉代表以及底下的村長，一共八人。

當中有位許英雄村長，當時已八十一歲。他出生於日據時代，戰爭結束時已十七歲。許村長至今仍說得一口流暢的日語，所以在日本那段期間，都是由他擔任訪問團的口譯。

一行人結束在大阪的工作，改前往東京時，廖五松在新幹線上坐在許英雄隔壁。當時正好從窗外可以望見富士山。

「噢，是富士山！」

許英雄突然大聲叫道。

經詢問後得知，他之前多次來過日本，但這還是第一次從新幹線上看到富士山。

「本以為我這輩子再也沒機會從新幹線上看到富士山了，真是太好了，太好了。」

他那興奮不已的模樣，就像小孩子在歡呼似的。

廖五松覺得他這樣很奇怪，於是向他問道：

「富士山哪一點這麼吸引你？」

「因為富士山是日本的象徵啊。」

「日本的象徵？」

「對，沒錯。我的心情你或許不會明白，但你父親一定懂。」

在這個契機下，兩人在抵達東京前的這段時間，聊起了日本時代的事。

「當時是怎樣的時代呢？」

「不用說也知道，當時有日本人在這裡。五節鄉不是像臺北那樣的大都市，所以只有學校老師和警察是日本人。」
「對對對。警察很厲害對吧。我爸常說，只要有一名警察在，就沒人敢偷東西。」
「那樣叫厲害嗎？」
「咦，這話怎麼說？」
「或許當時確實沒什麼偷竊行為。」
「那不就表示治安很好嗎？」
「……可是，沒聽過有誰喜歡警察。應該說，大家都很討厭警察。」
廖五松略感意外。因為這與他從父親那裡聽聞的警察形象有很大的落差。
「那麼，老師又是怎樣呢？」
「老師當中，有不少人很受學生喜愛。」
「也有惹人厭的是吧？」
「這是當然。尤其是會打人的老師特別討人厭。這並非因為他們是日本人，而是每個小孩都討厭挨打。不過，說到打人，臺灣老師更常打人，會像這樣拿竹棒用力打手心。」
許英雄做出手持竹棒打人的動作，面露微笑。
經這麼一提才想到，廖五松小時候，也常像這樣在學校挨老師打。當廖五松想起這件往事時，許英雄又接著說道：

「日本老師不是用竹棒打人。他們打人的時候，都是用竹劍。」

「用竹劍？」

「對。不過，像這種老師都不會被邀請來參加戰後的同學會。哈哈哈。」

「同學會？」

「為了與戰後撤回日本的老師重溫往日情誼，會請他們到臺灣來，舉辦同學會。最近也常這麼做呢。」

「那麼，被邀請來參加同學會的老師，至少和臺灣學生是心意相通吧？」

「是啊。總之，當時的日本老師教會我們許多事。對孩子也有一份愛。當然也有嚴厲的一面，但老師的嚴厲與警察的嚴厲，是完全不同的層級。這點不論大人還是小孩都懂。」

新幹線通過橫濱。再等一會兒就會抵達東京。

廖五松突然想趁這機會，詢問一個多年來的疑問。因為他覺得要是錯過這個機會，恐怕永遠就再也沒機會問了。

「村長，我看我父親，總覺得他是將日本過度美化、神格化，為什麼你們受日本教育的這一代都這麼喜歡日本呢？」

「不光是受日本教育的這一代吧。之後誕生的那一代，以及他們的下一代，不是也有很多人對日本有好感嗎？」

「確實如此。不過，你認為這是為什麼呢？」

許英雄停頓了一會兒，露出沉思的動作，接著說道：

「我想，是因為日本人為我們留下了重要的東西吧。」

「重要的東西？」

「對。」

「你指的是什麼？」

「守法精神、衛生觀念，還有秩序。日本人教會我們，什麼是對我們真正重要的東西。他們雖然因戰爭結束而撤回日本，但這些東西後來仍留在臺灣。而諷刺的是，取代他們從大陸來到臺灣的國民黨政府，則欠缺這些東西。現在想想，日本時代真的是個理想的社會嗎？我不知道。不過，就結果來看，感覺國民黨政府從大陸來臺後，反而凸顯出日本人的好。不過，最近整個臺灣社會的守法精神和守秩序的意識相當低落，當時的日本人要是知道，或許會大聲訓斥吧。哈哈哈。」

「不過，說到這方面的意識低落，現在的日本應該也一樣吧？」

「嗯，或許是吧。不過……他們之中還是保有日本精神。不管歷經幾個世代，還是一路傳承下來的日本精神。」

廖五松聽到「日本精神」這句話，就此沉默。

「不過……」

許英雄低語似的說道。

「它同樣也存在於我們心中。經歷過日本時代的人，大家應該都這麼認為。」

許英雄微微抬起臉來，以遙望遠方的眼神，將視線移向窗外。

望著他的模樣，廖五松陷入沉思。

雖然已是數十年前的事了，但日本精神還是緊緊揪住他們的心，不曾鬆手。這或許不是戰後出生的我所能理解。他心裡一方面這麼想，但一方面也不知為何，對這樣的存在以及棲宿其中的強勁生命力感到可怕。

車窗外的風景逐漸轉為都會風情。

傳來車內廣播說道——即將抵達終點站東京。

募款展開後，已過了四天。

繼廖五松捐了兩萬元之後，每天都有許多鄉民來到鄉公所，想送愛心到災區，結果短短四天，便募得了五十萬元。

五節鄉從眾多交付對象當中，挑選了代表處臺北辦公室。

祕書劉芳敏打電話給代表處，說明想將這筆捐款匯過去，結果對方說想派遣職員前來表達謝意。

隔天上午九點多，一位姓柳田的日本人，和一位像祕書的臺灣女子一同來到鄉公所。對方是位高大的男子，穿藏青色西裝相當好看，給人一種都會感，他光是站在鄉公所的櫃臺前，彷彿周遭的空氣便為之改變，給人這種錯覺。至少是在五節鄉看不到的特殊人種。

「您百忙之中還專程前來，真是不好意思。」

「哪裡。我才要感謝各位的這份盛情。」

廖五松與柳田簡單寒暄幾句後，各自握住一塊印有五十萬元支票外形的板子兩端，站在一起拍紀念照。

「可以請您說句話嗎？」

前來採訪的女記者遞出麥克風，廖五松開始對攝影機說話。

「這次在短短四天的時間，就募得了五十萬元，非常感謝各位鄉民。相信我們的愛心一定會送達災區的人們那裡。這場活動會每天持續下去，直到三月三十一日。星期六、日，鄉公所也會有人輪值接受捐款，平日無法前來的民眾，也請多多利用。接下來這個週末的五節王公廟廟會，會在廟前設置募款箱，也希望民眾多加利用。」

「可以請日方這邊也說句話嗎？」

「此次很感謝五節鄉民眾的這份厚意。在此想代表日本致上最深的感謝。現在在臺灣各地，都有許多人為日本災區展開募款活動，想到這點胸中不禁感到湧上一陣溫暖。當中尤以五節鄉最早展開募款活動，所以我今天無論如何都要親自前來致謝。謝謝。」

最後的那句「謝謝」，留下深遠的餘韻。那是直接傳進在場的鄉公所職員及媒體成員心中深處的一句話。

三月三十一日早上，在鄉公所向媒體發布了新聞稿。

日本的三一一地震　送往災區援助金募款活動報告

發布日期：民國一〇〇年三月三十一日

關於從三月十四日展開的日本三一一地震送愛到災區的募款活動，繼三月十八日（星期五），以廖五松鄉長的名義匯五十萬元到代表處臺北事務所後，仍獲得許多鄉民的熱情贊助，最後募得九十多萬元的捐款。在此深深致謝。這些援助金在三月三十一日匯入代表處臺北事務所後，將送往災區。

此外，對災區的募款活動，到此將告一段落，不過，我們鄉內有人經濟環境不好，有人有身體障礙，需要援助的人還相當多，今後讓我們同樣發揮愛心來幫助這些人，創造更美好的家園吧。

懇請大家能一起貢獻力量。

五節鄉長　廖五松

上午十點召開的記者會上，除了鄉長廖五松外，鄉民代表主席陳富勝、五節鄉村長聯誼會會長許英雄也一同出席，向鄉民致上謝意。

廖五松在臺上面對媒體的相機，再次心有所感。

連日來在鄉公所櫃臺看到的長長人龍，想對有困難的人伸出援手的勇氣，想對昔日幫助過自己的朋友貢獻心力的想法，日本精神，募得的金錢，是這一切集結在一起產生的力量。

廖五松由衷對五節鄉的鄉民們感到驕傲。

援助金合計共九十四萬二千百四十三元。

換算成日圓為二百六十多萬圓。

集氣

窗外天色逐漸轉為清晨。

雖然還算不上明亮，但夜晚的暗度已略微轉淡，遠方傳來鳥鳴聲。

OSAMU從床上彈跳而起，反射性的望向桌上的鬧鐘。

六點二十八分。

他一直睡得很淺。也許他整晚都在做夢，也可能只是像睡著，實際上一直在思考些什麼。

星期一一早，去大學上課前，他固定會先上網看卡通《航海王》，前一天晚上才剛在日本播出，幾個小時後，在中國就已附上中文字幕，隔天早上在臺灣也看得到。這當然是違法影片，雖然心知肚明，但同學大家都在看，所以沒什麼罪惡感。

但今天他實在提不起勁按下電腦的電源鍵。

因為感覺那個畫面會以勝過《航海王》數倍的強大力量直逼而來。

黝黑的大浪。

宛如會將一切全部吞噬的生物。

日本遭受重創。

臉書這三天來也都在談論這個話題。

許多人都分別寫下替日本加油的留言。

文字像洪水般不斷湧出。幾乎都是「加油」，或是類似含意的其他字句。也有日語。

當中有一則報導吸引了OSAMU的目光。

那是用特寫手法拍攝一隻手掌的照片，手掌上用藍色原子筆寫著「日本のために平安を祈ります」。雖然覺得這句日語寫得有點怪，還是明白對方想表達的意思。

上面還附有中文的說明。

「從今天起，如果有人想為日本祈禱，就用藍筆在右手掌寫『日本の平安を祈ります』，或是用中文寫『祈禱日本平安』。將它拍成照片，上傳網路。就算不能出錢，至少能夠出力。」

以藍筆在手掌上寫下祈禱的話語，接著拍照上傳網路。

就只是這樣。

他不覺得這樣做就能讓那可怕的現實消失，這樣又能給災區的日本人帶來多少希望和勇氣呢？

但不可思議的是，那畫面卻始終在OSAMU腦中揮之不去。

另一方面，從星期五開始，OSAMU過去不曾有的鬱悶情緒一直持續。這感覺即使來到星期一早上，還是沒改變。

窗外已完全天亮。差不多該出門去大學上課了。

最後，他沒看《航海王》。

從市中心搭公車約五十分鐘車程。OSAMU就讀的大學位於臺北市郊外。四周環山，整個大學校園都飄蕩著一股悠閒的氣氛。

OSAMU是日文系大二生，本名叫李建修。在日文系裡一般都流行以名字裡的一個字念成日語來當暱稱，同學們都叫他OSAMU（修）。

OSAMU原本的理想志願並不是日文系。

其實他喜歡歷史，想報考歷史系，但父母和親戚們都很反對，一再向他勸說「那些以前發生的事，你就算念了，畢業後也找不到工作」，既然這樣，那就念比較好找工作的日文系吧，就此改變自己想念的科系。

OSAMU進入日文系後的感覺是，日語竟然是與他這麼親近的語言，遠超乎他的想像。

大概是因為他從小就耳濡目染吧。

以前沉迷的電玩遊戲，全都出自日本，畫面上不斷出現的文字也全是日文。當時雖然一個字也看不懂，但每天都看，久而久之，覺得自己似乎能看懂它的意思。

上小學後，在看電視上的日本卡通節目時，他不喜歡聽中文配音，而是喜歡看能以副聲道設定改成日語原音的畫面（附中文字幕）。不可思議的是，對OSAMU來說，這樣做再適合不過了。

他就這樣一邊聽卡通臺詞，一邊學會許多耳朵聽慣的日語詞彙。其中，像《名偵探柯南》主角江戶川柯南的慣用臺詞「しんじつはいつもひとつ（真相只有一個）」，雖然不太懂意思，他總是成天掛在嘴邊大喊，幾乎都快成了他的口頭禪。

上課時間是從八點十分開始。上的是日語基礎文法。

在不是使用白板，而是以粉筆在黑板上寫字的老舊教室裡，有約莫五十名學生等著上課。可能因為是必修科目吧，明明是早上第一堂，卻幾乎座無虛席。

靠近黑板的前面座位，都被女學生占據，男學生則是都坐在後面。OSAMU的座位是靠窗那一排後面數過來第二個位子。

同學們熱絡的聊著地震的話題。

週末這段時間一再看到的電視畫面，以及在臉書上和朋友交換的意見，紛紛被提出來討論。想到日本遭受的重創，大家都情緒低落。

如果是平時的星期一早上，可能是週末的慵懶心情還在，整個教室裡會瀰漫著一股無精打采的感覺，但今天卻從中感受到一絲微妙的緊張感。總覺得有哪裡不太一樣。

過了一會兒，老師走進教室，開始上課。

老師名叫劉美珍。似乎已年過五十，不過她很懂得用學姐般的口吻和學生交談，所以看起來年紀沒那麼大。

「日本這次災情慘重。不知道會變成怎樣。今天早上我從系主任那裡聽說，我們學校去日本的交換留學生全都平安無事。」

傳來多人的拍手聲。

「這個班級的日本留學生情況怎樣？有來自東北的人嗎？」

沒人回答。

班上同學的視線，全都往坐前排的幾名日本留學生匯聚。

「你們老家在哪兒？」

「東京。」

「靜岡。」

「愛知。」

看來，似乎沒有老家在災區的留學生。

「那可真是幸運啊。」

老師的口吻很平淡。

這如果用日語來說，是「不幸中の幸い（不幸中的幸運）」嗎？雖然不是很清楚，不過在OSAMU腦中，上週剛學過的日語，與劉美珍說的「真是幸運啊」交會在一起。

不過，到底是什麼事覺得「幸運」？

之後上課仍照一般的流程進行。

打開課本，由學生朗讀文章。劉美珍針對內容提問，說明相關的文法。很平常的日語基礎文法上課方式。就像地震根本沒發生過似的。不過，上課內容幾乎都沒傳進OSAMU耳裡。待他回過神來，下課鈴聲已響起，這堂一百分鐘的課已結束。

教室裡拉開椅子的聲響此起彼落，學生們各自離開教室。認真的女學生拿著課本，在講臺附近找機會向劉美珍發問。而劉美珍看起來像是已發現那名學生的存在，但又裝沒發現。

OSAMU就只瞄了一眼，便收拾好課本，走出教室。

星期一，OSAMU的第二堂和第三堂沒課，第四堂才有課，從下午三點半開始。

像這樣早上和傍晚都有課，中間空出的時間，學生們稱之為「頂天立地」。意思是頭頂著天，腳抵著地，是最糟的組合。如果是住校內學生宿舍的學生，第一堂課結束後，能回宿舍小睡片刻，但是對OSAMU這種從家裡通勤的學生來說，面對白天這麼長的空檔時間，得思考該去哪兒度過才行。這也是相當痛苦的一件事。

總之，就在學生會館裡漫無目的閒逛吧。要是遇見熟人，再思考接下來要做什麼好，如果沒遇到人，那也沒辦法，就乖乖寫作業吧。

這時，他的手機鈴聲響起。

他低頭看LINE的訊息，一個足以讓他完全忘記作業的重要內容映入眼中。

「重要事項會議中。請會員前往參加。」

會員指的是學生會的會員。在OSAMU的學校，每個學系都有學生會的組織，舉辦各種課外活動。以日文系來說，會舉辦運動會、迎新派對、日語戲劇、日語卡拉ＯＫ大賽。這些活動從企劃到執行，全部由學生會負責。

會員從大一生到大三生都有，每個學年各十人左右。OSAMU也是其中一員。

——重要事項會是什麼？

他率先想到的，是日語戲劇的準備工作。也差不多該開始了，否則六月的學期末會趕不上。今年會舉辦什麼特別的企劃嗎？他在腦中展開這樣的想像，但OSAMU不認為那算是什麼特別的重要事項。

肯定是正在討論什麼驚人的事。

OSAMU就像受到好奇心的驅使般，快步趕往學生會辦公室。

學生會的辦公室位於第一教學大樓十樓。

從入口走進後，一旁就是一個小型的櫃臺，後方有簡單的沙發組，旁邊擺了一張大桌子。牆壁是整面都能收納的儲物櫃，其中一部分供會員個人使用。

打開百葉窗後，明亮的陽光從窗外射進屋內。這裡的空間比一般的出租辦公室還舒適。

OSAMU打開門的瞬間，屋內便傳來女性語帶激動的說話聲。

「所以我們日文系的學生如果不帶頭做，又有誰會做呢？」

是和OSAMU一樣是大二生的YASUKO——林靖妮。

「就是說啊。這是再清楚不過的事了。」

同樣是大二生的REI——陳安玲，也在一旁附和。

同桌聚集了七、八名會員。除了會長郭正義外，還有蔡依伶、陳建文，以及大三的陳碧蓮。

「妳那麼激動，是怎麼回事啊？」

OSAMU在遠處問道，YASUKO這才發現他的存在。

「OSAMU，你也贊成對吧？」

看來似乎是意見分歧。不過，到底是怎麼回事，OSAMU還搞不清楚狀況。這時，REI似乎已猜出他的疑惑，開始在一旁向他說明。

「是日本地震的事。我們剛才討論，打算以學生會為中心，舉辦募款，但會長一直都沒同意說好。這種事若不趕快做，大家就會漸漸失去興趣。不知道會長在想些什麼。」

OSAMU 望向坐在桌子最角落的郭正義。

「不，我也不是不想做……」

郭正義露出略感為難的表情，開始慢慢提出反駁。

「募款這種事，可不是任何人說做就能做的。像我們這種學生組織，又不是慈善團體，法律禁止我們募款。而且這種事要是讓校方知道的話，日文系的學生會恐怕將無法再運作下去，而我們也都可能會被記『大過』。」

「總之，身為會長，我無法贊成以學生會做違法的事。而且也有可能會被認為是假藉日本地震行詐欺之實。」

「沒人會這樣想吧。因為募得的錢，都會透過有規模的慈善團體送往日本，所以只要交付慈善團體後，好好公開收據，說明我們捐了多少錢，這樣就行了吧。」

「不，這樣的話會知道捐款的金額，但不知道總共募得多少錢，所以還是不太妙。而且在校內募款，接觸的人不光是日文系的師生，還有其他學系的師生，各種人都有，這麼一來，不知會遇上怎樣的人，而且當中或許有人會刻意找碴，向校方通報。」

郭正義有條有理的說了這番話，聽起來頗有說服力。

「這我也知道，可是……」

REI想出言反駁，但遲遲說不出話來。

桌子周圍的空氣開始靜靜的僵化，這時OSAMU開口了。

「才沒有那樣的臺灣人呢。」

可能是這句話令人感到意外吧，不光郭正義，就連YASUKO、REI，以及在場的其他人，也全都望向OSAMU。

「我的意思是，因為眼前有人正在受苦，所以學生們挺身而出，想伸出援手，不會有哪個臺灣人會以此向學校通報，記這些學生大過。」

OSAMU又重複了一次。

這句話深深刺進在場所有人心中。換句話說，臺灣人重視人情，更甚於規則。這種想法或許值得非議，但另一方面，這同時也是臺灣人的美德和驕傲。這點大家應該都很清楚才對。

「沒錯。OSAMU說的對。」

YASUKO馬上幫他說話，其他會員也紛紛表示贊同。

只有郭正義獨自一人保持沉默，但不久，他似乎也接受了這個說法。

「也對。確實沒有這樣的臺灣人。」

他的口吻聽起來就像在說服他自己。

這是實質的認同。

之後募款計畫便如火如荼的展開。

他們除了討論實施的期間與場所外，還談到得馬上製作募款箱和海報的事，以及既然要做，就一併製作旗幟和統一的制服，不斷有人提出意見，結果事前討論持續了兩個多小時。

隔天就此展開募款。

有人說，擔心準備得不夠充分，但有人搬出「善は急げ（好事不宜遲）」這句日文的諺語後，大家都一面倒的支持這個意見。

儘管如此，大家還是想盡可能做好完善的準備，於是以大一的會員為主力，著手製作募款箱和海報。在海報中貼上從網路上搜尋列印出的災區照片，並以紅色的魔術筆寫上大大的「HELP JAPAN」。

實施地點決定在學生會館一樓的廣場。這裡有學生餐廳，每天吃午餐時，都會有數百名學生前來用餐。而且像咖啡店、速食店、超商、影印店等校園生活所需的店家也都一應俱全，人潮絡繹不絕。而地下一樓也設置了約一百張四人座的桌子，沒課的學生都會坐在這裡和朋友聊天或是自習。要拉人加入同好會，或是舉辦手機商品或運動鞋的特賣會等，也都是以這個地方為首選。

實施為期兩天。大家都相信沒有哪個臺灣人會向學校通報，但也並非一點都不擔心真有人會這麼做。不過，如果只有兩天的話，就算有人去通報，也能趕在校方展開行動前結束，不會引發多大的問題，只要在這段時間盡可能多募得一些捐款就行了。

午餐時的學生會館廣場，人潮如織，人聲鼎沸。

陸續有學生從眼前走過。有的是成群結隊，有的是隻身一人。偶爾也會看到老師。

當中的某個角落，約十名日文系學生會的會員聚在一起。

「各位，我們開始吧。」

「嗯。」

YASUKO和REI相互確認後，YASUKO朝廣場中央發出第一聲吆喝。

「請幫忙捐款到日本災區，拜託。」

雖然沒有事先約好，其他會員像是有默契似地，配合喊道「拜託」。整體聽起來感覺很零散，這點無從否認，但持續吆喝幾次後，漸漸變得整齊劃一，有模有樣。

在場的學生們都露出好奇發生了什麼事的表情，靜靜望著他們。不久，有幾名女學生走來，分別從錢包裡掏出兩百元、三百元，投進募款箱裡。

「謝謝您的幫忙。」

「非常感謝。」

成員們像在合唱般大聲說道。

就這樣起了頭，陸續有學生聚集過來想要捐款，排成一長排。

幾名大一生很快便察覺這種情形，開始引導人群，說道「抱歉，各位，請在這裡排隊」。

才一轉眼，隊伍已從十幾人增加為二十人左右。

郭正義也混在其他會員中，大聲喊道「請幫忙捐款到日本災區」。已看不出一絲先前反對募款的態度。

OSAMU從後方望著他的模樣。

學生會館廣場不斷有人前來，比剛才更熱鬧了。

OSAMU在人群中發現AKIRA的身影。

AKIRA和OSAMU同樣都是日文系的大二生，本名陳明峰。他是班上個子最高的男生，向來都以頭髮理光、只剩頭上一撮頭髮的髮型，以及超大雙的名牌運動鞋當作個人註冊商標。

OSAMU向他叫喚，AKIRA這才發現他，大步朝他走來。

「哦，在募款啊。」

「是啊，AKIRA也幫個忙吧。捐都少都行。」

「No Problem!」

在交談的這兩人身旁，排了好長的人龍準備捐款。

「對了，我買了最新一集的《影子籃球員》日文版，想看的話，我可以借你哦。」

AKIRA猛然轉為開心的表情說道。

日本漫畫是AKIRA的最愛。他本人說，他之所以進日文系，是「為了能直接以原文看日本漫畫」，在學校學日文，全是為了達成這個目標所採取的手段。其中，《影子籃球員》是他最近最喜歡的漫畫。

不光AKIRA，日文系的學生幾乎沒有例外，都很喜歡日本漫畫和卡通。不分男女，大家打從懂事的年紀開始，身邊很自然的就會接觸這些動漫，從小都是看《航海王》和《火影忍者》長大。而當初電影《神隱少女》上映時，雖然他們都還只是小學生，電影成為全校熱烈討論的話題。

有趣的是，大家雖然都知道這些是日本的產物，卻又幾乎沒意識到日本的存在。真要說的話，他們雖然知道日本傳入的次文化是源自於日本，卻又認為這也是自己的文化。這個想法是如此理所當然，就算問他們為什麼，他們也說不出個所以然來。

「謝啦。」

「那麼，我明天帶過來給你。」

說完後，AKIRA從OSAMU面前離開，到募款隊伍的最後面排隊。

下午的課開始後，排隊的人潮像退潮般驟減許多，最後已沒人排隊。

儘管如此，之後還是有零星幾個人前來，朝募款箱裡投錢。

有人一次投兩百元，也有人只投一百元。當中甚至有人很慷慨的投入五百元或一千元。

「臺灣人真好心。」

OSAMU不經意的說道，REI聽了之後，笑著回道「就是說啊」。

這時，來了一群男大學生。

「ありがとう（謝謝）。」

其中一人用很標準的日語對OSAMU說。

OSAMU就讀的這所大學，除了以日文系交換留學生的身分，來臺半年的短期留學生外，也有在臺灣通過入學考，在各個學系就讀的外籍留學生。

眼前的這群男大生，似乎是日本的外籍留學生。OSAMU沒看過他們，所以是非日文系的學生。

「哪裡。因為現在日本有困難，所以這也是應該的。」

OSAMU略顯緊張的用日語回答。雖說是日文系的學生，但實際與日本人用日語交談的機會並不多。他對自己的日語沒自信，也擔心能否順利溝通。

但他們似乎一點都不在意，而且紛紛道出心中的感謝「ホントに有難う（真的很謝謝）」、「すごく感激（我很感激）」、「台湾は本当の友達だよ（臺灣是真正的朋友）」。非但如此，還有人主動要握手，OSAMU伸手回握後，其他日本人也紛紛朝他遞出右手。接著留下無比友善的笑臉後，像旋風般離去。

不過，日本人的金錢觀著實有趣。他們明明那麼開心的說「謝謝」，表達感謝，但他們的捐款金額卻分別只有一、二十元。

的確，真正重要的是心意，不是金額。雖然明白這個道理，但話語和金額的落差實在太不自然，一時令OSAMU難以理解。

以前他在課堂上聽過，日本人在寺院向神明許願時，很多人的香油錢都只會投日幣五圓。換算成臺幣只有一元多一點。這似乎是因為「期望能結緣（日文的「ご縁」音同五圓）」，如果是臺灣人，絕不會這麼想。因為臺灣人認為，區區五圓，神明才不會幫助你如願呢。

隔天午休時，OSAMU再次與學生會成員一起來到學生會館廣場。

昨天募款了一整天，現在他已能很自然的出聲吆喝，也不再會在意來往人潮的視線了。覺得他們已順利的融入其中，成為周遭風景的一部分。

這天，在第一堂課開始前，郭正義一早便已去過幾個班級，請大家為募款出一分力，可能是發揮了功效，活動一開始便來了許多日文系的學生。

有熟面孔來參與這項活動，感覺就像有人替自己加油般，真的很開心。他們都陸續朝募款箱裡投錢。

「老師，請大力幫忙！」

朝聲音的方向望去，只見劉美珍被日文系的幾名學生拉著，朝這裡走來。

「老師，這是送愛到日本災區的募款活動。」

抱著募款箱的YASUKO，朝劉美珍這裡跑來兩、三步，如此說道。

「要投多少錢？」

「這個嘛。如果是老師的話，要五百元。」

「咦，這麼多啊？」

「因為是老師嘛。」

兩人臉上都掛著笑容，似乎對這樣的討價還價很樂在其中。

OSAMU望著她們，心想，劉美珍不知道是以怎樣的心情捐款。接著他想起劉美珍曾在上課時談到她自己的學生時代。

那已是三十年前的事了。

當時臺灣還在戒嚴令下，日語受到各種限制。像臺灣大學和政治大學這種國立大學不能設立日文系，非但如此，法律也明令禁止在電視和廣播中說日語，或是在電影院播放日本電影。

在這種情況下，日文系的學生們全都很期待每年秋天在西門町舉行的日本電影節。

雖然電影節僅為期一週，但在這段期間，從早到晚都會播映日本電影。為了買到預售票，好看到自己想看的電影，大家都會花好幾個小時的時間排隊。以現今這個上網就能輕鬆買到票的時代來看，那是個諸多不便，遠超乎你我想像的時代。

「那時候想到能用大螢幕看日本電影，排隊買票就一點都不覺得累。非但如此，就連排隊的時候也感到雀躍不已，滿心歡喜。」

劉美珍遙想過往。

當時她看的是《遥かなる山の呼び声（遠山的呼喚）》這齣電影。故事以北海道為舞臺，描寫溫情的酪農一家人，主角是高倉健。

「還記得當時一開始看到這個人名，還以為是中國人呢。」

高倉健是中國人。經這麼一說，就連OSAMU也覺得「看起來確實有點像」。

除了這個故事外，OSAMU還記得另一個關於日語解禁時的故事。

劉美珍看夜間新聞時，打棒球的王貞治突然出現在畫面上開口講日語。當時劉美珍不敢相信竟然會從電視上聽到日語，同時懷疑起自己的眼睛和耳朵。隔天這件事在學校裡成了大家熱切討論的話題，男學生以興奮不已的口吻不斷的說「王貞治開口說日語了」。

「就算跟你們說，可能也不懂，不過，你們真的很幸福。」

這是劉美珍在課堂上說完往事後必說的口頭禪。

的確，現在街上到處都有日語，只要上網，幾乎都能即時得到日本的資訊。連留學也是，只要出得起學費，隨時都能去。如果要學日語，環境也相當完善，遠非劉美珍那個時代所能比。

而且現在已沒戒嚴令。沒必要擔心中國會攻打臺灣，而且戰後從中國渡海而來的外省人與原本就住在臺灣的本省人，也沒為了身分認同的堅持而相抗。

最重要的是，這裡有民主主義的存在。很正常的舉辦選舉，不管說了什麼話，也不會因此受罰。自由就像空氣一樣，隨時存在於我們四周。

想到這點，並不難理解劉美珍所說的「幸福」。不過，話雖如此，OSAMU的這個世代，一生下來就是如此。一切是如此理所當然，就算要他們去想像其他的社會是什麼情況，他們也沒辦法。因此，儘管劉美珍說「你們可真幸運」，他們卻沒有什麼真切的感受。

劉美珍朝募款箱裡投入五百元。

劉美珍對日本的情感。OSAMU心想，那想必是很特別的情感吧，就算試著去想像，一定也還是無法體會。因為再怎麼說，她和日本一起走過的人生，足足比OSAMU的人生多出一倍以上。

「老師，謝謝您。」

在會員們的齊聲恭送下，劉美珍就此離去。

隨著紅輪西墜，募款活動逐漸接近尾聲時，一位頭髮染成亮褐色、戴著大黑框眼鏡的女大生走來。

「好久不見。」

儘管對方出聲打招呼，但OSAMU一時還是不知道她是誰。因為她的外形改變太大。

「妳難道是小蜜桃？」

雖然不知道她的本名，但OSAMU認識她。

OSAMU是去年十二月，在一位同屬於漫畫同好會的同學邀約下，前往臺灣同人誌銷售會的會場，認識了小蜜桃。這場活動是由業餘漫畫家販售自己創造的漫畫，平均一年兩次，都會定期租借大型會場舉辦。

「素質超高的，真令人驚訝。」

OSAMU因同學的這句話而充滿期待。到現場才發現「超高」的不是作品的素質，而是出版者開出的價位。確實每本漫畫都有漂亮的封面，似乎投注了不少巧思，不過，業餘人士畫的漫畫，竟然售價和書店差不多，甚至更貴，實在難以置信。

會場上擺了數百個攤位。裡頭擠滿了年輕人。不光只有大學生，也有外表一看就知道是高中生的團體。

「如何？素質直逼專業水準對吧。」

那位同學對拿起陳列的商品翻閱的OSAMU說。

「嗯。畫得很好。不過，感覺每個內容都似曾見過。」

「說這什麼話啊。這是二次創作。基本上是日本的漫畫，再加上自己的想法，創造出不同的故事。」

根據他的說法，出版的作品當中有八、九成都是日本卡通的二次創作。若不這麼做，就賣不出去。

坦白說，裡頭沒有一本是OSAMU想看的。

OSAMU只從當中找到一本與其他作品風格迥異的漫畫。

書名叫《我的生活》。作者叫小蜜桃。

《我的生活》幾乎一本也沒賣出去。不過OSAMU拿起來試讀後，覺得內容非常有趣。

《我的生活》並非單純只是描述自己生活的日記，它是透過「我」這個主角的視角來看現在的臺灣所描繪的作品，當中加入了作者個人的各種想法、提問，以及諷刺。許多地方引人共鳴。

「真想見見這位作者。」

OSAMU如此說完後，那位同學便把小蜜桃叫過來，介紹他認識。

當時小蜜桃剪了一頭短髮，頭戴棒球帽。她纖細的身材穿上牛仔夾克，看起來就像穿了盔甲一樣沉重。

「這本書很有趣。」

「謝謝。」

「不過，為什麼妳不是採二次創作？」

「因為這就是我想畫的。」

這是再明確不過的答案了。

之後，OSAMU與小蜜桃針對漫畫聊了一會兒。

聽小蜜桃說，她也是從小就喜歡漫畫，總是看漫畫消磨時間。但長大後，她開始產生疑問。為什麼大家都不看臺灣的漫畫？不，在這之前要先問的是，為什麼幾乎沒有臺灣的漫畫？想到這點，不知為何，她便開始想試著自己畫。畫出大家都會看的臺灣漫畫。

「如果臺灣人離開臺灣，到國外生活，應該會很想吃蚵仔麵線吧。」

這突如其來的一句話，令OSAMU略感不知所措。

「不，我的話，應該會想吃豬血糕吧。」

「豬血糕也行啦。」

「妳的意思是，如果是臺灣人，就會喜歡臺灣小吃是嗎？」

「應該是說，臺灣也有許多美好的事物。」

「那是當然。」

「所以我希望能更加珍惜這些臺灣美好的事物。」

OSAMU明白小蜜桃想表達的意思。縱然日本的東西再好，我們終究還是臺灣人。文化不會始終停留在某個地方。有些東西會流動、重疊、遭到淘汰，有些則會全新誕生。不過，好的事物會留下來，並繼續流傳下去。只要有像小蜜桃這樣，想加以流傳下去的人在的話。

小蜜桃從錢包裡掏出五百元鈔票，投進募款箱裡。

望著這一幕，OSAMU心想，日後小蜜桃的作品要是也能在日本供人閱讀就好了。以一名臺灣人的身分。

小蜜桃離去後，前來捐款的人愈來愈少。已有約莫三十分鐘沒半個人來了。OSAMU他們停止大聲吆喝，靜靜等候最後的時間過去。

募款箱裡塞滿了鈔票。

今天一天，多虧有多到數不清的人前來贊助。這段時間沒人向校方通報。也許是大家都認為他們已正式取得校方許可，也可能是根本沒人在意這種事。

朝募款箱裡投錢時，大家都一本正經。雖然不見得有絕對的關係，不過OSAMU心想，他們這份心意一定能傳向日本災區。

「其實在地震發生當天晚上，我在網路上看到一個有趣的東西。」

「什麼東西？」

OSAMU如此說道，REI向他反問。

「嗯，就是有許多人用藍原子筆在自己手掌上寫下『日本のために平安を祈ります（為日本祈禱平安）』這句日語，上傳照片。就這樣。」

「哦，那個我知道。叫什麼來著？呃……想起來了，好像叫『台湾は日本国民に捧げます（台灣奉獻給日本國民）。」

「什麼啊。好奇怪的標題。」

OSAMU一時忍不住笑了起來。

「日本國民」這種說法，可能是因為發起者本人想呈現出比較正式的感覺吧。還是說，他是出於代表臺灣的一種自負，才這麼想呢？而「捧げます（奉獻）」又是要奉獻什麼呢？

地震當天晚上，OSAMU看到那個圖片時，坦白說，他心裡有個疑問，用藍筆在手掌上寫字，能賜予多大的希望和勇氣呢？然而，這個可笑的行動所產生的力量，卻隔著畫面傳了過來。

想做點什麼。

為了日本。

雖然也幫不了什麼忙。

現在回想，以藍筆在手掌上寫下祈福的文字，感覺就是有這個想法的人們，他們的這份心最後所歸結的結果。而眾人的這份心聚在一起，很快就會形成一股強大的力量。

「你知道最近很流行『集氣』一詞嗎？」

REI問。

「經這麼一提才想到，我也常在網路上看到，那是……」

「有人說這是來自於《七龍珠》。」

「妳說的是卡通的《七龍珠》嗎？」

「嗯，《七龍珠》裡頭不是有一招『元氣彈』嗎？它是蒐集各種能量，然後將它轉化為攻擊能量投射出的一種能量彈，蒐集的對象不光是人，還有動物、植物、大氣，以及太陽。」

「我知道了。妳的意思是，要蒐集眾人的愛心，將它轉化為巨大的祈福能量是嗎？」

「一個人的能量雖小，但集合起來，就能化為強大的力量。」

「集氣是吧。」

OSAMU如此喃喃低語，感覺自己現在就置身於強大的能量中。

手裡拎著用綁書帶綁著的課本，快步走過的女學生。

和朋友們一起嬉鬧路過的一群人。

OSAMU眼前是一如平時的風景。

捐款金額總計七萬三千五百二十元。

換算成日圓為二十多萬圓。

對林素好來說，星期五是志工日。

她負責帶臺灣以及世界各地來訪的參觀人士到慈愛堂參觀。

慈愛堂是號稱臺灣最大的佛教慈善團體──慈愛的總部，位於臺灣東部，四周蒼翠山林環繞的花蓮郊外。

這天前來參觀的是兩位日本女性。一位與林素好年紀相近，是六十多歲的老年人，另一位則是三十歲左右。兩人看起來像母女。

林素好說得一口流利的日語，因為以前她曾在日本住過三十年。她在三年前移居到花蓮，現在靠臺北房子的出租收入充當生活費，同時每週二在資源回收中心進行垃圾分類，每週五則是在慈愛堂當館內解說員。

「慈愛在全球六十個國家約有八萬名委員。其中，臺灣的委員約四到五萬人。委員之下約有五百萬名會員。」

「五百萬人可真多啊。」

「沒錯。臺灣總人口約二千三百萬人，所以每五人就有一位是慈愛的會員。」

「每五人就有一位是吧？」

「不過，我們採用的計算方式，只要是向我們捐獻的人員，都算是我們的會員，所以並不是這五百萬人隨時都在做志工。」

林素好指著一面針對慈愛的組織作成的圖板，加以解說。

「接下來請看這邊。這是我們慈愛以往在國外進行志工活動的紀錄。」

館中的一個角落，將智利的地震、巴基斯坦的水災、中國四川省的地震等照片作成的圖板加以展示。

「之前援助過的國家，達八十多國以上。」

「可是，為什麼大家都這麼踴躍當志工呢？」

那名年輕女性很感興趣地問道。

有一句中國話叫『知福』，大家都有這樣的想法。

「因為大家都抱持中文的『見苦知福』的想法。也就是說，看到別人受苦，便能體認自己有多幸福。一旦明白這點，就能發揮愛心助人。而且災難不挑人。不管什麼時候換成自己遭遇災難都不足為奇，所以大家要幫助受苦的人，就當作是在幫助自己。」

「這是佛教的教義嗎？」

「您問得好。慈愛原本是從佛教的教義發展而來，但我們不是宗教團體。我們的成員當中有各種宗教信仰。有基督新教教徒，也有天主教徒，當然也有佛教徒。」

之後又逛了環保的資源回收活動、醫療研究等展示區，一個小時左右的參觀行程就此結束。

「今天非常謝謝兩位。感恩。」

林素好向兩位日本人微微低頭表示敬意。

「感恩」一詞，意思與「感謝」相近，不過就語感來說，它是從心底呈現出更深的情感，是象徵慈愛精神的一句詞。

林素好之所以說「感恩」，是出於「今天妳們給我這個機會介紹慈愛堂，我要向妳們致上由衷的感謝之意」這樣的想法。

林素好送兩位參觀者離去後，前往櫃臺告知這項工作已經完成。

「結束嘍。」

但對方沒回應。

櫃臺裡的女性志工職員，似乎沒注意到林素好在場，一直盯著電腦畫面。

「在看什麼？」

「嗯，好像發生了嚴重的大事。」

「到底是怎麼了？」

「日本好像發生了地震。」

「咦，在哪兒？」

「一處叫宮城的地方。妳知道？是在東京嗎？」
「不，宮城不在東京，是在東北，情況怎樣？」
「嗯……現在光憑網路上的資訊，還不是很清楚。好像很嚴重呢。總部剛才好像設立了緊急對策本部。」
林素好有不祥的預感。
總部設立了緊急對策本部，那肯定是大型災難。不知道受災規模有多嚴重。
才剛想到這點，下一秒林素好不知不覺走進櫃臺內，望向電腦畫面。
「地震規模八．九」這行文字映入眼中。
這實際是怎樣的規模，會帶來多大的災情？雖然無法想像，但它或許是眨眼間便足以讓城市陷入毀滅狀態的規模。她胡亂地猜想。
一名身穿藍色慈愛制服的女性，帶著參觀者通過眼前的大廳。
林素好呆呆地的望著對方的身影，不知為何，覺得自己周遭的寧靜有種異樣感。
慈愛總部設立緊急對策本部，是在下午三點半過後。
通常慈愛在災害發生時，總部不會對當地的志工行動下達指示，向來都是基於身處當地的委員所做的判斷和責任，由他們自主性的組織志工團體，展開援助行動，因此對應的速度極快，幾乎在災害發生的同時，行動便展開。這就是慈愛志工最大的特色。

但這次的案例比較特殊。

因為日本的慈愛委員很少，加上受災慘重，活動需要龐大資金。基於這兩個原因，光靠當地的委員無法應付。

最後，由總部對這一連串的行動進行指揮調度。

總部迅速召開網路會議，與位於新宿的東京本部相互聯絡，開始蒐集當地的詳細資訊。

除了得到當地媒體報導的災區新聞外，也包括東京目前的停電狀況、交通系統癱瘓等混亂狀態的相關報告。

掌握情況後，接著討論因應對策。

首先，決定先向一般民眾開放位於新宿的東京本部辦公室。

交通系統停駛後，許多人無法返家。慈愛除了主動開放辦公室提供給走得疲憊不堪、快要不支倒地的人們休息使用外，也出借廁所、供應熱茶，好讓他們恢復活力。

暫時先以這類的緊急措施為主，等情況告一段落後，接著便著手準備將救援物資和援助金送入災區。

關於救援物資和援助金的發配，所用的經費相當龐大，將會動用慈愛總部管理的災害準備金。

所謂的災害準備金，簡單來說，就是慈愛會員每個月定期的捐獻所存下的一筆錢。

在慈愛的體制下，會員每個月至少要捐一百元，換算日圓大約是二百八十日圓。捐獻的金額沒有上限，有人一次捐數千、數萬元，也有不少企業家捐出一成的獲利。這類的會員在全球達一千萬人以上。

他們可以指定將自己所捐贈的錢使用於慈善事業、醫療、教育、人文、國際震災之中的某個領域。這對捐贈者而言，錢幫助自己達成願望，心理將獲得極大的滿足。

另有一套能提高捐贈者意願的制度，那就是自行負擔所需的經費。簡單來說，慈愛的委員擔任志工前往災區時所產生的交通費、住宿費、餐費等一切費用，並非是災害準備金支應，而是完全自行負擔。當然，委員也不會有任何酬勞。這一點，與全世界任何一個慈善團體的制度並不相同。

在這套制度下，每位委員的負擔確實增加，但在募款時，捐款的一方能夠放心，明白自己捐的錢百分之百做為善款使用，因此也能募得更多。

這次除了災害準備金之外，還有以分散在世界各國的慈愛委員舉辦的街頭募款所籌得的資金，全透過總部送往災區。

三月十四日上午九點十五分，慈愛總部準備了第一批救援物資，將五千條毛毯、即食沖泡飯四百包、堅果一百包，搬進臺灣的航空公司飛機上，從臺北松山機場飛往羽田機場。這些物資在前一日晚上，先集中在臺北的外交部物資集貨倉庫，一早送抵機場。而貨運公司和航空公司免費提供協助。

林素好也一同搭乘這班飛機。

她身穿藍色的慈愛旗袍，只拎著一只行李，便搭機出國。

飛行途中，千頭萬緒在林素好腦中盤旋。

她與日本最初的連結，已是三十多年前的事，當時她與已故的丈夫結婚生子，住在東京的西武池袋線練馬站附近。丈夫經營一家小貿易公司，盈收還算過得去。

在日本定居後，林素好取得香港電影和電視劇在日本的錄影帶銷售權，開了一家錄影帶出租的連鎖店。那個時代別說網路，連DVD也沒有，店裡的VHS錄影帶堆疊如山。主要的客人是來日本的工廠工作，或是從事廚師、女服務生的藍領中國人和香港人。他們不太懂日語，為了融入日本生活吃足了苦頭。而看祖國的電影或電視劇，是他們生活中小小的樂趣。

這家店馬上在眾人口耳相傳下打響名號，生意興隆。

林素好進一步利用賺來的錢擴展經營觸角，經營起中華料理的餐廳和夜店。至於廚師和酒店小姐，也是從租錄影帶的客人當中找尋。

每項生意都做得有聲有色，存摺裡的金額每個月都以驚人的速度增加。同時，價值數萬日圓的套裝和毛皮大衣，也陸續掛滿她的衣櫥，而鑽石或紅寶石這類的收藏也愈來愈多。林素好也每晚到自己的店裡去，用客人的錢開高級威士忌，喝得酩酊大醉，假日還和客人一起去打高爾夫。不知何時，丈夫結束了貿易公司的生意，當起林素好所有事業的顧問。像是多了一位領高薪的幹部，但林素好一樣不以為意。就算放著不管，錢也會滾滾而來。這錢還可以怎麼花呢？林素好光想這個問題就已無暇顧及其他。

某天，她聽說東京有個臺灣的慈善團體。

名叫慈愛。

但當時對林素好而言，那並不是她感興趣的對象。

因為林素好對慈善事業不能理解，甚至覺得這名字聽起來很可疑，對那自以為是的正義感以及自我滿足的世界感到厭惡。所以慈愛也就自然而然地從她腦中消失。

過了數年後，在某個機緣下，她又再次聽到差點遺忘的慈愛這個名字。而且有位自稱是會員的臺灣人，極力邀她一起參加慈愛的志工活動。

林素好答應了對方的邀約。事後回想也覺得很神奇，當時怎麼會答應這個邀約呢？可能就是緣分吧。除此之外，實在想不出任何理由。

林素好參加的活動，是為住在隅田川沿岸紙箱屋裡的遊民發送飯糰。

第一次參加的林素好，完全不知道那是怎樣的活動。會員們全部穿著白領的藍色衣服，下半身則是白長褲搭白色運動鞋。號稱藍天白雲的這套服裝，是他們進行志工活動時穿的制服。

其中，就只有林素好一人穿著名牌的連身洋裝搭高跟鞋，外面還披著毛皮大衣。她的長髮燙得很講究，手上還戴著鑽石戒指。

現場是發送飯糰的會員與領取飯糰的遊民們。遊民全都排好隊伍。會員們一邊忙碌地招呼著，一邊將飯糰交到他們手上，林素好目瞪口呆的看著他們的身影。見苦知福。看到別人的苦難，了解自己的幸福。

就在這時候候第一次聽見這句話。是當中的一名會員告訴她的。

看著眼前的遊民，她明白自己過得太幸福了。甚至覺得自己是在浪費幸福。

這時，林素好從遊民的隊伍中發現一張似曾相識的臉龐。記得好像是一家中小企業的社長川邊先生，以前幾乎每天晚上都會到林素好的夜店來當散財童子。已經好久沒見，萬萬沒想到會在這種地方遇見他。

「川邊先生？」

林素好不自主地喊了一聲。

對方露出驚訝的表情，也只是短短的一秒鐘，隨即以瞪人般的神情看了林素好一眼，便不發一語別過臉去。

這對林素好帶來莫大的衝擊。

那肯定是川邊沒錯。她現在仍這麼認為。

從志工活動返回的路上，林素好有股罪惡感，彷彿是她害川邊變成遊民似的。她當然知道不是這樣。但不知為何，之前在店裡嬉戲歡笑的川邊，和那位為了拿飯糰而排隊的遊民兩者身影相互交疊，在她腦中揮之不去。

心情既沉重又難過。

這就是一切的契機。

林素好將自己手上的毛皮大衣和珠寶全數變賣，將換來的錢捐給慈善團體，同時把酒戒了。以前每天連跑好幾家店續攤，老是宿醉。這種漫無目的、一再重複的習慣，突然覺得既無趣，且毫無意義。

只要有機會，她就會參加慈愛的志工活動。穿上藍天白雲。

之前新潟發生地震時，也曾前往當地煮飯賑災，一待就是五天。在這樣的活動過程中，她感受到前所未有的暢快感和充實感。那是她有生以來從未有過的體驗。

然而時代也開始改變，因為網路發達，租錄影帶看電影、電視劇的客人幾乎不再上門。林素好關閉錄影帶出租連鎖店的生意，連同夜店一併結束營業。靠著有社會地位的老顧客捧場，夜店生意始終興隆不墜，是林素好自己失去興趣。而且，只要留下中華料理的餐廳，已經是生活無虞了，況且她已沒有買名牌衣服和珠寶的必要。

感覺整個人輕盈許多。有好些年沒這種感覺。

幾年後，她丈夫因心臟衰竭而猝逝。

丈夫的死，對林素好來說正好是個轉捩點。她決定趁這個機會回到臺灣，度過餘生。嫁到溫哥華的獨生女兒，返回日本參加喪禮，也很支持母親的決定。

今後就為追求精神的幸福而活吧。林素好結束自家的餐廳生意後，隻身一人回到臺灣，移居到慈愛總部的所在地花蓮，當起志工。

一晃眼就是三年。

這段時間說長不長，說短不短。

回到臺灣後，林素好沒有回過日本。

但日本一直留在她心中。

證據就是一聽到地震的新聞，便感到體內激起一陣大浪，有股衝動驅使著，恨不得立刻飛奔過去。

對她而言，日本是第二個故鄉。

是度過半生的地方。

此刻為了日本，一定有能幫得上忙的地方。

飛機已開始準備降落。

窗外可以望見高速道路和成群的高樓。昔日住過的東京就在眼下。我回來了。此時林素好忽然有這種感覺。

林素好抵達慈愛的東京本部時，集會所裡已擠滿了人，感覺與原本所知道的地方截然不同。

「素好師姐，妳什麼時候來的？」

一看到林素好的身影，昔日的同伴立即開口招呼。

「剛到。我實在是無法坐視不管。」

話還沒說完，突然一陣劇烈搖晃襲來。

林素好嚇得心臟都快停了，而其他委員則顯得氣定神閒。

之後還有幾位認識林素好的委員前來看她，為這次的重逢感到開心。

「地震那天的事，妳知道嗎？電車停駛，在東京工作的人們全都走路回家。一路走到半夜。」

「就是說啊。所以集會所才改成可供人們休息的地方。提供熱茶，也能在這裡上廁所。」

「隔天也很辛苦呢。我聽說中央線會從八點半開始復駛，所以算好時間前往，結果在車站等了一個半小時。最後抵達時，都已經中午了。」

「我也是。那天我是開車來的，但平常一個小時就能到達，卻硬生生開了三個小時。途中看到有人徒步行走，我開車載他，結果對方說『這是一點心意，請您收下，就當作是車資吧』，給了我一千日圓。我決定拿這筆錢充當援助金，所以便心懷感激收下了。」

大家你一言我一語，興奮地說著這幾天發生的情況。他們一定是很想找人傾吐。林素好聽著聽著，慢慢感覺到自己確實回到了日本。

隔天深夜，來自臺灣的物資送達。

十噸重的卡車停在馬路旁，打開側面的貨櫃後，裡頭出現疊得滿滿的紙箱。林素好看到後，深受感動。這些裝在紙箱裡的物資，是和她搭同一班飛機，從臺灣運來這裡。接下來它們將負起各自的任務，前往災區。

——加油。

林素好暗自在心中為紙箱打氣，同時覺得自己的行為有些好笑。

來自臺灣的物資送達的同一天，日本政府准許，可在茨城縣大洗町煮飯賑濟災民。物資目前還不能送往災區，但起碼已能展開行動。集會所的委員們感到滿腔熱血，個個充滿幹勁。

隔天一大早，十八位委員就此前往當地。林素好當然也是其中一員。

為了這天而特地租來的大卡車上，載有上千人份的咖哩飯和味噌湯的食材，以及桶裝瓦斯和大鍋子。

準備桶裝瓦斯和大鍋子，是活用之前在新潟中越地震煮飯賑濟時得到的經驗。當時用的是日本製的瓦斯爐，光是要煮沸足夠份量的開水，就花了兩個小時。在必須準備千人份量的場合，幾乎派不上用場。

絞盡腦汁苦思後的結果，想到了桶裝瓦斯和大鍋子。

這是在臺灣夜市炒菜時所用的道具，不過，它原本就是設計可在野外使用，所以就算動作粗魯一點也不成問題。而且一次可以煮數十人份的菜，是令人放心的祕密武器。

這天，當地的氣溫是攝氏五度。

「天氣可真冷。」

林素好向走在她前面的委員同伴說道，但沒有回答。

似乎是說話的聲音被強風掩蓋，對方沒聽見。

大洗町的受災情況不似岩手縣或宮城縣那般嚴重，但還是有許多人住家泡水，被迫必須遷移到避難所生活。

雖然電力已經恢復，依然沒有瓦斯和自來水，當天煮飯用的水，也是請自衛隊特別運送過來。委員們馬上開始著手準備。

林素好負責煮飯的工作。在設有刻度板和指針的老式磅秤上，擺上一個大大的鋁盆，將白米放入裡頭秤重。一次秤五公斤，如此一再反覆。

秤好後的白米，其他委員拿去淘洗。一旁的人則是用瓦斯和大鍋烹煮馬鈴薯和紅蘿蔔等食材。為了不讓災民久等，這些食材事先在集會所水煮過，並削好皮，做好前置作業，不過一次要煮上千人份，確實是一項很辛苦的事。

從十二點半開始配發，但災民們頂著寒風，早在一個小時前便在充當會場的大洗町漁村中心前排好隊伍。

飯菜終於煮好了，正開始準備發配時，這次的志工負責人陳光志對在場的所有人說：

「我知道大家都肚子餓了，迫不及待想馬上開動，但在那之前，請聽我們慈愛成員唱一首歌，歌名叫做〈祈禱〉。我們都希望日本能早日恢復原狀，在此懷著一顆祝福的心來唱這首歌。」

陳光志說完後，委員們全聚在一起引吭高歌。

我的心在靜思中感恩
我的心念充滿虔誠
大家一起來祈禱
從不同角落地點
祈求平安吉祥滿人間

動人的旋律靜靜地籠罩整個災區。

由於是中文歌詞，所以災民們聽不懂歌詞的含意。但不知從什麼時候開始，他們都雙手合十，低頭祈禱。有些人臉頰流下兩行熱淚。

一曲唱罷，開始發配的工作，災民們全都端著熱騰騰的咖哩飯，面露喜悅的笑容。

從臺灣運抵的大量物資，沒有送往災區，連日來都暫時放在新宿的集會所保管。想早日將物資送往災區，每位委員都是同樣的心思，可是實際要送往東北的災區時，卻面臨許多非解決不可的問題。

當中最棘手的問題，就是取得通行證。

「如果我得到的消息沒錯的話，只要沒有通行證，汽油的配給就會有二十公升的限制，而且不能通過盤查，沒辦法進入災區。」

在會議中，陳光志對其他委員說明。

「那麼，要怎麼做才能取得通行證呢？」

「如果地方政府不認同我們這項行動的正當性，就無法取得。」

「開什麼玩笑。意思是我們這項行動沒有正當性？」

「我們可是準備了這麼多物資耶。」

「就是說啊。而且過去我們一直都在世界各地辦活動啊。」

「大家別激動。他們沒說我們的行動沒有正當性。不過，日本的地方政府並不知道我們的付出。慈愛在日本不是那麼有名氣，所以得不到信任。」

經他這麼一說，沒有人再開口。

不過，說來也真不可思議，現場的氣氛並未因此變得沉重。

林素好也完全沒想到，物資竟然會無法送達。相較之下，在這段時間，災區裡同樣有許多人挨餓受凍，這反而更令她擔心。

不過，這個僵局在一個意想不到的地方找到了突破口。

三月二十二日早上，集會所來了一名訪客。

她是三島洋子，岩手縣的議員，搭夜間巴士於今天早上抵達東京。

「聽說你們為了災民，特地從臺灣送來救援物資。我由衷感謝。各位帶來的物資，我們可以收下嗎？」

這番話實在太令人驚訝了。正為了送交物資的事傷腦筋時，對方竟然主動前來請求援助。真有這種事？委員們在半信半疑中，轉為喜悅的表情。

「三島議員，您專程遠道而來，真是不敢當。您願意收下物資，我們也感到高興。不過，在這裡想拜託您一件事。」

陳光志說。

「什麼事呢？」

「我們提供援助有一個原則。那就是要『親手發放』，希望物資能親手送交到災民手中。我們當初在募款時，也曾清楚地對捐款的會員們這樣說。如果不能遵守這項承諾，便是說謊。所以這一點希望您能成全。」

慈愛之所以堅持「親手發放」，是因為他們認為，這是確實把救援物資送達災民手中的唯一方法。常聽說有人為了援助發展中國家而寄送救援物資，但最後全都進了掌權者口袋，而沒能送交到有需要的人們手中。慈愛為了避免這種事發生，向來堅持必須「親手發放」。

三島思考了一會兒，似乎能明白陳光志所說的「親手發放」的意義。

「我明白了。我會盡最大的努力，達成各位的要求。」

說完後，並且承諾，將針對發行通行證一事，與相關的機關單位交涉。就這樣，原本是最大難題的盤查與供油這兩個問題，同時朝向解決之路邁進了一大步。

之後針對送交物資的日程表具體的展開事前討論。

討論決定，送交物資的時間訂在三月二十五日到二十七日這三天，送交處是大船渡市與陸前高田市的十三處避難所。

至於委員們的落腳處，在三島議員透過人脈代為找尋下，最後得以在陸前高田市的養老院借住。地震發生後，原本住在養老院裡的人們全都移往他處，現在正好空出，再加上配給的物資也能存放在養老院的地下室。這麼好的條件，真是求之不得。

隔天，決定好前赴災區的十多名委員人選。

男性委員只有負責人陳光志等四人。其他全部都是女性，當中大部分是五十歲以上的年長者。林素好也是其中一員。

這天，委員們幫忙將物資搬上大卡車。他們搬運的那些紙箱共達十公噸。

三月二十四日一早，慈愛的委員們分批坐在三輛九人座的廂型車上，陪同大卡車一路朝東北的災區而去。

途中行經福島時，手邊的輻射線測量儀的數值一口氣攀升許多。

「不會有事吧？」

林素好向坐在身旁的許美香說道。許美香大林素好三歲，是一位年長的委員。

「不會有事的，現在擔心也沒用。」

「說得也是。」

誠如許美香所言，如果害怕的話，打從一開始就不該來。

「用這個。」

坐在前座的陳光志，取出名叫N95的醫療用口罩。約莫十年前，嚴重急性呼吸道症候群（SARS）在臺灣流行時，這種口罩發揮了強大的功效。

雖然不清楚這口罩對輻射線是否真的管用，但至少對此刻的林素好來說，必定在精神上給了她一劑強心針。

隨著車子逐漸駛近災區，地圖上理應可以通行的道路，都因為倒塌的房屋和瓦礫堆而無法通行。

一行人在這樣的情況下持續緩緩行進。

然而，來到某個地方後，柏油路完全被截斷。廂型車勉強能通行，但大卡車再也無法前進。要前往的那棟養老院，明明已近在眼前。

「再過去實在沒辦法走了。」

走下駕駛座的司機望著前方的道路說著。

「還有多遠？」

「應該沒多遠了。頂多再五公里吧。」

委員們從廂型車車窗探出頭來，不安地望著交談的兩人。

該怎麼辦才好？在這樣的氣氛下，陳光志開口道：

「那麼，改將貨物搬到廂型車上吧。」

「可是，量相當多哦。」

「不然還有什麼好方法嗎？」

陳光志這句話沒有半點猶豫。在他那堅定有力的聲音下，司機回答「我明白了」，於是打開貨櫃門。裡頭塞滿了昨天才剛搬上車的紙箱。要將這些全部改搬到廂型車上，光想就令人發暈。

「好了，大家快點動手吧。」

已有幾名委員下廂型車。雖然全是看起來派不上用場的年邁婦人，但她們臉上的表情都充滿幹勁。

十公噸的物資，在人海戰術下，全都改搬到三輛廂型車上，採來回運送的方式，送往養老院的存放地點。花了好幾個小時的時間，物資終於全部送抵目的地。

養老院裡的設備遠比想像中來得好。床鋪一應俱全，而最特別的，是能從窗外看到美不勝收的太平洋景致，彷彿來到一處度假勝地。

唯一美中不足的，是無法使用淋浴設備，不過沒有人會說出這種不知足的話。非但如此，大家都由衷感謝能有這麼好的環境可以借住。

今晚就好好休息，從明天開始，就要連續打拚三天了。那天晚上，林素好在心裡鼓勵自己，進入夢鄉。

真想早點將物資送過去。

林素好抱持著熱情來到這裡，可一旦要前往災民的所在地，多少還是有點緊張。真的能讓他們開心嗎？雖然大家都沒說出口，但肯定也是同樣的心思。

一行人在東北最早拜訪的避難所，是位於大船渡市的一所小學。

陳光志先讓委員們和載滿物資的廂型車在外頭等候，獨自走進避難所。向災民告知來意。

過了一會兒，陳光志走回來，愁眉深鎖，以沮喪的口吻說道：

「他們說不需要。」

慈愛的委員們沒料到會是這樣的結果。

日本人不會隨便接受別人的援助，更何況是不認識的人。

車內瀰漫著一股沉重的氣氛。

要是一直像這樣遭到拒絕該怎麼辦？可能是這樣的心情使然，在前往下個目的地——赤崎漁村活動中心的路上，眾人幾乎一句話也沒說。

在赤崎漁村活動中心避難的人，全都是以捕魚為生的漁夫。

車子抵達活動中心入口時，屋裡的人全走出來。細數後，一共八人。都是七、八十歲的老人。

「等一下，讓我去。」

陳光志正準備下車時，許美香制止了他。

「我也去。」

林素好不加思索附和一句。並打開紙箱，從裡頭取出一條毛毯。

她們兩人靠在一起，朝著站在玄關前的八位老人走去。

對方不發一語，靜靜注視著她們。

「各位好。」

許美香和林素好如此說道，緩緩點頭行禮。

「我們來這裡，是為了送毛毯給各位。可以請你們收下嗎？」

林素好如此說道，望著眼前一位滿頭白髮的老翁。

老翁全身顫抖。

外頭天寒地凍，冷得嚇人。

「謝謝。」

老翁那含糊的聲音不太清楚，但聽在林素好耳裡，確實是「謝謝」。一定是這樣說的沒錯。

緊接著，林素好將拿在手上的毛毯披在那位老翁肩上，也回了一句「謝謝」。

趁這個機會，委員們打開車門，將塞滿物資的紙箱搬進避難所內。

避難所內比想像中還要冷，他們一直忍受著。

「這樣就不會覺得冷了。」

委員們陸續替老人們披上毛毯。

雖然是不速之客，卻沒有人慌忙失措。非但如此，甚至有人忍不住流下眼淚。

委員們重拾自信，前往下一個避難所——蛸浦地區公民會館。提及赤崎漁村活動中心的人們收下物資的事情之後，或許是因為放心不少，於是爽快地接受委員們的善意。

避難所內是鋪了榻榻米的大通鋪，許多人在這裡過著避難的生活。擺有折疊得整整齊齊的棉被。屋內角落也堆放了坐墊。明明是在室內，災民們卻都穿著外套。

「大家好。」

委員們一同朗聲向眾人問候，災民們見狀，也都重新端正坐好。

委員們親手拿起毛毯，一一替災民披上肩膀。有好幾位災民難忍心中的感動，流下兩行熱淚。

之後慈愛一行人前往多處避難所，都受到熱烈的歡迎。因為在造訪避難所之前，關於他們的消息已早一步傳開。

就這樣，順利完成為期三天的物資發配工作，慈愛將毛毯送交到六千多位災民手中。

在返回東京的途中，委員們視察受災的情況。

知名的遠洋漁業漁港氣仙沼，處在近乎全毀的狀態。襲擊整個鄉鎮的大規模火災，至今仍留下許多殘骸，歷歷在目，儘管已過了三週之久，空氣中仍瀰漫著燒焦味。被海嘯打得支離破碎的房屋殘骸，覆滿整個路面，大型漁船被沖上陸地。為什麼漁船會出現在這裡？面對眼前那難以置信的光景，眾人盡皆愕然。

不論是陸前高田市，還是宮城縣的南三陸町，放眼望去盡是令人不忍卒睹的景象，在藍天下靜靜的朝四面八方蔓延。

地震發生後過了約一個月，花蓮的緊急對策本部陸續收到世界各國的慈愛委員傳來街頭募款的報告。

這是分布在世界各地的慈愛委員們，不分人種、宗教、貧富的差異，為日本災區集結眾人之力所得到的結果。

他們不論身在何處，始終都穿著白領藍衣、白色的長褲和帽子、運動鞋，一身藍天白雲的裝扮，在街頭呼籲民眾捐款。

募款箱上各自寫有不同的內容，呼籲民眾援助日本災區，例如在倫敦是寫「JAPAN EARTHQUAKE & TSUNAMI（日本的地震和海嘯）」、在紐約是「Let us HELP JAPAN with Love（讓我們以愛援助日本）」、在馬尼拉是「Uniting Prayer & Love（以祈禱和愛團結在一起）」、在東京是「被災地に愛を送りうましょう（把愛送到災區）」。

傳到花蓮總部的世界各國街頭募款主要狀況如下。

三月十三日　南非（德班）
　　　　　　美國（舊金山）
三月十六日　澳洲（雪梨）
三月十七日　日本（東京大田區）
三月十八日　斯里蘭卡
　　　　　　馬來西亞（吉隆坡）

三月十九日　英國（倫敦、曼徹斯特）

南非（開普敦、約翰尼斯堡）

美國（聖地牙哥、紐約、芝加哥、辛辛那提）

加拿大（薩里市）

泰國（曼谷）

菲律賓（馬尼拉）

三月二十日　阿根廷（布宜諾斯艾利斯）

三月二十三日　荷屬安地列斯

三月二十六日　印尼

美國（夏威夷檀香山）

智利（聖地牙哥）

丹麥（哥本哈根）

三月二十七日　新加坡

三月三十一日　海地

四月四日　日本（東京澀谷區）

四月九日　紐西蘭

四月十二日　多明尼加共和國

四月十七日　緬甸（仰光）

此外，法國、荷蘭、德國、奧地利、瑞典、賴索托、巴西、巴拉圭、瓜地馬拉、荷屬聖馬丁、中國、越南、汶萊、土耳其、韓國、柬埔寨等許多國家，也舉辦慈愛的募款。

臺灣亦不例外，三月十四日以臺北慈愛醫院起頭，紛紛在大型超市、學校、觀光景點等人潮多的地方舉辦街頭募款。而在三月二十四日這天，在慈愛的臺北集會所募捐處，許多委員和會員趕來捧場，大排長龍。

短短不到一個月的時間，便募得數千萬元的援助金。

然而，眼前存在著一個大問題。

那就是募得的援助金該如何分配發放。

慈愛募集到的援助金也和救援物資一樣，一定要親手交到每一位災民手中，「親手發放」是他們堅守的原則。

只要改變這個原則，慈愛將不再是慈愛。

然而，關於這點，始終無法得到日本政府的認可。不，事實上，像這樣的案例，也就是民間的慈善團體送援助金給災民這種情況，過去從未發生過，到底該如何處理才好，或許政府還無法做出結論。

因此，對於慈愛提出的要求，地方政府拒絕交付發送援助金所需的受災者名冊（記錄房屋全毀和半毀的名冊。對象只限住宅，不包括商店或企業）。

如果是在臺灣，災民就不用說了，地方政府肯定會欣然接受援助。但在日本，慈愛幾乎沒什麼知名度。站在地方政府的立場，面對從未聽過的國外慈善團體的要求，以及來路不明的金額，應該也無法隨便接受吧。

明明有錢，卻無法送到災民手中。

這個大問題一直懸而未決，而來自世界各國的援助金仍不斷增加中。

之後過了約一個星期，才開始為了解決這個問題而展開行動。

陳光志以慈愛代表的身分遠赴東北，拜訪大船渡市、陸前高田市、釜石市的議員。為了能夠直接發送現金的事，展開會談。由於東北新幹線停駛，從東京前往當地，搭夜間巴士足足耗費八個小時才抵達。

會談結束後，又搭當天晚上的夜間巴士返回東京。返抵東京時，已東方發白。

隔天，陳光志在幾乎沒闔過眼的狀態下，前往拜訪政府單位的首長以及贊成這項活動的議員，說明慈愛過去在世界各國的活動成果以及在東北災區發送物資的狀況，請求准許直接到災區發送現金。

這時，能否「親手發放」，全憑日本政府判斷。

大約兩週後，東京本部接獲「已下達許可」的報告。委員們雀躍無比。林素好對這則新聞打從心底感到興奮。要再次前往災區，給予災民勇氣。林素好腦中浮現自己為他們披上毛毯時，那喜極而泣的淚水。

而另一方面，她也料想得到，發送現金會是一項很辛苦的工作，遠非上次發送物資所能比擬。前來領取現金的人，可能會多達數十萬人，為了避免現場的混亂，讓災民們可以開心的領取現金，勢必得做好萬全的準備和決心去面對才行。

唯一可以確定的是，這必肯定是慈愛創立以來，最傾注全力推動的一場活動。

這項消息馬上傳回花蓮的總部。

總部對發送現金所需的金額以及志工的人數展開計算。這次所需的金額粗估約二十億元，換算成日幣約五十多億日圓，志工人數為二百人。關於志工，即算日本的委員全數動員，也只有一百人，所以還缺一百人左右。不足的人力，必須由臺灣召募志工派遣。

又過了幾天後，發送現金的具體時間表終於敲定。

從為數眾多的災區中，最先選中的是釜石市和陸前高田市，合起來計有八千個家庭。

發送的日期是六月九日到十二日，一共四天。

以此為目標進行規劃。

五月十四日，幾名委員從東京本部前往釜石市和陸前高田市，針對具體的行動內容和方法仔細商議，此外，從五月三十一日起，利用三天的時間，到發送現金的會場實際勘查。一面檢視現場的動線，一面揣摩當天的情況。

離發送現金的日子已不到一個禮拜。

感覺得出每位委員一天比一天緊張。

來到發送現金的兩天前，慈愛東京本部的集會所裡正忙著進行將援助金裝入信封中的作業。將三張長桌併排一起，成為一個區域，分配十二名人員。做出三處這樣的區域，共有三十多人投入這項作業中。

桌上堆滿了像小山一樣高的鈔票，以及為此特別訂作的信封。信封的封面寫著「災害慰問金」，裡頭放著折疊式卡片。卡片背面寫著中文，意思是「信心、毅力與勇氣兼備，則天下沒有做不成的事」，背面則是慈愛的最高負責人關懷的話語。邊角裁剪成菩提樹的葉片形狀，裡面裝有現金。

依據家庭人口數，將發送金額分為三種：若只有一人，發給三萬日圓，若是兩個人，發給五萬日圓，四人以上則發給七萬日圓。

屋內的氣氛緊繃。沒人說話，大家一味地忙著手中的工作。

在此同一時間，臺北松山機場有一百名慈愛的委員們，在一樓的出境大廳等候辦理搭機手續。他們身穿藍色禮服，手上拎著印有慈愛標幟的藍色波士頓包。辦完手續後，他們整齊地排成兩排，由團長帶隊走向登機門。

每個人皆抬頭挺胸，目視前方，那模樣充滿緊張感，甚至散發出一股異樣的氣氛。

在機場的其他臺灣人，報以熱情的目光注視著。

只要看到這樣的服裝，即便沒有表明他們是慈愛會員，大家也心知肚明。而且也猜得出他們搭機出國的目的為何。

你們要代表臺灣好好努力。

肩負著眾人的期盼，一百名委員準備啟程前往日本。

加上從臺灣抵達的一百人，一共是兩百人的慈愛委員，在發送現金的前一天早上，分別搭乘三輛大型巴士和兩輛九人座廂型車前往災區。除此之外，還有兩臺搬運必要物資的六噸重卡車隨行。

一行人途中造訪陸前高田市的災區，了解受災狀況。

地震發生至今，已過了三個月，情況仍是一樣悲慘。

瓦礫山、散亂一地的漂流木、泡水膨脹的榻榻米、嚴重扭曲變形的紅色小型卡車。那幕景象教人難以想像三個月前曾有人在這裡生活。

而且這一帶瀰漫著一股怪異的臭味。很難用言語形容，但真要說的話，就像魚腐爛發臭的氣味。

在空中四處飛舞的昆蟲，仔細一看，是足足有拇指大小的金蒼蠅，牠飛進一名委員攜帶的牛乳瓶中。一隻飛進後，便接連有數隻跟進，聚成一團。在陽光的照射下，發出金黃色光芒。

委員們的住宿地分散在災區周邊各處。每處距離需要約一個小時的車程。因為災區附近的飯店，都由政府相關人員、警察、其他地方政府派來的職員、自衛隊等長期留宿，所以慈愛的委員們無法居住。

分住各個不同的飯店後，當天晚上，委員們為了保留體力應付隔天的活動，早早上床就寢。

林素好以志工的身分被分配到釜石站前的釜石海洋廣場。

這裡原本是特產中心，但因為釜石市公所遭海嘯破壞而停止運作，所以從三月十四日起長達約三個月的時間，改充當災害對策本部。

發送現金的活動訂在上午九點開始，但委員們在七點前已來到現場。

全員都穿上白色衣領的藍色制服、白色長褲和運動鞋。上百名委員清一色的藍天白雲裝扮，煞是壯觀。

離發送現金還有兩個小時。要遵照事先規劃好的動線，設立出各個不同的區域，還有許多事等著馬上處理。

為了方便控管排列隊伍，正忙著在戶外拉起繩索。前來領取現金的災民會多達數千人。到時候將依抵達的先後順序，請他們在這裡排隊。

室內分成三個區域。

一個位於入門處，負責的是櫃臺的工作。取領現金完全依照市公所提供的受災名冊來進行，但在這裡要確實無誤地逐一比對名冊，檢查對方是否具有領取受災慰問金的資格。然後依照住民票上的地址，告知專屬的代碼。

在櫃臺核對好身分後，便可前往下一站的發送現金區。

牆上掛著一面橫布條，寫著「臺灣佛教慈愛基金會　東日本大地震慰問金發送」，前方一共擺了十張桌子。

各自寫了一到十的號碼，災民前往代碼所屬桌號，領取災害慰問金。

每張桌子均配置三名委員。

交付災害慰問金的人、要求對方在領取欄上蓋章的人、確認整個流程的人，明確區分成這三個不同的角色。

另外還有一個林素好提議設定的區域。

那是提供領得現金的災民可以一邊喝茶，一邊和委員們交流的社交區。

林素好擔任這一區的負責人。

「災民其實都有話想說。」

那是之前發生新潟中越地震時，林素好由衷的感想。

所以這次決定好發送現金的程序時，她便與臺灣總部聯絡，請他們寄送苗栗縣三義有機栽培的烏龍茶和蜂蜜綠茶來。另外也請一併寄送臺灣小學生做的千羽鶴以及寫有慰問話語的卡片。除了這些臺灣運送來的東西外，在從東京調度塑膠製的簡便桌子十五張以及椅子八十張。

「桌子這樣擺可以嗎？」

「可以。椅子請全部擺出來。」

「卡片要怎麼處理？」

「全部貼到那邊的牆上。」

林素好向社交區負責的委員們下達指示，希望盡可能打造出一個能夠完全放鬆的空間。

七點多時，一度劇烈搖晃，整個會場一陣驚呼，但之後大家都忙著展開準備作業，猛一回神，發送現金的時間就快到了。

戶外已聚集了多到數不清的人。

現金發送即將開始。

在櫃臺核對名冊的人。發送現金的人。在社交區待命，等候客人前來的人。在戶外引導人流的人。排成一排向前來的民眾問候的人。假想災民在會場裡不知道怎麼走的情況，擔任引導者的人。

這一刻，大家都很緊張。

入口大門一開，頓時有數十人湧向櫃臺。

接下來就是完全照流程走，民眾依序領取災害慰問金。

不過，因為現場人數實在太多，再加上是第一次發送現金，所以一開始的作業進行得不如想像中那麼順利。因此櫃臺處有許多人只能站著空等，造成隊伍阻塞，外面排隊的人群遲遲無法前進，瀰漫著一股焦躁的氣氛。

社交區也遲遲等不到人。

也許是顧忌太多了。

「各位，請到這邊來喝茶。」

林素好出聲邀請，但大家都只是遠遠地望著她。

這時，一名年輕的委員對林素好說。

「素好師姐，要不要試著放音樂？」

「有辦法嗎？」

「可以的。請等我一下。電腦裡頭有音樂。」

她一邊說，一邊操作桌上的電腦。

〈祈禱〉的優美旋律傳向社交區。

那旋律讓現場氣氛變得優美祥和，同時也帶給委員們內心的平靜。

不久，領得慰問金的人們，零零星星往社交區移動。

幾位委員泡茶招待。

「謝謝。」

端茶招待後，災民點頭表達謝意。

「真是辛苦你們了。」

林素好向一位年過六旬的先生說道。

「現在回想起來，還是覺得很可怕。地震發生後，我不顧一切的高臺跑。當時聽說海嘯高達六公尺，我心裡想，這絕對不可能。大海的另一頭升起漆黑的蒸氣，朝天空而去。我活了這麼大把歲數，從沒看過那種景象。」

男子語帶激動地開始訴說起當時的情況。

「事後回去查看，我家已經不見了。但我知道就是那裡。因為庭石還在原地。」

林素好只是點著頭，靜靜聆聽。

社交區來了各式各樣的人。

有人噙著淚水，說家人在他面前被大浪捲走。

有人說他抓著榻榻米，隨著漩渦漂流了好幾個小時之久。

有人說幾乎每週都得出席好幾場告別式。

有人苦笑著說，自己工作了四十年，辛苦累積的財產，全部化為烏有。他們一開始都緊閉著雙脣，不想多說。但說了一兩句話後，再也止不住從心底不斷湧現的吶喊。同時淚水也像潰堤般奪眶而出，一頭靠向慈愛會員們的肩上。

這三個月來，他們無處宣洩的情感因而得到傾吐，似乎心情也變得輕鬆許多，個個轉為爽朗的表情。林素好將眼前這幕光景深深烙印在心底。

災害慰問金的發送，之後在岩手、宮城、福島各縣，共二十六個市町村舉行，一直持續到二〇一二年三月為止。

發送的慰問金合計達二十億四千四百四十八萬四千六百零九元。換算成日幣為五十多億日圓。另外還配送了約六千萬元的物資，相當約日幣一億七千萬。

報恩

「有件事，要先跟妳說抱歉……」

王忠雄以這句話開頭時，與他隔著茶几、坐在對面的王怡君倒抽一口氣，不知道父親要說些什麼。

之所以這樣，是因為她完全沒有半點頭緒。

王忠雄不讓她有機會做好心理準備，接著往下說。

「我們是受日本所賜，才能一路走到今天。所以我想趁這個機會報恩。」

「報恩？」

「對，可以將店裡三天份的營收全部捐到日本災區嗎？」

已經有幾年沒從父親口中聽到「營收」這個字眼了呢！父親在八十歲那年從寶全食品第三代社長的職位退下後，雖然擔任會長一職，但從未再提過店裡的事。

「店主不該接受任何人的指使。照自己的想法，如果行不通，頂多倒閉而已。」當時父親說完這句，便將店裡的一切經營權交給了第四代的王怡君。

同時這也是父親的信念。

所以在那句「要先跟妳說抱歉……」之後說出的話，對父親而言，猶如吐血般難受。

不過，就算如此，父親還是想幫日本做點什麼吧。

「爸，我知道了。既然是為了報答日本，我想，在我們店裡的員工應該都不會抱怨，大家都會很高興的。」

王怡君如此說道，心想，不是捐現金，而是捐出營收，這確實很像父親的作風。

寶全食品有大約七十名員工，相處如同一家人。如今這個大家庭，要為他們的恩人同心協力，團結一心。父親應該是想向日本傳達這樣的心情。

王怡君毫不遲疑，舉雙手贊成。不知不覺間，父親的想法也成為王怡君的想法。

寶全食品創立於日本統治時期的一九〇八年，已距今百餘年。

當時甚至連店名都沒有，創始人王武雄用腳踏車的後貨架載著自己做的糕餅，到鄰近的東勢和卓蘭四處叫賣。與其說是店家，不如說是叫賣。

王武雄的糕餅向來不會剩餘。這並非因為生意興隆，而是他把當天沒賣完的糕餅，免費送給當地的窮人。

「糕餅最重要的是新鮮。如果沒趁最美味的時候吃，那就太對不起糕餅了。」

王武雄總是笑著這樣說，但他這樣的做法，實在很難養活家中的妻子和五個兒子，一家人只得過著貧困的日子。

不久，孩子們長大成人，各自擁有自己的家庭，但的生活還是不見好轉。於是長男王金全在一九四〇年決定將妻小留在臺灣，隻身一人遠赴日本。「要是繼續這樣下去，一家人都會走投無路。」，他抱持這樣的想法，遠赴海外謀求生路。當時王金全在日本舉目無親，只帶著當時的錢幣三十一元和一袋砂糖，就這樣上了船。

渡海來到日本後，人生中最重要的邂逅來臨。

大福。

柔軟彈牙的麻糬皮包裹著紅豆餡。第一次吃到這種點心時，王金全便決定，在日本該學的就是這個，於是前往製作大福的日式糕餅店登門拜訪。

之後便在那家店成為日式糕餅師傅的徒弟，開始學習。

「金全，你的手借一下。」

王金全伸出右手，師兄在他掌心裡放了顆生蛋。

「聽好了。你試著放在手中轉動它。要輕柔地轉。可別打破了。」

這是用來做為拿大福餅皮包裹紅豆餡的練習。

王金全盡其所能，但手中的蛋始終不聽指揮。他的手部動作僵硬，不夠流暢。

「喏，你看好嘍。要這樣做。」

師兄拿起那顆蛋，為他示範。

那顆蛋就像黏在他手上般。輕快且靈活地在手上滾動。

從那之後，王金全始終蛋不離手。為了學會不論什麼時候都能讓手中的蛋流暢的從拇指一路滾到小指，他日夜都埋首練習。

就這樣整整三年，王金全身為一名日式糕餅師傅，終於愈來愈有模有樣了，但這時，店家卻因為受到戰時嚴峻的時代衝擊，被迫結束營業。

王金全卻利用這個機會，以自己辛苦攢下的積蓄孤注一擲，在東京立川開設自己的日式糕餅店。店名叫作寶全製菓本鋪。是一家大福專賣店。

然而，寶全製菓本鋪的生意始終上不了軌道。儘管戰爭結束，情況還是一樣沒變，不管什麼時候倒閉都不足為奇。仔細想想，這也是理所當然。當時的日本人光是要填飽肚子就已經耗盡氣力了，幾乎沒人有閒錢買大福。

過沒多久，開始戰後重建振興，人們的生活越來越好，寶全製菓本鋪變得生意興隆。因為先前聽聞寶全製菓本鋪大福的名氣但買不起的人們，因時代改變，全都上門光顧。

王金全用賺來的錢收購土地，興建製菓工廠，同時一方面擴充店面數量，一方面興建車站周邊大樓。

這時的王金全，手中已累積大筆財富。

一九七三年，王金全回到臺灣與留在家鄉的家人見面。當年他隻身一人，離鄉背井，睽違三十三年才又重回家鄉。

長男王忠雄在臺灣中部、離臺中約三十分鐘車程的城市——豐原，一家六口租屋而居。可能是家中代代都是生意人，身上流著這樣的血脈，他沒當上班族，而是租店面開藥局，但收入僅供一家人餬口。

「你要不要開日式糕餅店？」

王金全對兒子說道。

「可是，現在這個時代，能靠日式糕餅謀生嗎？」

王忠雄一再聽母親提過，他祖父一輩子都是當叫賣的小販，日子過得清苦，所以這個想法率先浮現他腦中。

「今後日式糕餅大有可為。你知道大福嗎？很好吃哦。而且最重要的是，在臺灣沒人會做。」

起初王忠雄也半信半疑，但父親除了幫他買房子外，還買下整套工廠用的設備機械，甚至還從日本帶了師傅過來，他也就此充滿了幹勁。

兩年後，王金全買下一棟五層樓的房子送給王忠雄，設立了寶全食品公司，專門製造販售日式糕餅、中式糕餅，以及麵包。

一樓是工廠和店面，上面的樓層除了充當家人居住的空間外，也安排了師傅和店員等員工住宿的房間。當中也有從日本前來的兩名年輕日式糕餅師傅——河村與佐佐木的房間。

日本師傅作的日式糕餅，風評轉眼就在臺灣中部一帶傳開來。

店裡連日都擠滿了客人，熱鬧不已，甚至店裡來了好幾名臺灣的年輕人，說想在寶全食品當學徒，學作日式糕餅。他們被錄取後，每天將生雞蛋放在手上，開始日式糕餅的基礎練習。

二年後，寶全食品在臺中的自由路上開設了第一家分店。又過了五年後，在大墩路上開設第二家分店。

此時不光日式糕餅，就連中式糕餅也頗獲好評，每年中秋節將至，買月餅禮盒的客人多得無法擠進店內，在店門外排成將近一百公尺長的人龍。此外，企業送禮用的月餅訂單也多得像雪片般，光靠各個店面的工廠已無法應付，於是在隔壁的潭子鄉蓋了一座中央廚房。

二〇〇八年，第三代社長王忠雄因年紀關係，宣布退休。當時他已即將虛歲八十。

他挑選的第四代社長，不是自己的獨生子王忠傑，而是長女王怡君。

若以臺灣的習慣來看，這算是特例。因為許多經營者都認為繼承家業是長男的工作，對此沒有半點懷疑，而且長男自己以及周遭的人們也都很自然的接受這樣的結果。

「要是太在意習慣，公司早晚會倒閉。」

王忠雄毫不猶豫地選擇王怡君當他的接班人。

這或許是王忠雄的直覺。當初他從父親王金全手中接下這份家業，將它發揚光大，這是出於他生意人的直覺。

另一方面，王怡君也因為受到父親賞識，出任社長後不久，便盡情地發揮她的生意直覺，沒留下任何遺憾。

才短短三年，便將之前僅有的三家店一口氣擴增為八家。其中包括了進駐臺北大型百貨公司的門市、高速公路服務區的商店、機場免稅店等。另外像網路商店、海外出口等，這些上一代完全想不到的新時代販售通路，也全力開發。

自從曾祖父王武雄在東勢和卓蘭行商叫賣中式糕餅，至今已過了一百零五年。

寶全食品就此成為名實相符的「百年老店」。

上午十點已即將到來。

星期天。時間靜靜地流逝。在豐原這座臺灣中部的小城市，生活的節奏感覺上比大都市臺北來得緩慢。

商店街瀰漫著假日特有的氣氛。寶全食品的總店位在其中。

這天在二樓的會議室裡，自社長王怡君以下，會計部長王怡文、中央廚房廠長王忠傑、其他三家店的店長，寶全食品的主要幹部全員到齊。

將散發芳香的有機栽培烏龍茶以及自豪的自產中式糕餅端到每個人面前，這場會議的主持人王怡君開口對出席者說道：

「大家早。今天是假日，大家一大早聚在這裡，謝謝你們。事情是這樣的，昨天晚上會長主動跟我說，他想以寶全食品的名義捐款到日本災區，所以我先跟各位說一聲。」

「那很好啊。請問打算捐多少？」

比王怡君小兩歲的妹妹，會計部長王怡文問道。

「這是會長下達的指示，不是一個明確的金額，而是我們企業三天的營收。」

「分店也算在內嗎？」

自由路分店的白店長問。

「對。包括自由路分店和大墩路分店，當然也包括總店。總之，三天的營收全部捐出。」

「好像在辦活動一樣。」

王怡文一臉開心地說道。

「妳要這麼想也沒關係，不過，我們當初就是受日本恩賜才有今天，所以想趁這個機會回報。這就是會長的想法。」

「我很明白會長的這份心情。」

說這句話的人，是總店的林店長。他在創業初期自己上門來，說是想當糕餅師傅，從那之後，在公司裡一待便是近四十年，是寶全食品最資深的元老。

「那麼，要從什麼時候開始進行？」

王怡文詢問，王怡君回答道：

「下個星期五、六、日，一共三天。現在大家對日本大地震的關注度仍高，我想，要趁早進行。那麼，今天就馬上製作橫布條，等做好之後，希望每家店都能掛在店門口。此外，也要請店員口頭向店內常客們傳達這個消息。總之，既然大家要一起做，就希望盡可能衝高銷量。這樣也算是對祖先獻上一份心意，同時也有助於寶全食品未來的發展。報告結束，請大家多多幫忙。」

王怡君說完後，幾位幹部紛紛說「拚了」。整體的氣氛還不錯。王怡君很期待下個週末的到來。

豐原的寶全食品總店，還不到八點的開店時間，店門前已有兩、三位客人在等候。

大門上的牆壁，從幾天前便掛上了橫布條，上頭以紅底白字寫著「日本三一一地震愛心募款活動三月十九日～二十一日」。

女店員解除自動門的門鎖，搬出寫有「歡迎光臨　WELCOME」的一大塊紅色玄關地墊，鋪在店門前。

寶全食品總店開門營業。

同時顧客走進店內。

「歡迎光臨。」

女店員的聲音清亮地響起。

為了這天的到來，總店比平時多增加了兩名人力，一共安排了五位店員，嚴陣以待。也有人提出反對意見，認為在小小的店內增加店員，會造成空間擁擠，反而會使作業效率變差，但最後還是在林店長的判斷下，決定一人在櫃臺內支援，另一人支援店內的各項作業，以備生意忙碌時可以隨時因應。當然了，這當中也帶有他個人的期望，希望到時候真的會很忙碌。

採早班和晚班的兩班輪替制，一共需要十人。這意謂著在總店工作的店員全部都得動員。之所以這麼做，也是出於林店長希望總店所有員工都能參與這項活動的想法。

隨著時間經過，來店的客人也愈來愈多。

一位帶著孩子，像是家庭主婦的女性，手裡端著一個白色托盤，上頭裝著紅豆吐司和香蔥麵包，在挑選陳列架上的商品。而她身旁，一位穿著白色制服的師傅正忙著將剛烤好的德國香腸披薩麵包上架。

「請問，那是新產品嗎？」

常客向店內支援的店員詢問。

「您是指哪個？」

「那個上頭有巧克力的。」

「您注意得真仔細。是昨天才開始販售的，裡頭包的是鮮奶油和桃子。您要來一個嗎？」

「好吃嗎？」

「這就要您自己嚐嚐看嘍。」

「說得也是。」

婦人一面說，一面夾了兩個桃子閃電泡芙放上托盤。

九點多時，王怡君從樓上的住處下樓來查看店內狀況。

「來了好多人啊。」

「是啊。盛況超乎預期，而且大家買得比平時還要多。」

林店長一臉滿意的地應道。

在收銀機旁，兩名店員將擺在櫃臺上的托盤內麵包一一裝進透明的塑膠袋內。

「那麼，我去自由路分店和大墩路分店看一下。應該會很忙碌，辛苦你了。」

王怡君如此說道，正準備離去時，母親從裡屋下樓梯的身影映入她眼中。

母親今年虛歲七十七。在王怡君小的時候，她還會到店裡幫忙接待客人，但早在好幾年前便已退休，不再經手寶全食品的工作。

母親身穿一件有漂亮花朵圖案的連身洋裝，臉上還化了妝。

是準備去哪兒呢？王怡君心裡這麼想，注視著母親，只見她站向收銀臺旁，開始向店內客人致謝。站在櫃臺旁的客人，年紀都遠比母親年輕，照理說母親應該都不認識他們才對，但卻一一向他們說「謝謝」。

「因為我們以前曾受過日本的恩情。這種時候要是不報答，恐怕祖先會痛罵我們一頓，說我們會遭報應。」

母親半開玩笑地說道，笑了起來。

這時，一名看起來像四十多歲的女客人回應道：

「說到報答，我們大家都是。九二一時，我們也受了日本不少的恩情。對吧？」

「九二一」指的是一九九九年九月二十一日深夜，在臺灣中部發生地震規模高達七．六的大地震。震央在南投縣集集鎮，死者約二千四百人，傷者約一萬一千人。離震央不遠的豐原，也發生大樓崩塌、道路斷成兩截，災情慘重。

在發生地震的當天，日本搶在各國之前派出一百四十五名救援隊員進入災區展開救援行動，除此之外，還送出將近四十億日圓的援助金以及約上千座組合屋。對臺灣人，尤其是住在中部這一帶的居民來說，當時日本採取的行動，讓人聯想起「雪中送炭」這句話。

當時的事，大家至今仍未忘記。

「那時候心裡覺得，真不愧是日本。」

「是啊。有困難的時候，日本真的是最值得信賴的國家。」

在收銀臺前排隊的人龍不曾中斷過。

櫃臺裡的店員，一位不斷地將麵包和糕餅裝進塑膠袋裡，另一位則是忙著打收銀機。

望著這幕光景，王怡君突然想起了九二一大地震。那已是十多年前的事。

再過幾天就是中秋節。

寶全食品的中央廚房，在一年當中最忙的這個時期，要完成一切的工作，若是只靠平時的員工，人手會嚴重不足，於是僱用上百名的臨時工，展開最後趕工作業。

半夜十二點時，請員工們吃麵當宵夜，因為接下來還有漫長的工作在等著他們。「加班」一詞已不具意義。總之，非得趕在中秋節前將客人預訂的商品全部做作完，並寄送出去才行。為此，只要還有體力，便專注於眼前的作業中。

王怡君也來到作業現場，並非是因為她有什麼特別的事，但只要社長親自在場，其他員工便會士氣大振。

時鐘的指針已過半夜一點四十五分。

明明是深夜時分，但中央廚房裡卻充滿生氣，猶如白天一般，無法想像工廠外的街上已完全熟睡。

王怡君心想，今天一定又要熬夜了，但能否趕在中秋節前，將所有商品全都順利出貨，這才是她擔心的事。

這幾天來，她不曾睡過一頓安穩覺。儘管如此，王怡君還是一點都不覺得睏，身體也不覺得疲懷。只要寶全食品還在作月餅，自己仍擔任寶全食品社長一職，每年的此時一定都會這樣過。

就在這時候，工廠內突然全部斷電。

眼前化為一片漆黑。

四周響起「怎麼了」的驚呼聲，現場瀰漫著一股莫名的不安氣氛。一片漆黑的時間持續了好一陣子，只聽見有人喊：「應該是保險絲燒斷了吧。斷路器在哪裡？」

緊接著下個瞬間。卡噠、卡噠，一陣從地底傳來的震動一再地襲向身體，旋即變成隆隆隆的連續巨大地鳴聲。

女人的尖叫聲。調理臺劇烈搖晃，上面的月餅散落一地。「地震！」不斷聽見叫喊聲。

黑暗中，搖晃遲遲不見減弱，甚至還愈來愈強，伴隨著傳來巨大的聲響。可能是什麼機械翻倒了吧。再這樣下去，工廠恐怕會從屋頂開始坍塌，大家都會被活活壓死。因為身處黑暗中，什麼也看不見，腦中想像的恐懼不斷膨脹，襲擊每一個人。

王怡君極力想保持冷靜，但辦不到。她就像腿軟般，一屁股跌坐地上，完全發不出聲音。

不知持續了多久。搖晃逐漸平息，世界恢復原狀。

王怡君抓著一旁的調理臺，鼓足全身之力站起，大喊一聲「快到外面去」。

中央廚房前面是一塊空地。

應該不會有房屋倒向這裡。陸續有員工從工廠裡衝出。

「大家都沒事吧？」

王怡君就像在確認每一張臉孔般，如此喚道。她同時在心中祈禱每位員工都平安無事。

整個城鎮處在黑暗中。環視四周，看不見半盞燈火。感覺與其說這整個城鎮還在沉睡中，不如說它已經死了。

「還有人在裡面嗎？」

「白天班的人應該還在裡面吧？」

在中央廚房工作的員工當中，有許多都住在工廠上方樓層的宿舍裡，輪值白天班的人，在地震發生時，正好是睡覺時間。

「誰去跟他們說一聲，裡頭很危險，快點到外頭來。」

王怡君雖然這麼說，但自己已開始邁步朝工廠走去。

這時，又一陣劇烈搖晃來襲。那劇烈搖晃宛如地球將被撕裂。

王怡君打消回工廠的念頭。

不久，好幾名才剛起床，還睡眼惺忪的員工，從工廠裡跑出來。

感覺工廠沒毀損。沒發生最嚴重的事態。不過，精神上卻遭受嚴重的衝擊，大夥兒茫然地癱坐在空地上，一直待到天亮。

王怡君從隔天早上的新聞得知災情的嚴重程度，遠遠超乎她的想像。

她很擔心家人的安危，但電話打不通。不得已，她決定開車返回豐原一趟。

途中看到好幾棟高層住宅大樓傾倒。其中，有騎樓的大樓幾乎無一倖免。屋柱承受不住整棟大樓的重量，一樓完全被壓扁，停在下面的車輛慘遭重壓，變成薄薄一片鐵板。

眼前的高樓大廳嚴重斜傾，變成像比薩斜塔般，讓人懷疑這是不是被風給吹的倒。如果現在出現餘震，使得那棟大樓真的倒塌的話，後果則不堪設想。我一定也會被壓成肉餅。王怡君心驚顫地緩緩駕車通過。

所幸豐原總店沒傳出災情。父母、妹妹，以及多名住在店裡的員工都沒受傷。不過，正因為是這樣的狀況，店裡無法營業。

另一方面，真正可憐的是在中央廚房工作的臨時雇員們。

許多臨時雇員都來自東勢，人稱「東勢工」，他們在地震發生後，完全無法聯繫上家人。因為不僅電話打不通，道路也斷裂，不知何時才能復原。根據電視上的新聞報導，東勢大橋單邊的車道橋板脫落，無法通行。另一邊的車道橋板也不確定是否保有足夠的強度，因有餘震之虞，採取暫停通行的處置。

關於東勢鎮內的災情，這裡雖是高樓較少的地區，但許多房屋也都全毀或半毀，居民們被迫得在河邊公園的避難處架設帳篷，過著露宿野外的生活。

東勢工彼此互相打氣道「一定沒事的」，但不安的心情卻隨著時間經過而愈來愈強烈。入夜後，等著眾人的是一片黑暗的世界。黑暗令他們心中的不安無限擴張。儘管如此，他們保持鎮定。

來到第三天，有幾個人再也按捺不住，說要騎著五十CC的摩托車過橋回家。這是很危險的嘗試，但王怡君無法阻止他們。

我們接下來會怎樣？在這樣的絕望中，他們得知有外國人前來援助。尤其是聽說日本的救援隊，在地震當天傍晚便進入災區展開救援活動。

王怡君很高興日本人前來幫忙。

雖然不知道為什麼高興，但當時她感到很放心，已經不用擔心了，覺得心底微微湧現希望和勇氣。

捐贈營收的活動，即將來到最後一天。

當初設定的目標，是三天內三家店的營收總計三十萬元。這個目標在第二天便已達成。這是因為店裡的常客都比平時多買了二、三個麵包或糕餅，而且就連之前從沒來過店裡光顧的客人，看到掛在店門口的紅色橫布條後，也都走進店裡購買。

設在店內的麵包製造工廠，烘焙的麵包明明比平時還多，但這兩天擺在陳列架上的麵包，到了傍晚幾乎一個不剩。三家店的店長一起討論，決定在最後一天，不管出爐幾次都要盡力。

寶全食品捐贈營收這項活動的消息，瞬間在臉書上傳開來。

「台中自由路分店。聽說到明天為止，寶全食品要將所有營收都捐給日本救濟震災。」

「不光是自由店，總店和大墩路分店也是。」

「那得趕快去買才行。」

「我也要。」

「我也要。」

最後一天，在寶全食品總店這邊，營業時間未到，店門前便已聚集了許多人。

在王怡君的記憶中，除了中秋節前，店裡不會來這麼多客人。

王怡君看了，思緒突然飛向遙遠的過去，心想，這家店剛創業時，也是這樣的光景嗎？聽說當時大家都想嚐嚐那兩位日籍的日式糕餅師傅製做的大福，在店門外大排長龍……

麵包師傅們連午餐也沒吃，全力工作，不斷地做著麵包。

正要擺上陳列架，客人便已伸手夾取，陳列架上的商品轉眼便熱銷一空。

寶全食品總店的營業時間是早上八點到晚上十一點。通常一過晚上八點，會有客人前來買回去當隔天早餐，但人數不多。然而，這天都已經過了晚上八點，人潮還是絡繹不絕。當中甚至有人是遠道從東勢、石岡、新社一帶，開了將近一個小時的車前來光顧。

他們是抱持怎樣的想法前來呢？

看見今日日本的災民，回憶起當年承受地震苦難的自己。是嗎？

當時因為日本前來，而感到無比安心。此事就算過了十多年，至今還是不曾稍忘。大家一定也都是同樣的心思。

所以才想為日本做點什麼。

店內關門時，商品已所剩無幾。

裝設在整面牆上的陳列架，上面只剩下零星幾件商品。

「真厲害。幾乎全都賣光了。」

「真的很抱歉。因為今天是義賣活動的最後一天，而且都多虧各位比平時還要捧場。」

王怡君一臉歉疚的回答，但隱隱流露出笑臉。客人也一臉滿足的回以微笑。

「那麼，這個請收下。只是一點心意，請加進捐款的金額中。」

客人如此說道，將一張百元鈔遞給王怡君。

「謝謝。」

她不知道自己為什麼會說出這句話。但一切都再自然不過，等她回過神來，已經接下那張百元鈔票。

匆匆忙忙的三天，轉眼即過。

——幸好有這麼做。

王怡君回想起連日來幾乎都客滿的店內，以及銷售一空的陳列架，有了新的感慨。

援助金總計多達六十四萬九千八百五十元。

換算成日幣約一百八十多萬日圓。

隔天一早，王怡君前往銀行，對三天份的營收再多添了一些錢，湊齊尾數，將六十五萬元整匯入舉辦募款活動的慈善團體帳戶。

之後將匯款單的放大影本，連同感謝辭一同貼在他們三家店的收銀臺後方牆壁。

各位親愛的客人

此次以店內營收捐贈三一一日本大地震災區的活動，承蒙各位的大力協助，誠心感謝。

此次募得的金額為六十五萬元。已於三月二十一日，由臺中銀行豐原分行全數匯入慈善團體的救濟募款帳戶，當時的匯款單影本在此，請確認。

由衷感謝各位的鼎力相助。

來店裡購買的客人，有人注意到這張紙，有人沒發現。

不過，幾乎沒有人特別提到這件事。大家就只是朝那張匯款單影本瞄了一眼，便拿著買好的麵包袋離開收銀臺。

隨著時間過去，它也就此化為牆壁的一部分。

某天，兩名日本男性以客人的身分來到總店。兩人都一頭白髮，看起來似乎都六十多歲。

他們眼尖的發現貼在收銀臺後方的那張匯款單影本後，開始以日語向櫃臺內的店員搭話。

「我聽說你們這家店送援助金到日本災區。」

店員聽不懂他說的話，一時間露出不知所措的表情，呆立原地，但馬上以日語的隻字片語說了一句「ちょっとまって（請等一下）」，接著走樓梯上二樓，請會說一點日語的社長母親前來。

「怎麼了嗎？」

「你們這家店送援助金到日本災區是嗎？」

同樣的話，男子又問了一次。

「對。一共六十五萬元。都是客人到店裡買麵包的錢。」

聽她這樣說完，男子立即低下頭，向社長母親行禮。

那是九十度的鞠躬。傳聞中聽過，但在臺灣幾乎沒見過。

另一名男子也在一旁跟著鞠躬。

「啊，沒必要行這種大禮……」

社長母親這樣說道，但兩人還是不肯抬起頭，一直維持低頭鞠躬的姿勢。

社長母親見狀，也只能向他們鞠躬回禮。

三人就這樣持續互相鞠躬了好一陣子。

第三章

謝謝臺灣計畫

微風送來花草的氣味。

眼前流淌的小河。河水沖向岩石，激起雪白的浪花。

沙沙沙、嘩啦嘩啦，二種不同的聲響合奏出絕美和聲。雖然單調，但百聽不厭。永遠持續不停的悅耳聲響。

對岸櫻花盛開。沿著河堤形成的淡粉紅色花帶，一路綿延。河堤上方一片翠綠，下方則是乾枯的褐色芒草。這樣的雙色對比，描繪出宛如油畫般的美麗世界。

可能是正值放學時分，好幾名國中生聚在一起，緩緩走在河堤上，不知在聊什麼話題。

望著這幕風景，佐久間愛子想起二十年前的事。

現在她連當時自己所穿的水手服都想不起來，但她確實也曾經像這樣走在那條路上。

那天是個暖洋洋的日子。雖是三月半，卻是個讓人聯想起初夏的豔陽天。

那是她當國中生的最後一刻。導師親手將畢業證書交給班上的每一位學生。

感受到眾人即將各奔東西的現實，以及即將啟程走向另一個全新世界的興奮感。愛子在這種從未感受過的複雜情緒下，接過畢業證書。

「老師，謝謝您。」

「嗯。」

導師如此應道，回以微笑，那是愛子在學期間從未見過的爽朗神情。

那已是很久以前的事了。

之後過了幾年，在同學會中，導師這樣說道：

「佐久間，當時向我說謝謝的人，就只有妳哦。」

這句話令愛子頗感意外。而更令她感到不可思議的是，導師竟然一直記得那件事。

如今回想，愛子當時確實說了一聲「謝謝」。那個場面占去她記憶中的一個片段，儘管這些年過去，還是記憶猶新。

而當時的那句「謝謝」，是她無意識中脫口說出的一句話。

沒錯。她並不是細想之後才說出「謝謝」這句話。是內心自然發出的聲音。在同學們大聲歡騰的同學會角落裡，愛子獨自想著這件事。

之後又過了幾年，愛子出社會時，從一名同學口中聽聞導師過世的消息。死因為癌症。

愛子獨自前去導師墳前上香。

在一片翠綠中，櫻花狂亂的綻放。

「佐久間，當時向我說謝謝的人，就只有妳哦。」

導師說的話在她腦中浮現，接著想到畢業典禮當天，「老師，謝謝」、「嗯」這樣的簡短對話。

最後就只留下「謝謝」這句話，不斷的重複。

謝謝……

●

看來，今天會是很忙碌的一天，代表處臺北事務所瀰漫著這樣的氣氛。

四月十一日。東日本大地震發生後，已過了一個月。

至今仍有一萬四千多人下落不明，約十五萬人過著避難的生活，但地震發生至今已過了一個月，正好告一個段落，日本政府配合這天，為了向世界各國致謝，正展開各項準備。

真奈在將東京傳來的「內閣總理大臣致謝辭」上傳到網頁上之前，最後又從頭檢查一遍。

在命名為〈絆〉（情誼）的那篇文章中，提到這一個月內在日本發生的慘事、答謝各國提供的援助，以及表明今後日本為了重新振興，將會全力以赴的堅定意志。文章最後附上總理的親筆簽名，並補上一句「まさかの友ほ真の友（患難見真情）」。

除了對各國的援助所做的感謝外，還有特別寫給臺灣的內容。

地震發生後，臺灣派遣了二十八名救援隊、提供四百噸的支援物資、高額的援助金、許多的加油打氣。針對這些幫助，道出感謝之辭。

真奈這一個月來，每天都查看當地報紙、網路上的報導，寄送給東京，似乎很確實的傳達成功，她相當高興。

但另一方面，那麼多人參與的募款活動，卻只用「高額的援助金」這六個字來表現，太過於輕描淡寫，實在無法接受。

看完全文後，真奈敲打著鍵盤，將這篇報導上傳。

網頁更新對真奈來說，就像每天的例行功課，但經手內閣總理大臣寫的稿子，這當然是第一次。這份稿子雖本身極輕，握在手中卻有重如泰山之感。因此，當她確認過已確實更新成功時，甚至會忍不住放心的吁了口氣。

辦公室內空空蕩蕩。剛才還一直忙著講電話的小笠原和柳田，現在已經外出。下午在代表處舉辦記者會，代表迫田要在會中致謝辭，可能就是這個緣故吧。

廣田說她要去採訪一項研究，所以一早便沒到辦公室來。印象中，像這種忙得不可開交的日子，廣田總是不在。

——一個月了是吧。

真奈獨自望著剛才上傳網站的「內閣總理大臣致謝辭」，想要憶起那段晃眼即過的時間，但幾乎完全想不起來。不過這幾天來，震災相關的新聞也像退潮似的，減少許多。或許就快結束了。自從震災發生以來，她第一次有這種感覺。

愛子之所以會看到那篇報導，純屬偶然。是她閒來無事，四處逛網站時發現的。

「首相在世界各國的報紙版面刊登致謝廣告」

愛子很敏感的對這個標題產生反應。

這或許是因為愛子是一位自由接案的平面設計師。愛子的工作是接受廣告代理商的委託，配合客戶的需求製作視覺稿。正因為這樣，「致謝廣告」的文字很自然的吸引她的目光。而且這位客戶還是日本首相。

就像受到標題所吸引般，愛子也看了那篇報導。

「東日本大地震發生至今已過了一個月，在四月十一日這天，對於世界各國所提供的援助，日本政府在世界各國的主流報紙刊登廣告，傳達首相的致謝辭。

刊登廣告的有英文國際報《國際先驅論壇報》、美國報《華爾街日報》、英國報《金融時報》、中國《人民日報》、南韓《朝鮮日報》、俄國《生意人報》、法國《費加洛報》這六國的七份報紙。以四分之三的版面刊登。」

接著簡單的說明要傳達的訊息內容。

文中提到震災的悲慘狀況、來自世界各國的溫情援助，以及對此的致謝辭。並加上一句「我們將全力投入振興的工作中」，表明其意志，結尾寫了一句「まさかの友は真の友（患難見真情）A friend in need is a friend indeed）」，同時附上首相的親筆簽名。

看完後，愛子認為這句話說得真好。

雖然災區還有很多人被迫過著避難的生活，但時隔一個月，在這剛好告一段落的時間點，政府正式向提供援助的國家致謝，這並不是壞事。不，是非這麼做不可。

然而，之後她持續在網路上瀏覽，發現一篇令她在意的報導。裡頭有人這樣說道。

「為什麼裡頭沒有臺灣？」

起初她也不知道這是為什麼，但繼續往下看之後，不知為何，愈看愈覺得不對勁。

在四月八日之前，臺灣的民間團體合力捐給日本的援助金多達上百億日圓，而且至今仍以驚人的速度持續增加。相對於此，在三月底時其他國家捐贈的援助金，分別是美國約九十億日圓、韓國約十六億日圓、中國約三億四千萬日圓。

的確，有些事不能光憑金錢多寡來衡量，但對於提供如此龐大援助的臺灣，日本卻擺出視若無睹的態度。這實在教人費解。

剛才還覺得日本政府的致謝廣告說得真好，但現在突然覺得無比冰冷。同時在愛子心中湧現各種疑問。

政府為什麼沒在臺灣刊登致謝廣告？

臺灣為什麼要捐這麼多援助金給日本？

話說回來，臺灣到底是個怎樣的地方？

她對臺灣展開各種想像，但始終浮現不出什麼特別的畫面。唯一想到的是臺灣的香蕉。而且臺灣是產香蕉的國家，所以天氣一定很炎熱。

經這麼一提才想到，她學生時代有來自臺灣的留學生。他們給人的印象……感覺個性沉穩，但也不會給人留下特別的印象。

——臺灣。

愛子突然對臺灣這個地方感到好奇。

●

位於代表處臺北事務所地下的大廳，擠滿了許多政府相關人士、財經界的重要人物，以及地方媒體。在舞臺前一字排開的椅子，從剛才就已經座無虛席，還能看到有人站在椅子後方。

在櫃臺處，真奈與總務部派遣員島崎遙請來賓們簽名。

她們兩人一直到剛才為止，都被派去布置會場，四處奔忙。擺椅子、在演講臺上擺花。還有舞臺右手邊的展示區。這裡平時是定期展出日臺交流相關藝術作品的場所，但現在這一區整面牆貼滿了卡片。

卡片是許多臺灣人寄來的，從小學生到八十多歲的老年人都有，裡頭寫滿勉勵的話語和插畫。勉勵的話語很多都是用日語寫成，例如「頑張れ日本（日本加油）」，或是「日本のことを応援します（為日本加油）」。

真奈一張一張細看，仔細貼上。

突然有一張吸引了她的目光。

「日本が好きです（我喜歡日本）」。以剛勁有力的文字寫成。上頭平假名的「き」和「す」形狀歪斜。寫字的人大概不會日語，是請別人教他，照著臨摹寫成。真奈看到這張卡片，頓時感到鼻子一酸，一股熱意湧上心頭。

「臺灣的諸位在日本發生大地震後，便馬上以各種方法提供我們援助。馬英九總統也主動參與慈善募款活動，同時派出緊急救難救援隊，以及提供援助金和支援物資。對於這些行動，我們身在臺灣的日本人深受感動。」

從舞臺上傳來迫田向齊聚一堂的相關人士致謝的聲音。從他的聲音中感覺得出強勁的力道。充分傳達出他的感謝之情。

話雖如此，但真奈總覺得有哪裡不對勁。她不知道是哪裡不對，但就是說不出來，只覺得不太對勁。

「我們必須將這份感謝銘記在心。日本現在面臨很嚴峻的考驗，但過去每次遭遇災難，我們也都一一克服。相信這次在各界的大力鼓舞下，我們同樣能克服難關。」

致謝辭仍未結束。

過了一會兒後，湧起眾人熱烈的掌聲。

●

傍晚六點，居酒屋裡客人稀疏，感覺店內的空間變得廣寬些許。此事姑且不論，這個時間在這裡端著生啤酒乾杯，愛子總覺得怪怪的。

平時都是工作到很晚後才會去喝酒。「今天就先忙到這兒」，說完這句話後再離開公司，這才是理想模式，如果是這樣，就能毫無顧忌的暢飲，但如果是天色還亮的這個時間，則像是在做壞事，感覺坐立難安。

而且啤酒喝起來也覺得沒味道。說起來，啤酒這種東西還真是不可思議，會因為工作結束後的充實感而影響它的口感。自己對自己的誇獎，辛苦之後應得的權利，會因為這些因素，而使得啤酒變得好喝數倍。

而今天的啤酒，就連剛喝的第一口，也感受不到那滲進喉嚨深處的快感。儘管還是依照慣性說了一聲「好喝」，但口中的滿足感還是旋即隨著泡沫一起消失。

「話說回來，像這樣連敗，真教人討厭。」

廣告文案撰稿員柴崎徹如此說道，就像在為現場的氣氛解釋般。

「是五連敗嗎？」

「六連敗。」

愛子馬上加以糾正。柴崎自己不可能不知道，但也許是他認為，清楚記得這件事只會讓自己更加鬱悶。感覺他是故意搞錯數字。

「在這個業界待久了，總會遇上這種情形。」

創意總監角松潔如此說道，將杯裡的啤酒一飲而盡。比其他兩人年長的角松，同時也是他們這些成員的領導人。

他們三人合組團隊，已大約五個月。這段時間一共接洽了六個計畫，但全都沒能搶下標案。其中花了最長時間準備的化妝品製造商的案子，自從去年底落空後，就像遭受打擊後一蹶不振般，接連兩個案子也都沒能搶下。而昨天又錯失了一個案子。而這次想要轉換心情，將希望都投注在運動服製造商的案子上，但同樣失敗收場。

這次雖然不是一般大眾會喜歡的設計，但愛子卻覺得應該行得通，心裡暗自抱持期待，所以當她得知結果時，心想「如果連這樣也不行，到底要怎樣才好」，完全搞不清楚該怎麼做才對。

三人每次沒能搶下標案時，都會在角松的邀約下，舉辦這場「遺憾會」，一起喝酒。不過，一直這樣下去，就連「遺憾會」這三個字聽起來也備感空虛。

「真是夠了，既然這樣，那就來驅邪吧。」

角松如此說道，但大家肯定心裡都在想，如果喝酒就能「驅邪」，那肯定再多杯都不成問題。

這場酒會開始後，過了約三十分鐘，氣氛始終炒熱不起來。

和以往的遺憾會不一樣，這次沒對設計和文案發表意見，也沒對簡報抒發感想，甚至連為什麼無法滿足客戶的需求也懶得討論。

感覺就像三具沒有靈魂的空殼，毫無意義的持續進行這場酒會儀式。三人都想提出適合眼前這種場合的話題，但就是想不出來。

這時，愛子突然低語道：

「聊個和比稿無關的話題吧。」

這個開場白打破了現場沉悶的氣氛，但似乎具有意外的效果。角松和柴崎都略微趨身向前，等候愛子接著往下說。

「是今天我從網路新聞上看到的，日本政府以首相的名義，在幾個因東日本大地震而援助我們的國家登報，刊登答謝廣告。」

「我們要是也能取得這樣的廣告就太謝天謝地了。」

「我要說的不是那個。我真正想說的是……」

雖然因柴崎打岔而差點偏離話題，但愛子硬是把話題拉了回來，針對白天看到的網路報導做摘要說明。

「你們不覺得怪嗎？」

愛子一臉正經的望向柴崎。

「經妳這麼一說，確實有點怪。」

「就說吧。雖然不知道臺灣人口有多少，但應該不會太多。重點就在這裡，一百億日圓。這未免也太厲害了吧。這對他們來說，真的很賣力呢。」

「賣不賣力我不清楚，不過，真的很不簡單。」

「為什麼不能好好說出感謝的話呢？」

在酒精的助長下，愛子愈講愈激動。

「既然這樣，要不要刊登意見廣告？就登在臺灣的主流報上。」

之前一直默默聆聽的角松插話道。

愛子一時懷疑自己聽錯了。

「刊登廣告？誰刊啊？」

「佐久間，就妳啊。妳自己刊登不就行了嗎。」

「別開玩笑了。我哪來那麼多錢啊。再說了，就算我有這筆錢，但我這個來路不明的人說想刊登廣告，報社也不會輕易的回一句『是，明白』，就直接幫我刊登吧。不，在談這個問題前，我連臺灣有怎樣的報紙都不知道。」

「說得也是。」

角松也笑著說道。

「不過，若有這麼一件事上門，我們倒是可以試著幫對方做版面設計。哈哈，當然是無償。」

「是是是。如果有那個空閒的話，它就是下一份工作了。工作一直連續，連綿到天邊～♪」

柴崎改掉「鐵路一直連續，連綿到天邊[3]」這首原曲的歌詞，開始唱了起來。「越過原野、越過高山、越過山谷～♪」。他似乎愈唱愈開心，整首唱完後，又從頭唱了一遍。

愛子聽他這樣唱，想像著工作自行越過原野、越過高山、越過山谷，莫名覺得好笑。

這場遺憾會在九點前結束。好不容易比較有興致，想喝個痛快，但他們三人目前所處的狀況，要

3 知名兒歌〈I've Been Working on the Railroad〉改編成的日本歌，原文為「線路は続くよどこまでも」。

是不在乎現在幾點，繼續喝下去，實在不適合他們現在的身分，會覺得良心不安。最後是角松的一句「希望下次喝酒是慶祝勝利」，就此成為解散宣言，三人各自踏上歸途。

回家的電車上，感覺比平時還要擁擠，但愛子一上車，才等了一站，坐她前面一位像上班族的男子便下車了，所以有位子坐。有時候就是會遇上這樣的幸運。

雖然喝了兩大杯啤酒，但完全沒有醉意。剛才談到答謝廣告的事，聊得熱絡的那種興奮感，還殘留體內沒有消散。

「要不要刊登意見廣告？就登在臺灣的主流報上。」

角松在居酒屋裡這樣對她說時，她馬上回答，怎麼可能這麼做，但真的做不到嗎？這念頭仍盤據在她腦中的某個角落，令她掛懷。

當然，光靠她自己一個人不可能辦到，但如果集結眾人之力呢？就像愛子看到網路上的報導覺得奇怪一樣，一定也有其他人和愛子有同樣的感想。要是這些人集結起來，大家各出一點錢集資，也許就有可能辦到了。

她愈是思索這個問題，就愈想刊登答謝廣告。這時候，她是真的想無償提供設計，想貢獻一份心力。

隨著電車逐漸離開市中心，乘客數量也逐漸減少。

愛子從包包裡取出手機，不假思索的在推特上發文。

「難道就不能在臺灣的主流報上刊登意見廣告嗎？」

愛子的跟隨者連六百人都不到。就算對這麼少的人發文，她也不覺得能引發什麼動向，不過藉由發文，她覺得自己至少往前躍進了一大步。

幾分鐘後，傳來「讚」的回覆。

又隔了幾秒後，傳來「請務必這麼做。我也想」。以及「這麼好的點子，怎麼能不做呢」、「什麼時候做？」。

從發文到現在，才過不到十分鐘。

這超乎預期的反應，令愛子一顆心噗通噗通直跳。腦袋愈來愈清晰。接著她很自然的打起手機上的鍵盤。

「臺灣的報紙，整版廣告費大約要多少？」

透過這則發文，這個構想突破了硬殼，即將變身成為真正的計畫。

「我正在回家的路上。待會兒會上網查，不過，有誰知道的話請告訴我。」

這件事開始一步步往前邁進。就連愛子自己也阻止不了。在這段時間，仍有幾名跟隨者傳來贊成這項計畫的回覆。

回到家中後，愛子透過工作用的電腦上網搜尋臺灣的報紙。

結果得知，臺灣有《自由日報》、《中國日報》、《連合報》、《蘋果時報》這四大報。

繼續搜尋後得知，臺灣的報紙與日本相比，政治色彩相當濃厚。採親中立場的是中國日報和連合報。而臺灣地方色彩濃厚的，則是發行份量最多的自由日報。至於蘋果時報，則像日本的體育報一樣，以獨家報導居多。

截至目前為止還算簡單易懂，但為了進一步深入詢問廣告怎麼計價，得和對方取得聯繫，這點她就不知道該怎麼做了。因為這四大報都找不到英文網站。

難道就沒有什麼好方法嗎？正當她思索這個問題時，某個念頭掠過腦中。

經這麼一提才想到，小學同學裡，應該有來自臺灣的歸國子女。

雖然沒常和她聯絡，但知道她的聯絡方式。因為二、三年前曾在家附近的平價餐廳不期而遇，當時雙方互留電子信箱。

愛子之後從沒用過那個電子信箱，但萬萬沒想到會在這種地方派上用場。當然了，雖然對方是從臺灣回到日本，愛子並不認為這樣就能馬上與臺灣的報社聯繫上。再怎麼說，她住臺灣已是很久以前的事了。也許在臺灣已沒認識的人。即使有，愛子也不認為會這麼輕易就與報社搭上線。

不過，對此刻的愛子來說，感覺她的存在是與臺灣報社取得聯繫的唯一管道。就算希望渺茫，還是不免抱持期待。

——總之，明天和她聯絡看看吧。

愛子心裡這麼想，就此上床睡覺，但因為太過興奮，之後一直無法成眠，直到東方漸露魚肚白，這才入睡。

隔天，因為愛子沒有工作要忙，所以儘管是平日，還是睡到快中午才起床。

自己說想在臺灣的報紙上刊登答謝廣告，經過一晚的沉澱後，感覺好像是夢裡發生的事一般，不敢相信自己真的講出那樣的話來。

儘管如此，清醒之後，覺得自己非得跟臺灣的歸國子女渡邊光聯絡不可的念頭，不斷從腦中湧現。

那已是小學三年級時的事。

當時的導師說「這位是來自臺灣的朋友哦」，向班上學生介紹渡邊光。一位留著長髮，身材纖細的漂亮女孩。

愛子馬上便和光成了好朋友。

「妳日語講得很好嘛。」

「因為我都是上日本人學校。上課也都用日語。」

「妳也會說臺灣的語言嗎？」

「會一點。像『ありがとう』叫『謝謝』，『友達（ともだち）』叫『朋友』。」

光像這樣教了她幾句中文。而同學們個個也都爭相模仿，就像在學什麼流行語似的。

某天，光對愛子說道：

「班上就屬小愛妳的中文說得最好。」

愛子聽了之後，開心不已。

因為愛子比其他同學更注意光的中文說法，並認真模仿。

例如「朋友」的「朋」字，仔細聽的話會發現它不是發「PON」的音，而是介於「PON」和「PAN」之間的音。感覺就像要把這個音拉高般，之後維持張嘴的嘴形。然後再以低音發出「YOU」的音，這樣就會與光說的「朋友」音很相近。

「我們是朋友。」

光對愛子說道。

「妳說什麼？這是什麼意思？」

「意思是『我們是朋友』。我們是真正的朋友。」

「『zhēn zhèng』是什麼意思？」

「是『真正』的意思。」

「我們是真正的朋友。」

愛子照著光教她說的中文，學著又說了一遍。

我正在說某個遙遠國度的語言。這種感覺很不可思議。

愛子對那遙遠的記憶感到懷念，同時從手機的聯絡人當中找尋「渡邊光」這個名字。愛子在電子郵件中寫道，她正計劃要在臺灣的報紙上刊登答謝廣告，有沒有可以聯絡上臺灣報社的方法，寫完後送出郵件。

但等了一、兩個小時都沒得到光的回信。

也許是突然收到這樣的郵件，對方感到很困擾。還是說，她不知該怎麼回應？不，也許是還沒看到郵件，也可能是之前愛子得知的電子信箱，光現在已沒在使用。

各種念頭在腦中交錯，愛子心想，至少希望她能回覆，告知她已收到我的郵件。接著愛子在推特上發文「等候來自臺灣的回覆」。

「聽說有日本人想在我們的報紙上登廣告。」

臺灣四大報之一的《連合報》業務經理陳仁浩，在跑完業務回到辦公室後，從同事林淑貞口中聽聞這個消息，當時已將近黃昏時分。

「怎麼回事？」

他不清楚是怎麼回事，但一聽到「有人想登廣告」，就很自然的心裡一陣雀躍，這已是他多年當業務員養成的習慣。

「我也不是很清楚，不過旅行美食組的主編賴本文，你知道他吧？是他跟我說的。」

業務部門與編輯部沒有直接的工作關聯，但編輯部裡的旅行美食組有時會因為廣告與報導相結合的企劃，而與他們合作，所以陳仁浩也知道賴本文。

「不過，妳剛才說到日本人，是哪家公司的？」

「好像不是公司。」

「不是公司？」

「嗯，上個月日本的大地震，臺灣不是送去大筆的援助金嗎？對方想刊登廣告答謝。」

林淑貞一面說，一面取出手機，讓陳仁浩看賴本文傳給她的LINE訊息。

「是朋友問我的，好像有日本人想在我們的報紙上刊登廣告，想知道詳細的計費方式。聽說內容是針對臺灣上個月為日本的地震捐贈大筆援助金的事答謝。請告訴我大致的計費方式。」

「雖然詳情我不是很清楚，但妳不覺得這件事很酷嗎？日本人想向臺灣致謝呢。」

「沒錯。我也這麼認為。」

陳仁浩與林淑貞互望著彼此，如此說道。

陳仁浩有預感，即將有好事要發生了。這和拿下廣告合約時的感覺又不一樣。是未曾有的感覺。

「如果這是真的，廣告的估價我們盡可能試著算便宜一點。還有，如果可以，我想先和對方談談。」

這是陳仁浩平日所留意的事。不管在何種狀況下，他都會與客戶直接交談，珍惜與對方的這份緣分。因為陳仁浩認為這就是業務員的基本原則。這次客戶雖是外國人，但幸好陳仁浩有留美經驗，英語對話無礙。而且這位想跟臺灣道謝的日本人是怎樣的人物，他也很感興趣。

「我知道了。我會將經理你的電話號碼告訴賴本文。不過，要是對方打來講日語怎麼辦？」

「ダイジョウブ（沒問題）。」

陳仁浩半開玩笑的說起了日語。

林淑貞不懂什麼是「ダイジョウブ」，不過以陳仁浩的個性來看，他想必是心想，既然對方想在

國外的報紙上刊登廣告，應該能用英語溝通。一想到這點，便突然興起惡作劇的念頭。她在寫給賴本文的郵件中補上一句「日語沒問題」。

過了晚上九點時，愛子收到光的回信：

抱歉，回信晚了。

我透過臺灣日本人學校的校友會，與當地居民取得聯繫。當中有人認識在《連合報》裡工作的朋友，於是我請對方幫忙詢問答謝廣告的事。

關於在《連合報》刊登廣告的費用，半版將近三十五萬元。換算成日幣為一百萬日圓左右。基於報社的厚意，這筆費用已給了很大的折扣。雖然還不是最終金額，但能以此當參考標準。正確的金額請直接和《連合報》主編（陳仁浩、〇一〇八八六九一〇×××××）洽談。聽說他會講日語。

話說回來，在臺灣的報紙上刊登答謝廣告的這項計畫，我認為很棒。到時候也請讓我略盡棉薄之力。再聯絡。

聯絡上了。

正當愛子有點沮喪，覺得光可能不會回覆她時，這即時的回信賜予她很大的勇氣。而且廣告費只要一百萬日圓。如果是在日本，報社開出的金額會讓人嚇暈過去，正因為知道這點，一開始愛子還以為是不是哪裡弄錯了。為了馬上和「同志」們分享這個好消息，愛子馬上在推特發文。

「《連合報》半版廣告一百萬日圓。來了——。如果有一千人參與，一人出一千日圓，如果有兩千人，則是一人五百日圓！」

這則發文，同時也是愛子的宣言，打算就此執行在臺灣的報紙上刊登答謝廣告的計畫。之前雖然也想這麼做，但那終究只止於念頭罷了。但現在與臺灣的報社取得聯繫，對方也沒說要拒絕刊登廣告，甚至還告知價格，愛子心中原本的念頭已確實改為決心。

●

對真奈來說，這一個月一直為蒐集媒體消息的工作忙得團團轉。話雖如此，她並不是只做這些事就行了，一般的業務可不會停下來等人，她非得處理不可。在搞不清楚的狀況下，感覺只能以非常時期的緊張感當原動力，什麼也不去想，一味的掙扎。

昨天迫田的記者會算是對這樣的日子做出區隔。

彷彿之前無意識中累積的壓力和緊張，突然全都解放開來，身體也變得輕盈些許。戒嚴令解除了。若說得誇張一點，或許就像這種感覺。

那天晚上，真奈和廣田一起到代表處事務所附近的一家泰國料理餐廳。雖說是餐廳，但這家店主要提供的不是餐點，而是酒，菜單上陳列的除了烤雞和海鮮沙拉外，還有從沒聽過的外國品牌啤酒。

之前忙到都忘了，她已有一個月沒喝酒了。自從上次與小笠原室長和廣田三人一起去代表處附近的居酒屋喝酒後，就沒再喝過了。

店內相當寬敞，滿是當地的年輕人。

她們兩人點了什錦冷盤，以及能用小酒杯喝六種啤酒的組合餐。

●

「首相的致辭妳看過了嗎？」

乾杯後，真奈率先提出這個話題。

「就是昨天放在網站上的文章對吧？」

「對。我覺得有點感動，若換個比較奇怪的說法，甚至覺得自己得到了回報。尤其是提到臺灣援助的這部分，不是單單只說一句謝謝，還提到具體的數字。不過，真要挑剔的話，就是關於援助金這部分，就只是說了一句『高額的援助金』，令人覺得有點遺憾。」

「不過，報上沒刊登答謝的廣告對吧。」

「妳說的答謝廣告是什麼？」

「昨天剛好是地震發生後一個月。所以日本政府一次向所有對我們提供援助的國家致謝。剛才真奈妳說的首相致辭，也是其中之一。不過，日本展開最大的行動不是這個，而是在世界七大報上刊登答謝廣告。除了英文國際報外，還在美國、英國、法國、俄國、中國，以及韓國的報紙上刊登答謝廣告，但當中沒有臺灣的報紙。」

「那不就和我昨天上傳到網站上的內容不一樣嗎？」

「就內容來看，沒多大差異。不過刊登在報紙上，就如同是直接向該國的一般民眾傳達這份感謝之情，與只有上代表處網站的人們才知道的訊息相比，效果完全不一樣吧。」

聽了這句話後，真奈突然覺得自己終於明白昨天在記者會上感覺不太對勁的原因是什麼了。

的確，迫田的演講是很精采。但那是只有聚集在會場上的政府相關人士、財經界大人物、地方媒體才能接收到的訊息。能匯集這麼多援助金，他們當然也功不可沒。然而，許多不知名的人物功勞更大。迫田的答謝，卻沒傳達給這無數的人們知道。

「為什麼日本政府沒在臺灣的報紙刊登答謝廣告？」

「應該是對中國有顧忌吧。」

「對中國的顧忌是什麼意思？」

「該怎麼說呢，這是因為，日本政府要是直接在臺灣的報紙上刊登廣告，會惹中國不高興。」

「那麼，簡單來說，就是要看中國的臉色嘍？」

「大概吧。」

「這樣可以嗎？臺灣的人民是抱持什麼樣的想法在捐款，這一個月來，我們不是一直都瞧在眼裡嗎？難道日本政府對此完全視而不見？」

「是不是視而不見，我不知道，不過，在處理方式上，是教人不太能接受。畢竟臺灣的援助金高達一百億日圓以上。相較之下，中國的援助金只有三億多。」

真奈腦中冒出中文的「沒有道理」這句話。然後像要讓它流進肚子般，將擺在面前的六杯裝有不同啤酒的酒杯一一喝光。

「不過，政府有政府的考量。真奈，妳也別老是抱持這樣的疑問，要早點習慣，這樣日子會過得比較輕鬆哦。」

「怎樣個輕鬆法？」

「就是放輕鬆啊。」

「不，我覺得這是兩碼子事。」

不能混為一談。到底是怎樣的兩碼子事，真奈也說不清楚，但就是覺得廣田說的話無法接受。

這一個月來，真奈從報紙和網路上看到的報導，像跑馬燈般在她腦中閃過。每天都炒熱報紙版面，多得數不清的無名人士。一想到他們就覺得難過。

——話說回來，什麼是政府的考量？

記得以前小笠原曾說「有許多事不是我們能擅自決定的」，但真奈不曾像此刻感受得這般真切。

她腦中浮現一幕光景，有個來路不明，但又具有壓倒性存在感的怪物，以銳利的目光瞪視著她。

儘管如此，真奈還是不覺得「無可奈何」。

這不是政治問題。她認為這是個更大的問題。

●

日本時間上午十點。由於臺灣的時差晚了一個小時，所以現在才上午九點。

〇一〇八八六九一〇……

愛子小心翼翼的逐一按下光告訴她的手機號碼，避免按錯。

中間等了好一會兒。頗長的一段時間。

不久，傳來「嘟……」的來電答鈴聲，接著是一名男子以高亢的聲音應了聲「喂」。

「あの……、すみません。佐久間愛子というものですが、陳さんでいらっしゃいますか。

（呃……不好意思。我叫佐久間愛子，請問您是陳先生嗎？）」

愛子曾在倫敦留學，也能說一口流暢的英語，但她聽說《連合報》的主編懂日語，所以這才刻意用日語交談。

對方回了一聲「はい（是）」之後，就只會發出「欸……」或「唔……」這類不成話的聲音。顯然是不知所措。

「請問是主編陳先生嗎？我是佐久間愛子。」

這次她改用英語詢問。

緊接著，對方就像一直在等她這樣說似的，用英語回了一句「抱歉，因為我不懂日語」，說得像母語人士一樣標準。

「昨天我透過朋友轉告，提到想在貴報刊登答謝廣告的事。」

「是要答謝臺灣援助震災的廣告對吧？」

「是的。詳細內容都還沒決定，不過，如果能在貴報刊登的話，我想知道半版廣告的正式費用大概是多少。還有，能指定刊登日期嗎？這點我也想知道。」

「這樣啊。那麼，我方寄一份正式的估價單給您，可以告訴我您的電子信箱嗎？」

兩人提供彼此的電子信箱。愛子緩緩的逐一念出電子信箱的字母，避免出錯，事後提醒對方照著念一次，並仔細聆聽。

「我知道了。我會盡快與您聯絡，請您稍候。」

「是。」

「還有，我不是主編，是業務經理。」

「咦？」

光給她的郵件中，應該是寫說他是「主編」。可能是像傳話遊戲一樣，輾轉透過幾個人傳話的過程中，改變了內容吧。

愛子向對方道歉後，就此掛上電話。

交談時沒注意到，自己似乎比想像中還要緊張。感覺全身變得虛脫無力。腋下直冒汗。

她發了一會兒呆後，廚房飄來引人垂涎的香氣。

在氣味的引誘下，她從自己房間走了過去，發現母親正在煎培根蛋。

「妳要吃對吧？」

「嗯。剛才我打電話到臺灣。」

「咦，臺灣。為什麼會打電話到臺灣？」

培根蛋煎好後，被盛進盤子上。

「我想在臺灣的報紙上刊登答謝廣告。因為我們明明因為震災而得到許多援助金，但日本政府卻沒好好跟臺灣道謝。」

愛子一面拿著細口的咖啡手沖壺沖美式咖啡，一面回答。每天早上都像這樣沖咖啡，是愛子的堅持。

「為什麼妳非這麼做不可？」

「也不是一定非我不可。不過，總要有人來做才行。」

「明明不用妳出頭也行，但妳卻搶著做？妳說這話可真怪。」

愛子並非期待能聽到什麼慰勞的話語，但是聽母親講得這麼直白，反而無法接話。愛子喝了一口黑咖啡後，從發出噹的一聲清響的烤麵包機裡取出切成小片的法國麵包，開始抹起了奶油。再繼續和母親講下去，只會沒完沒了。家人向來都是這麼冰冷。至少我家就是這樣，一想到這點，嘴角便很自然的流露出苦笑。

愛子下午到公司一趟。

因為角松寄電子郵件告知，有家信用卡公司要談廣告製作的生意，所以展開事前討論。又要和柴崎等三人一起討論了。甚至可以感覺到角松的固執，他打算一直以這樣的成員組合去面對客戶，直到接下案子為止。

今天愛子原本想為了在臺灣的報紙刊登答謝廣告的事，要好好思考廣告的設計原案，這下非得改變計畫不可了。只要不是光靠名氣就能接案的知名人物，身為自由工作者，只要有人叫喚，就得馬上飛奔而至。

公司裡用來事前討論的房間裡，擺了幾張桌子，每張桌子都圍坐了幾個人，展開多方討論。愛子他們也選了其中一張桌子圍坐在一起。

一旁的桌子傳來一陣菸味，直衝鼻端。
「這次一定要搶下案子，大家一起加油。」
這幾次的工作，都是從角松的這句話展開。
這次是和信用卡活動有關的企劃，愛子的工作是設計在活動中登場的原創角色。
「對了，客戶可有提出什麼需求？」
愛子問。這也是展開全新計畫時，固定會走的模式。
「嗯，客戶說，請設計出完全符合這次活動的角色。」
角松一本正經的說道，柴崎在一旁吐槽道「這叫作需求嗎？」又接著說「我猜問了也是白問，但還是問一下，客戶對文案有什麼需求嗎？」
「說要完全符合這次的活動。」
「果然不出我所料。就只有這句話對吧？」
柴崎臉上微微泛起笑容，一再的點頭，就像在說「明白了」。
三人花了兩個小時的時間，就只是確認了一開始的方向性，這場事前討論就此結束。
「對了，妳好像進行得很順利呢。」
柴崎無來由的面露微笑，對愛子說道。
「你指的是什麼？」

「就是之前報紙廣告的那件事啊。」

柴崎也是愛子推特的跟隨者。他似乎都很認真看愛子的發文。

「感覺是很自然的跟著情勢走。」

「那很好啊。妳這樣就像一個人的廣告公司。我會替妳加油的。」

「今天早上我打電話到臺灣，與他們的業務經理談過話，他說會寄正式的廣告估價單給我。」

「咦！感覺愈來愈像這麼回事了。」

「嗯，沒錯。不過這麼一來，接下來會有許多事得著手準備才行。例如要開立捐款帳戶。」

「帳戶是吧。這帳戶是用妳的名義開設嗎？」

「目前是打算這麼做沒錯。」

「可是妳不是知名人物，坦白說，這樣募得到錢嗎？因為，就算計畫的宗旨再偉大，要妳把錢匯進一個陌生人的帳戶，妳會這麼做嗎？」

「……不會。」

「一般都不會匯吧。會當那是詐欺。」

冷靜細想後，覺得柴崎所言甚是。昨天從光的來信中，一得知廣告費用只要一百萬日圓，一時樂昏了頭，但其實還有堆積如山的問題有待解決。應該說，要怎麼踏出第一步才好。她發現自己在一開始就栽了個跟斗。

昨天還覺得這一百萬日圓可以輕鬆達成，但才過了短短一天，想法便有了極大的轉變，逐漸覺得這是無比遠大的目標。

「雖然有各式各樣的問題，但好好加油吧。自己一人的廣告公司。我會替妳加油的。」

這句激勵的話語，愛子並沒有認真聽，隨口回一句「謝謝」。就算走得踉踉蹌蹌，既然已向前邁步，斷然沒有現在才停步的道理。

將近黃昏時分，《連合報》寄來一封電子郵件。

和日本的報紙一樣是對開版，採半面廣告。費用是臺幣三十六萬元。愛子馬上用網路查詢匯率，換算日幣大約是一百零三萬日圓。

好便宜。便宜得教人難以置信。可能是對方給了最大限度的折扣吧。一想到這點，就很想排除萬難刊登。原本愛子心中開始微微萎縮的幹勁，又再度重振。

對方說，刊登日期雖然無法指定，但如果您有屬意的日子，會盡量配合，所以請告知想刊登的大致時間。

「連合報的正式廣告費用報價來了。約一百零三萬日圓。」

愛子將《連合報》的答覆歸納後，在推特上發文。反應相當熱烈，回覆像雪片般飛來，都叫她一定要讓這項計畫成功。

同時也有人提出新的意見。那是針對該挑哪家報社刊登答謝廣告的意見。

「連合報算是比較親中的報紙。為什麼不在自由日報刊登呢？」

「為什麼選主張中國統一的報紙？」

「應該要在發行份數最多的自由日報上刊登才對。」

出現一兩個這樣的意見後，接下來眾人就像潰堤般，各自發表高論。這樣是無所謂，但愛子擔心意見會因此無法整合，阻礙計畫進行。

不久，意見不光局限在報社的選定，內容甚至往外延燒，有人提到「話說回來，既然有錢刊登答謝廣告，為什麼不捐錢給災區」。

愛子心想，得想辦法阻止這股走向才行。

然而，她對臺灣的報紙一無所悉。從別人的回覆中，多少能想像出是什麼狀況，但想要對此發表自己的看法，她又顯得過於無知。

儘管如此，還是得說些什麼才行。因為大家都在等候身為發起人的愛子發表意見。

愛子決定將之前的經過，坦白的再一次告訴大家。

「報社的選定，沒有政治的考量。至於為何是《連合報》，那是因為我最早就是跟《連合報》取得聯繫。雖然有人說它的發行份數不是臺灣最大，但它畢竟也是四大報之一，所以也有相當的讀者數量，一般人看到的機會應該相當高。」

「而且對方體諒我方的用意，在費用上給予我方最大的折扣。這份厚意，我不能視而不見。所以目前我以《連合報》作為第一首選。不過，視到時候募集到的金額而定，如果能在多份報紙上刊登廣告，我會積極思考這個問題。」

而對於將募得的款項捐給災區的意見，她也做出回答。

「有人提出意見，說既然有錢刊登答謝廣告，還不如把錢當作援助金，捐給災區，這想法我能理解。不過，捐款和答謝是不同的兩件事。」

「這次計畫的起因，就只是想向提供我們大力援助的臺灣人民好好說聲謝謝。而且我認為，不管處在何種情況下，答謝一事都絕不能輕忽看待。」

在這方面，愛子可以清楚看見自己今後想走的路。所以她雖然話不多，卻得以清楚傳達自己的意志。

之後在推特上，贊同愛子想法的回覆愈來愈多，原本差點偏離主軸的計畫，使出一記大轉彎，再度回到原本的軌道上。

這天，在眾多的回覆當中，有兩則回覆將會左右這項計畫的未來走向。

「那一百萬日圓。如果金額不足，不夠的份由我來出。」

說這話的人是作家西野総一郎。西野是娛樂小說的知名作家，在年輕人當中擁有超高人氣。

愛子以前也曾一度幫西野的書設計封面。因為這意想不到的機緣，她被某本雜誌「作者與封面設計師的對談」的企劃找去，兩人就此成為彼此推特的跟隨者。

愛子的跟隨者不到六百人，但西野卻有十四萬名跟隨者。西野很眼尖的發現這件事，馬上回覆愛子。

多虧西野說不足的金額他願意補足，就此不必面臨廣告費用短缺的問題。也就是說，在金錢方面已獲得保證。

愛子原本心想，要是沒籌到錢，到時候刊登廣告一事只好死心，就把募得的錢全捐給災區，所以西野這是很重要的告知。

另外，西野的贊同，在證明這項計畫本身的公正性方面，能期待它發揮很大的助力。就像之前柴崎說的，如果以愛子的名義募款，大概也沒人會把錢匯入她的帳戶。不過，如果有西野當這項計畫的後盾，基於他個人名義的信用，應該會有很多人匯款吧。而且，只要他在自己的推特上發文，這項計畫的知名度便能一口氣攀升許多。

而另一則回覆，是來自一位不認識的人，自稱「拳四郎[4]」。內容如下。

「我是位會計師。關於會計業務、金錢流向的透明性，我可以無償幫忙。」

愛子乍看此信，對「關於金錢的透明性」這句話，很敏感的起了反應。

之前她總以為，只要隨時在推特上很透明的公開整個過程，一起協助的人們應該就能接受。但看到這則回覆後，她才突然湧現一個疑問，所謂「金錢的透明性」，真的這麼簡單就能辦到嗎？搞不好在不知不覺中，也會犯下意想不到的嚴重疏失也說不定。她畢竟不是這個領域的專家。

4 知名漫畫《北斗神拳》的主角名字。

愛子馬上回覆拳四郎。

「您這句話，令我壯膽不少，謝謝您。我很想和您進一步討論，以私訊和您聯絡，可以請您將我加入關注，成為我的跟隨者嗎？麻煩您了。」

推特一定要對方先成為跟隨者，才能傳私訊，所以愛子發文這樣說道。

如果拳四郎接受愛子的提議，他說要無償接下會計業務的那句話，應該就能當他是認真的吧。

過了一會兒，拳四郎成為愛子的跟隨者。同時愛子也成為拳四郎的跟隨者。這麼一來，兩人就能展開私訊了。

拳四郎本名是滝本健二，是一位三十多歲的會計師。

就像他在推特的回覆一樣，他贊同愛子的計畫，所以說他想無償幫忙會計業務。滝本經營一家顧問公司，不過關於這件事，他希望不是當公司的業務看待，而是以個人的名義幫忙。

在實際推動計畫方面，愛子自己也有許多事想向滝本請教。當初光憑一股衝勁，就這樣不顧一切的一路走到這兒，但停下腳步細想後，才發現有許多事都不懂。

兩人馬上約好隔天見面一起討論。

雖然自己也不是很清楚，但感覺就像一個原本只是一團模糊的東西，現在逐漸可以看出輪廓。

前天她第一次在推特上說的話，是「難道就不能在臺灣的主流報上刊登意見廣告嗎」。原本只是在心裡想，這事要是能實現就好了，但愛子萬萬沒想到，竟然會有這麼大的進展。坦白說，一開始她只是心想，要是有哪位有氣概的志願者肯出面，我能在廣告設計這個擅長的領域提供無償的服務。

但後來渡邊光替她與臺灣的報社搭上線，報社提供她特別便宜的廣告費，而今天又得到西野和滝本這兩位強大的盟友。

有個肉眼看不見的強大力量開始流動，她就此順著潮流前進。愛子有這種感覺。而置身在這股潮流中，她突然想到一件事。

——對了，我也來調查一下《自由日報》吧。

自從在推特看到許多人寫到《自由日報》，愛子便一直很在意這家報社。如果開立帳戶，募得許多資金的話，到時候或許除了《連合報》外，也能在《自由日報》上刊登廣告。

當初在想到這個計畫時，她也曾在網路上搜尋過《自由日報》，但始終得不到能與對方取得聯繫的方法。

不過，後來她想到一個點子。

或許行不通，但值得一試。

現在她已不是孤軍奮戰。有許多人和她一同前進。有這個想法在背後推著她，愛子想就此展開行動。

●

一大早，辦公室裡開始運作時，真奈發現了那封電子郵件。代表處的電子信箱會收到各式各樣的郵件，有詢問信，也有寫來表達意見，或是抱怨的郵件。但今天早上寄來的這封信，感覺與真奈之前見過的郵件不太一樣。

真奈再次慢慢將它從頭看過一遍。

抱歉，突然來信打擾。

現在日本有一群志同道合者，正計畫要在臺灣的報紙上刊登答謝廣告，感謝臺灣提供的援助金。內容單純只是要表達這份感謝之情，一概沒任何政治性想法。

然而，我們沒有與臺灣報社聯絡的門路。我明白這會給您添麻煩，但可否請您告知聯絡的窗口呢（我用日語或英語都能溝通。以電話或電子郵件回覆都行）？

關於報社，如果您能告知《自由日報》的聯絡方式，感激不盡。

請多多幫忙。

佐久間愛子

這就是昨晚廣田說的那件答謝廣告的事。真奈瞬間想到這件事。

——雖然在報紙上刊登答謝廣告，但當中沒有臺灣的報紙。

——刊登在報紙上，就如同是直接向該國的一般民眾傳達這份感謝之情，與刊登在代表處網站上的效果完全不一樣。

——對中國有所顧忌。

——政府的考量。

廣田說的話，陸續在真奈腦中甦醒。

這封郵件的寄件者佐久間愛子，一定也和真奈一樣感覺出不對勁，所以才想展開行動。

一想到這點，真奈便很想助她一臂之力。

光就這封郵件來看，對方只想知道《自由日報》的聯絡方式。要查出聯絡方式，回信告訴她，並不是什麼難事。

但要著手處理時，卻覺得有事掛心。

代表處這樣做行嗎？

決定不在臺灣的報紙上刊登答謝廣告的，是日本政府。就算這是來自民間人士的委託，但與日本政府上下一條心的代表處，如果幫忙他們在臺灣的報紙上刊登答謝廣告，會有什麼下場？不會被視為違反日本政府決定的行為嗎？

愈想愈覺得眼前的情況很棘手。

總之，這件事光憑自己的判斷來因應會有危險。

「小笠原室長，可以占用您一點時間嗎？」

真奈朝正在看文件的小笠原說道。

「今天早上我收到這樣一封郵件，請問該怎麼處理？」

她將佐久間愛子的郵件列印出，交給小笠原，小笠原看完後說：

「不必刻意替她調查，這樣應該就行了吧。」

小笠原語尾加上「這樣應該就行了吧」，從這點看得出，他也覺得此事難以判斷。

「要是隨便回應，可能日後會惹出麻煩，難以收拾，而且這封信感覺別有含意，光看字面無從掌握對方究竟有何目的。」

「我在想，對方的目的應該就是想知道《自由日報》的聯絡方式吧。」

「光看郵件的字面含意，或許真是如此，但這始終都只是表面，難保事後對方不會說出莫名其妙的話來，例如說是代表處在背後提供協助之類的。」

「怎樣的協助？」

「就是協助他們在臺灣的報紙上刊登答謝廣告啊。」

這種不用問也知道的事，不知為何，真奈還是問了。如果只是問倒還好，但她之後卻連沒必要說的話也脫口說出。

「在臺灣的報紙上刊登答謝廣告不行嗎？」

這是令眾人出乎意料的一句話。但同時也是眾人心裡都想過的一句話。

那一剎那彷彿時間暫停。

感覺得出坐在一旁辦公桌前的柳田，眼睛望著電腦，同時在偷聽他們兩人對話。也許連旁邊的廣田也是。

真奈心裡焦急。然而，雖然焦急，腦中卻極為冷靜。她對自己說出這樣的話來，微感後悔。說這樣的話原因何在？她還保有一分從容，可以客觀的思考這件事。

小笠原極力想找尋話語來回應，但最後似乎找不出適當的話語。

「妳只要答覆對方，說我們代表處沒受理這樣的業務，這樣就行了。」

小笠原最後似乎決定以此作為共識。這次他就沒說「這樣應該就行了吧」。

如此一來，真奈也只好照辦了。她回了一句「我明白了」，回到自己的辦公桌，寫了一封不失禮數的婉拒信，回覆佐久間愛子。

●

滝本的辦公室位於六本木新城森大樓內。

窗外的天空一片蔚藍，似乎不必抬頭仰望，而是伸手可及。眼下是遼闊的東京市街。無數的大樓櫛比鱗次，雜亂交錯。

一開始在推特上看到自稱是「會計師」的滝本所寫的回覆時，愛子在腦中想像他是鎮上一家小辦公室的會計師。

但當他們約好要見面，看到滝本寄來的辦公室地址時，愛子一時懷疑自己看錯了。因為上面寫著六本木新城森大樓。

說到六本木新城森大樓，那裡有許多ＩＴ新創企業和證券投資基金企業入駐，對創業家而言，是一處堪稱聖地的地方。那裡的老闆很多都是年紀輕輕就經商有成的青年實業家，備受媒體矚目。愛子無法相信像那樣的青年實業家會要參與這項計畫。而且還無償。

滝本的公司與其說是會計辦公室，不如說是全方面提供商業支援的顧問公司。公司裡除了有兩名會計師外，滝本本身也擁有會計師的資格。在會計業務的專業度方面，他的條件可說是好到無從挑剔。

「這次您在百忙之中特地前來幫忙，真的很感謝。」

愛子被請至用來事前討論的會議室裡，雙方自我介紹後，她如此說道。

「不，您太客氣了。佐久間小姐才是，您擬定如此出色的計畫，我覺得很了不起，非常敬佩。」

「我只是覺得，我們受人這麼大的幫助，卻裝不知道，這樣實在太奇怪了。」

「您說的一點都沒錯。」

滝本的應答始終都很客氣，可以從話語中明確感受到他對愛子這項計畫的尊敬和贊同。在來這裡之前，愛子原本心裡一直抱持疑問，不懂六本木新城裡的老闆為何要參與這項計畫，但經過一番交談後，在如此自然的氣氛下，令她忘了這樣的疑問。

「那麼，我希望這就切入會計相關的話題，首先要談的是帳戶。今後您在進行募款活動時，需要有銀行帳戶，佐久間小姐您對帳戶有什麼想法？」

「不，我沒有什麼特別的想法。我想以我的名義開一個新的帳戶，以它當募款的專用帳戶，這樣不行是嗎？」

「這樣會不好辦事。因為個人名義的帳戶，容易引來各種誤會。」

「您說誤會，指的是……？」

「人們最先會想到的，是詐欺。」

「可是，我打算做好每天的入帳報告，每次都會請匯款來的人做確認。」

「雖然您是這麼想，但匯款的人並不知道。而且您仔細想想，您會想把錢匯到一個從沒聽過的人設立的帳戶嗎？」

「這……」

「不太敢匯款對吧。而且就算匯了，可能還是會擔心，不知道捐的錢是否得到有效的利用。所以這次如果是設立一個任意團體帳戶，不知您意下如何？」

「任意……帳戶？」

「對，任意團體帳戶。是沒有法人資格的團體所開立的帳戶，簡單來說，就是像同學會或是某個社團，因某個目的而開設的帳戶。如果是這種帳戶，就給人的印象來看，能強調其透明性，所以有意匯款的人，也能安心的匯款。不過，要開設這種帳戶需要通過銀行審查。」

「要審查什麼？」

「開立帳戶的理由，或是這帳戶的利用目的。因為也可能是利用它來轉移犯罪所得。除此之外，代表人的社會信用度或許也會成為審查的對象。」

「我的社會信用是零。」

愛子雖然自己這麼說，卻忍不住笑了出來。

滝本也跟著笑了。

「還有，一旦在某家銀行沒通過審查，去其他銀行也一樣不會被受理，申請務必要一次就過。」

「壓力好大啊。」

「沒錯。申請時請盡可能向負責人傳達您的想法。我認為一定會通過的。」

「我明白了。我會加油。」

「還有一件事，想提醒您注意。」

「什麼事？」

「就算順利開立好了帳戶，當有錢匯入時，事後就算有人要求退錢，也請絕對不要答應。因為要確認匯款人和退款人是同一個人，辦理起來很複雜，而且沒完沒了。」

之前始終都面露和善笑臉的滝本，第一次對愛子露出嚴肅的表情。

離開會議室後，看到在辦公室內走動的員工，個個都顯得朝氣蓬勃。雖然同樣身處東京，但那是愛子從未接觸過的氣氛。

和不屬同一個業界的人們談到平面設計師這個職業，他們往往會以為平面設計師總是在時髦的酒吧一邊喝高級的紅酒，一邊和人談笑風生，但其實並非如此。每天下班不是馬上回家，就是留在公司加班，一邊吃便當，一邊和截稿時間賽跑。是很不起眼的工作。但她覺得這裡彷彿真的有一群人在時髦的酒吧談笑風生。到處都是。

愛子在滝本的送行下，走進有強大的保全系統保護的高速電梯。

「請慢走」，滝本微微低頭行禮，如此說道，電梯門就此關上，之後一口氣降至地面。從電梯裡走出後，愛子覺得自己又回到了原本的生活圈。

那天晚上，愛子進行這項計畫所使用的工具，從之前的推特改為部落格。

變更的理由是，一旦開始募款，要讓許多人知道活動內容，部落格的效果會比推特來得好。

部落格取名為「謝謝臺灣計畫」。

「謝謝臺灣計畫」

不管反覆讀再多遍，愛子都覺得還是這個名稱最貼切。

她針對活動的主旨說明，當作第一篇發文。

「謝謝臺灣計畫」是因為臺灣在這次的震災中，為我們準備了龐大的援助金，日本的志同道合者想在臺灣刊登報紙廣告，向他們說謝謝。

接著加上目前計畫中的募款綱要以及之前在推特上發生的經過。

這時，馬上有人對此留言。基本上全都是善意的意見。

部落格開站後，愛子不光只有之前自己推特上的跟隨者，還和一群不特定人士一起推動計畫。她原本並沒有要主導一切的意思，但為了讓計畫成行，勢必得賦予相當程度的方向性。雖然一切都還沒開始，但這項工作會有多辛苦，她已隱約料想得到。

正當她在思索這個問題時，作家西野以推特私訊她。

「我認識一位《自由日報》的東京特派員，所以向他詢問後得知，費用大約是一百三十萬日圓。

這家報社的費用如果募款金額不夠的話，我也可以提供援助。先跟您報告一聲。」

今天早上才收到代表處臺北事務所的回信，說他們無法提供支援，所以現在看到這則私訊，當真是意想不到的好消息。愛子馬上回訊息答謝，並請他告知那位《自由日報》特派員的聯絡方式，以作為日後聯絡窗口。

因此，這幾天在推特上引發熱烈討論，吵著要在哪份報紙上刊登廣告的問題，正準備朝解決之路大步邁進。愛子覺得，也許問題馬上便可迎刃而解。但這麼一來，帳戶就成了新的問題。不管怎樣，都得開立那個「任意什麼的帳戶」才行。如果沒能通過審查，就算改找別家銀行，一樣不會被受理。滝本說的話突然化為沉重的壓力，壓在愛子肩上。

●

儘管猶豫了一整日，卻還是猶豫不決，這表示答案早已決定。

真奈心想，她得做個決定才行。

既然日本政府不肯在臺灣的報紙上刊登答謝廣告，就由民間的志同道合者一起出錢刊登廣告，向臺灣答謝。

此刻日本確實有人在推動這項計畫。

今天早上收到郵件時，她感覺到心跳得又快又急。有許多日本人和真奈有同樣的感受，這是事實。她覺得這是很棒的一件事。

她手中有她從總務部的派遣員島崎遙那裡問到的《自由日報》業務負責人的聯絡方式。

家中一片悄靜。

真奈掀開筆電，打開電源，開始寫信給佐久間愛子。

佐久間愛子　小姐

您好，我是山崎真奈。

今天早上我收到您寄到代表處臺北事務所的郵件，當時回覆您，說我不能幫忙，不過，那是因為代表處具有公家機關的性質，基於這樣的立場，我只能那樣回覆，望您能諒解。至於我個人，則非常贊同佐久間小姐您的主張。非但如此，對於您勇氣可嘉的行動，無比感動。所以這才以個人的立場寫這封信給您。

接著真奈寫下《自由日報》廣告相關的營業窗口聯絡方式。而在郵件的最後補上一句。「我人在當地，今後如果有我幫得上忙的地方，請不用客氣，儘管用這個電子信箱直接和我聯絡。」

按下傳送鍵後，郵件瞬間從畫面上消失。

櫃臺前擺了一排椅子，愛子坐向其中一張，等候輪到她。從電子告示牌上顯示的號碼來看，她前面還有三人。而受理這項業務的櫃臺窗口共有五處。

眼前的窗口，有位年近半百的女性，好像有什麼事不懂，一再反覆的提問。她講話有點大聲，或許是因為她相當不安吧。而接洽的女性櫃臺人員一直很有耐心的聽她說，傳來一股親切的氣氛。愛子在心中祈禱，希望待會兒自己的接洽人員是這位女性。

這時，傳來叮咚的通知聲，電子告示牌的號碼又跳了一號，就快輪到她了。不知道接洽的窗口櫃臺人員會是誰。愛子以自己的猜想去預估櫃臺作業的進行狀況，想著這件事。

這時，號碼一口氣跳了兩號，下一個就輪到愛子了。

眼前的窗口，那位年近半百的女性就快辦完事了。快點。正當她心裡這麼想的時候，傳來叮咚一聲，數字又跳了一號。

坐在最角落窗口的女子，望向等候區的方向。

愛子斜眼朝眼前窗口的女性瞄了一眼，站起身，朝角落走去。

櫃臺裡坐著一名頭髮染成淡褐色，有雙大眼的女性，正望著愛子。與其他窗口的女性相比，她有張年輕可愛的臉龐，但相反的，也給人沒什麼經驗的印象。

愛子感到不安，擔心對方會不會和她一樣，不擅長處理這種非正規的案例，因而開口問道：

「不好意思。我想開立任意團體帳戶。」

「是。任意團體帳戶是吧。那麼，請提供必要的文件。」

聽滝本會計師說，開立帳戶需要的東西，有任意團體的規約和會規，以及開戶用的印章、用來確認代表人身分的名冊以及代表人本人確認身分的證件、要存入的現金。

這當中比較會有問題的，是規約和會規，還有名冊。

因為「謝謝臺灣計畫」是由不特定人士在網路上集結成的團體，不確定能否當作一般世人所說的任意團體看待。

若說到比較像規則或會規之類的東西，愛子在部落格上發表的「活動宗旨」勉強算是，不過，這只是愛子單方面在部落格上發表的內容，並未正式獲得團體成員們的認可。這種東西到底算不算是規約或會規，她一時難以做出判斷。還有名冊，除了愛子本人外，到底有哪些人，她也都不清楚。全是沒見過面的人，而且總不能用他們的網路化名作名冊提交吧。

這部分該怎麼說明才好？這是能否通過審查的最大關卡。

「我不確定這能否當文件。」

愛子如此說道，從包包裡取出手機。

「我們是透過網路組成這個團體，所以相關資料全都在這裡頭。」

愛子打算邊說邊出示部落格讓對方看，但這位窗口的女性櫃臺人員卻不等愛子取出手機，便回應道：

「不好意思。您在這裡出示這種東西，我也不知該怎麼處理。因為不是由我現場審查。」

既然無法出示正式的規約和會規，就只能在窗口仔細說明了。這將會決定勝敗。對原本滿心這麼想的愛子來說，突然就面臨了她最不樂見的發展。

——怎麼辦才好。

愛子極力壓抑焦急的思緒，想著有沒有辦法讓對方願意和她討論這件事，這時，那位櫃臺小姐主動說出意想不到的話來。

「那麼，可以請您先將它列印出來嗎？」

「咦。啊，好。」

「還有，您是代表人本人對吧？」

「是。」

「這樣的話，可以提供確認您本人身分的證件嗎？如果您是代表人，會視內容而定，有時不需要提供名冊。另外，您在現實社會中，有其他認識的人嗎？」

——現實社會？

這句話給了愛子不可思議的安心感和勇氣。這名女子也能理解網路上的感覺。愛子臉上浮現笑容。她望向女子，女子也面露微笑。

「有。我認識這個人。」

愛子如此說道，取出滝本的名片。之前拜訪滝本的辦公室時，滝本對她說「這或許能稍微提高一些信用度，如果有必要，請善加利用」，遞給了她這張名片。愛子沒忘了滝本的名片，但她一直不知道該在什麼時機下拿出這張名片。

愛子除了拿出滝本的名片外，還遞出自己的印鑑，出示護照。

「我明白了。那麼，之後再附上列印出的部落格文章，便可受理這些文件。」

「謝謝。這樣就能開立帳戶了嗎？」

「目前還不知道。得看審查結果而定。還有一件事，您最好先知道比較好，如果審查沒能通過，我也不能告訴您原因。」

「這樣啊。」

「不過，如果審查方面沒有問題，下星期一或二，也就是十八日或十九日就能開立帳戶。」

好快。要是通過審查，下週初就能開立帳戶。這點就連愛子自己也沒料到。

她有一種又往前邁了一大步的真切感。

一定會很順利的。

她相信會是這樣的結果，決定靜候銀行通知。

臺北是一座四面環山的盆地。走在市街上可能感覺不出來，但只要爬上郊外的山林，便可一目瞭然。

真奈和同事莊文真一起爬位於臺北東邊的象山。時值週末，而且又是萬里無雲的大晴天。像這種日子，從市中心花三十分鐘左右就到得了的象山，對愛好戶外運動的人們來說，是一處絕佳景點。

一路綿延的石階，有許多人正拾級而上。身穿運動服的人。五、六名學生模樣的團體。同行的一家人。兩個像小學生的女孩無比歡騰，斜眼瞄著一旁氣喘吁吁的父母。

走了二十分鐘左右，抵達觀景臺後，可以望見眼前開闊的成群高樓。臺北一〇一朝天空矗立。遠方蒼翠的群山相連，再過去是輪廓一片白茫的山脈。感覺像是從天空高處俯瞰臺北。

「站在這裡看，感覺不太像臺北。」

真奈望著眼下開闊的市街如此說道，莊文真也回答道「而且空氣也很清新」，認同她說的話。

在代表處這個職場裡，日本人與當地成員間的交流並不多。不過，對真奈來說，莊文真是與她很親近的好同事。每到假日，她們往往都會互相邀約，到陽明山、野柳、烏來、九份這些臺北近郊的觀光地踏青。今天的象山行，也算是假日出外踏青，真奈之前便一直說她想去，這次終於實現了心願。

真奈與莊文真獨處時，會感受到一種與日本同事相處時不一樣的樂趣。那是透過莊文真接觸臺灣文化的喜悅，同時也重新省視日本文化，從中得到全新的發現。

「文真，妳知道日本政府沒在臺灣的報紙上刊登答謝廣告嗎？」

打開寶特瓶喝了口水後，真奈問。

「臺灣的報紙？妳是說之前東京傳來的那個嗎？」

「不。那是刊登在代表處網站上的內容，另外還會在當地的報紙刊登答謝廣告。」

日本政府在世界各國的主要報紙上刊登答謝廣告，但臺灣的報紙上卻什麼也沒刊登。真奈簡單的向莊文真說明此事。至於對中國有所顧忌這點，因為覺得會讓人心情沉重，她刻意不說。

「咦，是這樣啊。」

莊文真說了這麼一句，便沉默不語。

「我自己這樣說有點怪，但日本政府似乎也有許多苦衷。雖然我個人覺得這麼做很奇怪。」

真奈邊說邊覺得自己像在替日本政府的作為辯解，實在很奇怪。其實就像之前反駁廣田和小笠原時一樣，對於日本政府的作為，她很想好好批判一番，但面對莊文真，不知為何，這種心情瞬間萎縮。而脫口而出的，竟是連真奈自己也搞不懂的「許多苦衷」。雖然聽起來不太舒服，但相當方便好用。

當她在思索這個問題時，莊文真開口道：

「就算沒刊登答謝廣告，臺灣人想幫助日本的這份心還是一樣不會變。」

那是很平淡的口吻。真奈本以為她會出言批評日本，沒想到聽到這令人意外的話語。

真奈想回話，極力整理腦中的思緒，但最後什麼也想不出來。因為她覺得不管說什麼，聽起來都像在辯解。

——就算沒刊登答謝廣告，想幫助日本的這份心還是一樣不會變。

在心中如此低語後，突然想起首相在致辭中提到的「真正的朋友」。

這種朋友不就是「真正的朋友」嗎？

對這種「真正的朋友」，為什麼不能開口答謝？

就算對方不期待你答謝，也不應該因為這樣就不答謝。仗著對方善良，就一味的等著不想看到的東西從眼前自己通過。不能做這種事。絕不能這樣默不作聲。

「差不多該走了吧？再走一小段就上山頂了。」

莊文真像在轉移話題般的這句話，傳入耳中。

「好吧。」

到山頂前的這段階梯，兩人再度開始往上走。

●

那天，愛子在部落格上第一次貼出與廣告設計有關的通知。

雖然開立帳戶的事還沒確定，但如果希望最晚下個月初在臺灣的報紙上刊登廣告，從這時間來反推的話，要是再不推動設計，到時候會來不及。連一天都不能蹉跎。

關於內容，這麼多人當中肯定有人會有意見。這個不對，那個不行，在不斷討論的過程中，相互磨合應該也不會是一項簡單的工作。但不管怎樣，這作為原案的第一步，要是不往前跨出的話，一切都不會展開。

愛子的貼文內容如下：

關於廣告的設計，我試著歸納出幾個基本的想法。當然了，這不是最後定案，我希望大家都能自由的提出意見。因此，以下內容請先過目。

一、刊登廣告者，不會用「日本人全體」這樣的稱呼。這並非代表所有日本人，所以我認為使用「日本人全體」這樣的表現方式並不適當。因此，我想採用「志同道合者」這樣的方式。

二、感謝辭以中文呈現。

三、不會採用為日本政府的無禮道歉這類的內容。這始終都是志同道合者聚在一起，想說出心中感謝的一種概念。

四、不會加入國旗。這不代表國家，所以我認為加入國旗並不適當。不過，若是加入象徵日本與臺灣的櫻花和梅花，大家覺得如何？

還有，報紙廣告我希望能盡早具體的在五月初刊登。這麼一來，就沒時間以公開招募設計的方式來決定了。因此，設計這件事，希望能交由我來處理，還望各位諒解。

不過，關於這件事，我會承諾各位以下幾件事。

一、此次的設計不會當作我個人的作品。因此，我不打算將這次的設計放在自己的網站或作品集上。

二、設計上不會加入我的名字。

三、刊登廣告是最大的目的，所以設計追求極簡，也就是說，我希望做成展現不出製作者個人風格的單純設計。

以上的內容，各位如果有意見，請儘管跟我說。而過程中如果有人對這樣的走向無法認同，真的很遺憾，不過，無法得到您的配合，也是無可奈何的事。』

眼下有兩大阻礙：

一是大家會願意將設計的製作工作交給愛子處理嗎？這件事一開始如果沒先說清楚，之後很可能會惹出不少麻煩事。部落格上也曾提到，從時間和勞力這兩個層面來看，實在想不出其他方法了，但這必須獲得協助這項計畫的眾人同意。

而另一個阻礙，是關於設計內容。關於這方面，在愛子腦中早已有了最初的構想。櫻花和梅花，以及中文的感謝辭。底下打上「志同道合者」四個字。就是這麼單純的設計，如果還有人說要再更簡單一點，那實在沒辦法了。不過，即便如此，還是不能擅自作主。想必之後還會有人提出許多意見。總之，最後還是需要得到協助這項計畫的眾人同意。

與設計有關的通知在部落格上貼出後，果不其然，出現了各種意見，留言欄討論熱烈。

「國名要怎麼標示？」

「當然是寫臺灣啊。」

「寫中華民國感覺比較正式。」

「那是國民黨的主張吧。」

「與中華人民共和國不一樣嗎？」

「關於顏色，避開藍和綠比較好。」

「為什麼用藍和綠不行？」

「因為那是國民黨和民進黨的顏色。」

「政治色彩太強烈。」

「這想太多了吧。」

「你在說什麼啊。在臺灣，對藍綠可是很敏感的。如果老是用日本人的感覺說這種話，到時候可就傷腦筋了。」

「我有朋友住臺灣，感覺他也說過類似的話。」

「我就住臺灣。藍綠兩色確實比日本人想的還要敏感。要是可以不用，最好還是別用的好。」

「在文句中加進『感謝援助震災』這句話如何？」

「要是以日語寫上一句『ありがとう（謝謝）』會不會比較好？」

「不錯哦。」

「這樣有震撼性，同時也有日本味。」

「可是臺灣人看不懂日語吧？」

「在臺灣如果說ありがとう，大家幾乎都聽得懂。」

「這不是懂不懂意思的問題，在上面寫日語，你們不覺得這點很重要嗎？就算是臺灣人，一旦知道上面寫的是日語，為了知道上面寫了什麼，會自己去查吧？」

「我認為，還是加上國旗比較好。」

「如果加上國旗，就會很麻煩。日本的國旗姑且不談，臺灣的國旗你打算怎麼處理？只要加上臺灣的國旗，馬上就會成為政治色彩濃厚的廣告。」

「為什麼政治色彩濃厚就不行？乾脆趁這個機會，承認臺灣是一個國家，臺灣的人民會更高興的。」

「發起人也說過，我們不代表國家，我覺得用櫻花和梅花比較好。」

「梅花和櫻花，是左右並列嗎？」

「梅花的花瓣和花蕊的數目要怎麼處理？」

「加上一句『我們一定會東山再起，請大家日後再來日本』如何？」

「這樣像是觀光宣傳。」

一個意見又引來了下一個意見，網路上的討論持續了三個多小時。大部分都是與內容有關的瑣碎意見。但來到半途，開始出現和製作者有關的意見。

「就文面的意思來看，可以看作是設計要由個人來製作，不過，您可有打算在刊登前讓參加者們看做好的設計，徵求大家同意？可有考慮採用像問卷調查這樣，以民主的方式反映眾人意見的方法嗎？這點我想請教發起人佐久間小姐。」

「不過，仔細想想，這種作法就算被當作是利用募款來沽名釣譽，也不足為奇吧？發起人本身就是專業的設計師，而且趁這個機會打響名氣，日後一定有不少好處。」

「可是她說不會把這次當作是自己的作品。」

「這可難說哦。就算她說不會當作是自己的作品，但這次的計畫實在太搶眼了，只要查一下是誰設計的，馬上就會知道。」

「日後她一定會說那是我設計的，四處向人推銷。」

當中有不少參加者之間的衝突，以及對愛子的批判留言。

然而，愛子認為這也是無可奈何的事。每個人都寫上自己覺得好的意見。正因為是很認真的留言，所以有時會引發衝突。這也是沒辦法的事。批判也是一樣。他們也是抱持某種意見展開批判。

話雖如此，發起人要是一直擺出事不關己的態度，那可不妙。得在某個階段做個總結才行。而且都有人指名發起人提問了。

愛子就此針對部落格上的眾多留言，發表個人的想法：

謝謝各位針對設計展開熱絡的討論，以及對我個人的諸多意見和提問。所以請容我在此發表個人淺見。

先來談指名要我回答的那個提問，文中問到，是否會在刊登前讓參加者們看做好的設計，徵求大家的同意？在此回答這個問題，我當然會讓大家看。到時候如果覺得有哪裡不妥，請給我意見。讓臺灣的人民們可以明白我們的謝意，我是抱持這樣的觀點來思考，同時覺得這樣做比較好，打算往這個方向修正。不過，在這裡希望大家能理解的是，設計這種事，個人喜好的因素很強烈，不可能充分反映全員的意見。這點還望諒解。關於文句，我個人不懂中文，所以要是懂中文的人可以幫忙的話，感激不盡。

而關於問卷調查一事，我沒考慮。因為太過耗費時間和人力。

另外，有一部分人指出，這次的計畫是我利用募款來沽名釣譽，對此，誠如我在先前的發文中所寫，我會盡可能採單純的設計，不在設計中呈現個人風格。當然也不會當作是自己的作品。我竭盡所能顧慮到每個層面，只能想到這些。如果您能認同我的想法，請協助這次的募款活動。

最後，原案的設計我會盡早上傳到部落格上。到時候再聆聽各位的意見。

結束貼文後，抬頭看時鐘，發現已是深夜三點多。

今晚就先好好睡個覺，明天再投入設計的工作中吧。要做出相較自己以往的作品最簡單、最沒特色、最無趣的單純設計。愛子腦中想著這件事，就此鑽進被窩。

醒來時，已將近十點。

窗外明亮，微微可以聽見車輛駛過大馬路的聲響。

愛子還覺得睏，為了想辦法揮除睏意，她伸了個大懶腰，從床上起身。

昨晚的討論，後來還在繼續嗎？可能是吧。那計畫已從愛子手中掙脫，自己邁步向前走。

她想著這件事時，突然想到，她得著手開始設計才行。她腦中已有原案，所以只要開始著手，應該很快就能完成才對。不過，有時看了實際做出的成品後，會與想像中的印象截然不同，所以還不能太早放心。總之，不管怎樣，只要沒做出眼睛看得到的形體，一切都是白搭。

不過，在那之前得先吃早餐。想吃點什麼。工作的事之後再說。她心裡這麼想，走向廚房，這時手機鈴聲響起。

「這裡是未來銀行新宿分店，敝姓赤松，請問是佐久間愛子小姐嗎？」

「是。」
可能是打來通報結果的電話，愛子沒忘了這件事，但這比她原本預料的還要早。應該說，一大早就接到電話，完全超乎她預期。
愛子就像在聽對方宣布考試結果一樣，等著他接著往下說。
「關於您申請的任意團體帳戶，審查的結果，認定沒什麼特別的問題，您可以開立帳戶。」
「咦，這樣啊。謝謝。」
「那麼，之後會交付您存摺，並請您提出製作提款卡的申請，您有空再處理即可，請屆時再度蒞臨本行。」
「我知道了。我會盡快前往。」
愛子無意識下應道。另一方面，「沒什麼特別的問題」、「可以開立帳戶」、「之後」、「您有空再處理即可」、「蒞臨本行」這些片段的單字，在她腦中一片零亂，理不出頭緒。但這些話語就像點香散發出的芳香，為愛子帶來一股無上的陶醉感。
又突破一個大難關了。
在部落格上通知可以開立任意團體帳戶，是那天下午三點多的事。告知眾人申請的帳戶已順利開立，同時拍了大大一張全新的活期存款存摺的照片。帳戶名為「謝謝臺灣計畫」，代表人為佐久間愛子。存摺第一頁的「存入」欄，印著「新立存款」這四個字，以及「一千圓」。

帳戶號碼打上馬賽克。因為在正式請大家匯款前，她想再次正式的說明這項計畫的宗旨。在同一天晚上九點進行這項報告。

她稱這是匯款前的最終確認事項，標題定名為「匯款前注意事項（必讀）」，接著底下詳述具體內容：

募款期間

二〇一一年四月十九日（週二）～二〇一一年四月二十六日（週二）

匯款金額規定

一次　一〇〇〇日圓（無上限）

用途

在臺灣的報紙《連合報》和《自由日報》上刊登答謝廣告

廣告刊登日

預定五月初（現在與報社協調中）

目的

臺灣民眾在東日本大地震中，捐贈我們龐大的援助金，日本一群志同道合者向他們答謝

注意事項

廣告設計正在製作中，希望在二十日前能定案。想等設計定案後再決定要不要捐款的人，很抱歉，請等到那時候再決定。而認為無關設計，基於之前部落格上的推動，而願意捐款協助這項計畫者，請從明天開始匯款（關於發起人的想法，請參考本部落格過去的發文）。

其他

・每天我都會上傳存摺的照片，報告當日的匯款總額。上傳時間是晚上七點左右。不過，可能有時候會晚一點，尚請見諒。

・目前是我獨自處理，所以無法二十四小時支援。

・一度匯款的金額，不管任何理由都無法退款。

・恕不開立收據。

・匯款手續費請自行吸收。

這麼一來，一切就準備妥當了。

明天下午，到了銀行後，存摺上的金額會打上多少數字呢？

部落格上的反應確實不錯，感覺氣氛火熱。但那始終都只是部落格上的表現，至於是否真的會自掏腰包協助這項計畫，那又另當別論了。

不過，至少她能做的全都做了。

心中滿懷不安與期待。愛子感覺到過去不曾體驗過的兩道大浪，同時向她襲來。

●

小笠原覺得很沒真實感，柳田隔著桌子，就坐在他面前。

「小笠原室長，要不要一起去吃頓飯？」

收拾好工作，正準備回家時，柳田向他這樣喚道，但仔細想想，小笠原與柳田兩人單獨出外用餐，這還是第一次。

兩人確實都同屬文化室，小笠原是室長，柳田是主任。以一般的公司組織來看，是上司與部下的關係，只要不是兩人個性不合，偶爾一起出外喝酒也不足為奇。但之前一直都沒這個機會，或許是因為代表處這個組織的特異性。

代表處裡的職員，就算屬於同一個部門，但各自的出處，亦即原本在日本所屬的單位都不同。以這兩人來說，小笠原來自國際交流基金，柳田則來自外務省。可能是這個緣故，職員間的凝聚感與一般的公司組織相比，顯得特別淡薄。

這家店是以日治時代的木造建築改建而成。雖說是改建，但並不是像現今流行的翻修那麼時髦，而是像沿用老舊的建築，沒做任何維修。牆壁和屋柱都維持當時的樣貌，沒任何裝飾。地上鋪木地板，走起路來發出嘎吱嘎吱聲。菜單以煎餃和麵為主，此外還有幾種現成菜。

兩人選了一個角落坐下。

桌上有兩瓶冰臺灣啤酒和三盤小菜。兩人手邊各有一個小玻璃杯。

柳田拿起玻璃杯，在倒啤酒前，先用紙巾擦拭杯子內側。價格便宜的庶民店家，有時餐具都沒洗乾淨，所以杯子都會先像這樣用紙巾擦拭後再使用。在臺灣這是很常見的光景。不過，柳田的動作顯得無比自然，這令小笠原覺得有點意外。

「謝啦。」

小笠原如此說道，舉起倒有啤酒的杯子，柳田也回了一句「辛苦您了」，跟著舉杯。

「感覺終於可以喘口氣了。」

柳田以平日上班時不曾顯露的放鬆神情說道。

「是啊。這個月一直都忙翻了。」

「不過話說回來，臺灣的捐款可真驚人。」

「想到他們把日本人當親人一樣看待，就覺得很高興，甚至覺得很感動。」

「我也為了答謝他們，去了很多地方致意，和小笠原室長有一樣的想法。覺得他們是真的很關心日本。這使得我突然覺得受之有愧。」

說完後，柳田告訴小笠原幾個他為了答謝而到募款現場發生的小插曲。

小笠原默默聆聽了半晌，接著突然開口說了一句話。

「如果是站在相反的立場，我們做得到嗎？」

「相反的立場？」

「我指的是，如果是在臺灣發生災難，日本的國民會同樣像親人一樣去幫助他們嗎？」

柳田思索片刻後，面帶苦笑的說道「不，應該不會吧」。

這聲音聽在小笠原耳裡，感覺帶有一絲悲戚。

連日來，電視和報紙上都在呼籲民眾捐款，舉全臺灣之力加以響應。正因為這一個月來，一直目睹這種情況，所以心中殘留了苦澀的複雜思緒。

「柳田先生，對於首相的致辭，你怎麼看？」

「這個嘛，在發生地震的一個月後正式的答謝，這樣算處理得不錯吧。」

「話是這樣沒錯，但報紙廣告你怎麼看？」

這個話題不好談。因為可能一不小心就成了批判政府。但小笠原還是刻意問這個問題。

「這個嘛，」柳田擺出沉思片刻的神情後，開口說道。

「我想，政府確實有他們的考量。但或許不能光用這句話來解決一切。」

以公務人員的回答來說，這樣確實無可挑剔。不過，從這拐彎抹角的說法中，還是能看出柳田個人的情感。

「其實，這個禮拜山崎真奈曾找我談過這件事。」

小笠原說，真奈曾問他，日本有人計畫要在臺灣的報紙上刊登答謝廣告，是否可以告訴對方《自由日報》的聯絡方式，而他叫真奈不能這麼做。

「柳田先生，如果是你，你會怎麼做？」

柳田就像一面在腦中過濾每一句話，一面從中挑選最適合的話語般，以很謹慎的口吻說道。

「我認為小笠原室長您的判斷沒錯。」

「沒錯是吧。」

兩人似乎都在思考「沒錯」一詞的含意，沉默了一會兒。接著，在必須得讓停滯的話題繼續下去不可的尷尬氣氛下，柳田率先開口。

「其實我知道這件事。因為當時我聽到小笠原室長與山崎小姐的對話。我也仔細思考，如果是我的話，會怎麼回答。」

「哦。如果是你會怎麼回答？」

「可能會和小笠原室長您一樣吧。」

這答案對小笠原來說，既在預料之中，也有點意外。

「不過，我一定會在這樣回答後，開始思考這麼做是否正確。其實今天我之所以邀您一起用餐，也是因為我想知道您現在有什麼想法。」

「原來是這樣啊。」

「我們或許都在不知不覺間，深深的被政府的苦衷所束縛，遠超乎我們自己的想像。」

「政府的苦衷是吧。」

「對。不過，一群和這個完全無關的人們，他們的愛或是善心，這不是道理能說得通的。所以才會形成意想不到的強大力量。」

「的確。看了這次的捐款，我也有同感。或許應該說是猛然驚覺才對。」

小笠原一面說，一面覺得自己心中烏雲密布的視野，微微撥雲見日。他心想，柳田可能也和他一樣吧。

●

愛子前往銀行補摺，是下午三點多的事。

——不知道募到了多少錢？

要在臺灣的兩份報紙上刊登廣告，需要的金額總計約二百五十萬日圓。她沒有期待那麼多，但要是能募得一家報社的一百萬日圓……不，至少募得一半金額的五十萬日圓也好。不過，要是連十萬日圓都募不到，那該怎麼辦？這股不安同樣無法從心中拭除。總之，這種事她也是第一次體驗，心中完全沒個底。

愛子拿出「謝謝臺灣計畫」的存摺，開始操作。

緊接著，意想不到的事態發生了。

她將存摺放進ＡＴＭ機臺裡，正準備補登時，機械竟然沒反應。

螢幕上出現的，是身穿制服的一對男女行員鞠躬道歉的圖案，兩人都閉著眼睛，一副很歉疚的表情。接著顯示一排文字「請盡速拿您的存摺到窗口辦理。寫入項目過多，存摺無法容納，無法補登」。

——這到底是怎麼回事？

寫入項目多到存摺無法容納，這樣到底是募到多少錢？愛子心中湧現莫大的期待，同時也因為存摺無法順利補登感到焦急，內心開始慌亂。

——總之，得先和櫃臺人員聯絡才行。

愛子緊張的拿起ＡＴＭ機臺旁邊裝設的話筒。

「不好意思。我想補摺，但機器沒辦法處理。」

「我明白了。請您稍候片刻。」

話筒另一頭傳來女性的聲音，之後機臺旁的一扇門開啟，走出一位女性行員。

「可以請您改試試這臺嗎？」

行員如此說道，帶著愛子來到補摺專用機前。

愛子又從頭進行一次操作步驟。

等了一會兒。

還是和剛才一樣，無法補摺。

「這就怪了。好像是因為一次匯入的件數太多，以致機臺無法對應。」

「這樣啊。」

「很抱歉，可以請您在明天的上班時間臨櫃補摺嗎？」

「咦，那麼，今天沒辦法知道帳戶裡的餘額有多少嗎？」

「抱歉。因為今天櫃臺的業務已經結束了。」

一聽此言，愛子也無言以對。

今晚明明得在部落格上向認同這項計畫的人們報告募款金額，卻偏偏沒辦法做到。第一天就出狀況，這該怎麼解釋才好？或許有人會說，這有詐欺的嫌疑。愛子苦思良久，覺得至少得上傳圖片到部落格上以資證明，於是便將機臺螢幕上出現的兩名行員道歉的圖案，用手機拍下。

原本打算在晚上七點左右報告匯款金額，但因為發生存摺無法補登的意外狀況，無法報告金額。話雖如此，當初愛子已在部落格上公開說過，會每天把存摺的明細拍照上傳，報告當天的匯款總額，要是第一天就違背承諾，容易讓人覺得這項計畫很可疑。

總之，現在愛子能做的，就是馬上上傳螢幕拍下的照片當證據，來解釋狀況。只能這麼做了。

愛子臨時改變部落格的上傳預定時間，改為在下午五點前進行。畫面中，是兩名男女行員的照片，向看部落格的人們道歉。圖片底下加寫一行字「真的很抱歉」，接著仔細報告今天在銀行發生的全程經過。

——這樣要是還被挑剔的話，也沒辦法了。

最後愛子以豁出去的心態，等候眾人的反應。

結果卻和愛子的擔心相反，傳來的留言幾乎沒有負面批評。

陸續傳來「我去過銀行了」這樣的留言，當中還夾雜了「能參加這麼棒的計畫，真的好開心」、「佐久間小姐，真的很感謝」這一類向愛子致謝的語話。

愛子一一細看這些留言，真切感受到這項計畫正確實的一步步朝下個階段邁進。一群不特定人士的捐款，逐漸往「謝謝臺灣計畫」這個任意團體帳戶裡匯聚。感覺這就像是眾多小小的能量，逐漸聚集轉化為強大力量的過程。

而眾多留言中還有一則是這麼寫道：

「雖然要等到明天才知道第一天的募款金額有多少，但光是之前曾在這裡留言的人數，大約有二百五十人吧。每個人的最低匯款金額是一千日圓，所以至少也有二十五萬日圓。」

「存摺無法補登，我認為可能是因為無法登記下一頁，所以存摺內的項目至少多達兩本以上。如果是這樣，我試算了一下，應該有四百六十件以上的匯款，所以至少也有四十六萬日圓。應該已經直逼百萬日圓大關。」

有幾個人以自己個人的依據，推算今天一整天的匯款總額。愛子看著這些留言，開始覺得明天到銀行臨櫃補摺是一件很快樂的事。

●

自從迫田召開記者會後，代表處裡的災害對策總部相關業務開始日漸減少。這種傾向在文化室尤為顯著，請真奈處理的翻譯案件，最近也寥寥可數。而且每個都不是有迫切需要的內容，所以只要在處理一般業務時，稍微調整一下時間來辦理即可。

代表處內已慢慢重拾先前的狀態，至少已完全跳脫先前的混亂狀態，給人鬆了口氣的感覺。

而今天下午，以在臺日本人為主的一個藝術團體的代表，來到代表處，說想參觀文化廳。

文化廳是代表處所屬的一處多功能演藝廳，除了用來舉辦演講、展覽、電影放映會等各種活動外，對於民間提出的使用申請，只要是以促進日本與臺灣交流為目的的非營利使用，都會免費出借。

這次前來的是兩位女性。雖說是藝術團體，似乎不是正式的團體，感覺還比較像是同好會，這兩位代表也沒有正式的名片。她們分別向真奈自我介紹道「敝姓長井」、「敝姓田中」。

真奈帶她們兩人參觀地下室的文化廳。

從日式風格裝飾的入口處走進一看，裡頭設有舞臺，是一處可舉辦上百人規模演講的空間。另外還有可辦展覽的房間。

「這裡可真寬敞。」

「而且還附有照明設備，很完善呢。」

兩人像在評價般，在設施裡四處查看。一聽到免費，大家似乎都會有先入為主的觀念，覺得設備不見得會有多好。但這種先入為主的觀念，在看過實體後，馬上轉為安心。這種態度轉變的瞬間，真奈之前已見過不少次。

「是水彩畫的展覽對吧？」

真奈憑藉對之前長井的來信所存有的記憶，如此詢問。

「是的。是日本人和臺灣人合起來約二十人左右的團體，我們一直想辦展覽，但苦於找不到好的會場。」

「就是說啊。因為會場租借費不便宜，而且我們並非專業畫家，要找會場很不容易。」

「我明白。最近臺北的活動會場增加不少，設備也都不錯，但場地租借費也跟著水漲船高。」

真奈一面說出她從帶領過的人們那裡聽來的消息，一面觀察兩人的神情。

這兩人對會場評價似乎還不錯。

「不過，我們會場的規矩是不能作為營利之用，這點和其他會場不同，所以想從事商業行為的人就無法使用哦。」

「沒問題的。因為我們的展覽和商業無關。」

「對，我們畫的也不是可以賣錢的作品。」

兩人如此說道，相視而笑。

「那麼，請問各位畫的是哪種內容的畫呢？」

真奈一半出於好奇，一半是想蒐集情報，如此詢問。

「我們向來都是畫風景或花草，大家都各自畫自己喜歡的主題。不過，在這次的震災中，臺灣人不是提供我們很多援助嗎。所以這次作畫的內容，想針對這個主題傳達我們的感謝之意。」

「對，而臺灣人這邊作畫的內容，則是想向災區的人們說『日本加油』。」

她們的回答出乎真奈的預料之外。接著她很自然的脫口說出以下這句話。

「這點子真棒。請一定要成功展出。」

「謝謝。不過，我們現在正在討論一件事。代表處的文化廳，只有平日上班時間可以使用對吧？」

「對，為了有狀況發生時，能馬上因應，只有人員在場的時候才能出借場地。」

「這樣的話，來看展覽的人有限，今天在來這裡之前，我們才為這件事傷腦筋呢。」

田中就像在尋求附和般，望向長井。這時，長井望著真奈，語帶試探的問道「晚上的時間姑且不談，要是星期六日的白天可以開放的話，那就太感謝了，真的沒辦法嗎」。感覺得出她是認真的。

「這個嘛。以目前的規則，實在沒辦法……」

話說到一半，真奈突然想起之前沒能告訴對方《自由日報》聯絡方式的那件事。眼下的情況，不就和當時一樣嗎？一想到這點，真奈隨口更正原本說的話。

「不過，雖然不能向您保證，請讓我們內部討論一下好嗎？我跟長官商量看看。」

「咦，真的嗎？」

「妳願意這麼做，真是太好了。」

兩人頓時轉為開朗的神情。

「不過，我沒法向兩位保證哦。因為我沒有最終決定權。」

「這是當然。妳願意跟長官商量，已經是幫我們很大的忙了。」

「我明白了。那麼，我會盡早回覆。」

許下承諾後，真奈送勘查完場地的兩人離去。

回到辦公室後，真奈想馬上找小笠原討論此事，很不巧，小笠原正好外出，不在座位上。

倒是廣田一直在等真奈回來。

廣田說了一句「對了」，就此說出她的要事。

「之前與陳教授那場因地震而取消的餐會，他問我要不要這個週末舉辦，妳覺得呢？這次來的好像不是教授的同事，而是陳教授的日本朋友。」

「好啊。」

「我知道了。那麼，我就這樣去籌劃。等詳情決定後，再跟妳聯絡。」

對了，地震發生那天中午，正好和廣田談這件事。幾乎都快遺忘的記憶在真奈腦中重現。

真奈心不在焉的望著小笠原的辦公桌。

剛才她說要針對文化廳於六日開放一事與上司討論看看，但仔細想想，自從《自由日報》那件事之後，她與小笠原之間的關係一直都有點尷尬。

或許同樣的情況又會重複上演。剛才與她們兩人交談時，心想就是那樣也無所謂，但現在重新望向小笠原的辦公桌，頓時有種要扛起千斤重擔的感覺。

●

下午一點多。

午休時間結束，可能是上班族都回到辦公室的緣故，坐在等候區椅子上的人，感覺比剛才少了一些。

愛子手握號碼牌，等候號碼輪到她。

昨天存摺無法補登的事，感覺像是很久以前發生的。那對身穿制服的男女行員道歉的模樣，仍留存在腦中。

顯示等候者號碼的數字不斷跳號，就像在配合它做動作般，眼前窗口的人們陸續更換。

終於輪到愛子了。

「不好意思，昨天我試著用補摺專用機補登，好像是筆數太多，補登困難。」

愛子如此說道，將存摺遞給窗口裡的女性櫃臺人員，女子以熟練的動作將存摺放進機臺中。

隨著一陣嘎嘎嘎的聲響，開始進行補摺作業。

這幕景象一直持續，最後一整本的欄位都被匯款的寫入資料填滿。

「請稍候。」

女性櫃臺人員如此說道，啟用一本全新的存摺，開始繼續補登。

嘎嘎嘎、嘎嘎嘎……

機械發出的聲響，愛子覺得無比悅耳。聲響持續愈久，表示匯款的人愈多，同時捐款的金額也愈高。不知道和目標二百五十萬日圓會有多接近。這樣的期待，很自然的令愛子心跳加速。

不久，第二本存摺也快印滿了。

「數目真多呢。」

「因為好像有很多人匯款。」

女性櫃臺人員如此說道，一面準備第三本存摺，一面像在確認般，朝封面的戶名瞄了一眼。

「謝謝臺灣計畫是嗎？」

「對。是大家一起集資，要在臺灣的報紙上刊登答謝廣告的計畫。」

女性櫃臺人員面露微笑，接著將第三本存摺放入機臺中。

嘎嘎嘎、嘎嘎嘎……

悅耳的聲響沒有停止的跡象。

第三本印完，開始印第四本，兩人的交談漸漸停歇。究竟會印到何時才結束？誰也無法預測，只聽見機器列印的聲音持續響著。

印到第五本仍未結束。臨櫃辦理已近三十分鐘。

第六本印到一半，機器停了。

終於結束了。

真奈忐忑的一顆心終於落定，同時按捺不住心中的期待。

「哇，真是不得了。」

櫃臺人員打破沉默，將手中的六本存摺疊好，交給愛子。

愛子翻開存摺，一邊數著匯進來的數字，同時確認著。

六百八十二萬二千八百一十七日圓。

結餘欄裡，印著未曾見過的數字。

如此龐大的數字，一時之間，愛子覺得好不真實，但心裡明白，用來支付兩大報的廣告費是綽綽有餘。

天大的喜悅感流遍全身。

「謝謝，真是太謝謝了。」

愛子忍不住內心激動。

櫃臺人員笑容滿面回應著。

「讓各位久等了。」以這句話做為開場，接著附上存摺照片。

愛子立即在部落格上向大家報告存摺裡的匯款總額。

遠遠超出二百五十萬日圓的目標，不光是能在臺灣兩大報紙上刊登廣告，多餘的錢還可以做為援助金送往災區。

這條新聞引發熱烈迴響。

誇讚的留言不斷，像是支持者看到自己的足球隊打贏重要比賽般，眾人情緒激昂。

而且僅過了短短兩天，之後還有六天可受理匯款。一想到這點，不知道最後究竟能募得多少錢。部落格上的感佩之情，已開始將焦點轉移到這件事情上，一些性急的人，甚至已經在留言上展開預測。

隔天，存摺累積達十本，匯款總額已達九百六十萬日圓。

截至目前為止，認同這項計畫宗旨，主動匯款的人數，已多達二千三百人左右。就連愛子也難掩心中的驚訝，不知道哪來這麼多人伸出援手。

接下來這天，愛子發表要在報上刊登的廣告最終設計。

就像上次在部落格上發表的，為了象徵臺灣與日本，而採用梅花和櫻花當主要構圖，在裡頭加入先前在部落格上討論過的內容。

在製作過程中，愛子提醒自己，盡可能做出沒有個人特色、無趣又單純的設計。只為了不展現出個人風格。

關於這項作業，不僅構圖單純，也不需要特別思考什麼新點子，坦白說，一開始她認為應該可以很輕鬆的完成。但試了之後才發現，其實不然。一些細節上有不少令人在意的地方，每次作業都會因此中斷。或許可以無視這些問題，繼續進行，但她原本的個性就不許自己草草了事，所以儘管是一些枝微末節的小問題，最後她還是一樣全神投入。

構圖單純，與工作馬虎，是不相干的兩回事。隨著作業的進行，愛子對此重新有了真切的感受。

關於內文，除了以日語寫「あがとう、台湾（謝謝，臺灣）」的標題外，懂中文的人們不斷在部落格上展開意見交流，整理出中文的內文。

你的愛心，非常感謝。我們是永遠的朋友。
東日本三一一大地震時，您的支援使我們覺得相當溫暖，我將永遠記得這份情誼！

日本志同道合者　敬上

愛子將這段內文加入自己的設計中，當作最終文案發表。

部落格上的反應絕佳。

留言大多是贊同和稱讚，感覺它化為力量，推動計畫前進。

設計的最終稿決定好後，「謝謝臺灣計畫」的部落格又越過了一次大關卡。再來只要發表每天的匯款總額以及計畫的推動狀況即可。

有很長一段時間，這個不對，那個不行，和一群不特定人士反覆交換意見，但仔細想想，這個部落格成立至今，才只過了一個禮拜。

接下來有件事愛子非做不可。那就是與臺灣的兩大報敲定廣告刊登日。

「我原本以為，就算再忙，妳好歹也會準備好草案吧。」

角松的語氣中帶有之前所沒有的挖苦。

角松已從柴崎那裡聽聞愛子正在推動計畫，要在臺灣的報紙上刊登答謝廣告的事。但站在角松的立場，要是因為這個緣故，而將這次信用卡公司的案子搞砸，又多一筆連敗紀錄，他可無法接受。

話雖如此，「就在臺灣的報紙上刊登廣告不就行了嗎」，當初對愛子說這句話的人正是角松。就算當時是玩笑話，但現在才要收回那句話，未免也太尷尬了。只好帶著挖苦的口氣搭話。

「抱歉。我腦中已大致想好原案了。」

「真的嗎？」

「是真的。這次主題是貓。沒錯，我想主打貓。」

「怎樣的貓？」

「這個嘛。是可愛的貓。顏色是粉紅色之類的。」

在一旁聽他們兩人交談的柴崎，突然插話道：

「貓是吧，不錯哦。感覺很符合這次的概念。貓是吧。真是意想不到喵～」

面對柴崎的搞笑，角松沒再多說。

這天結束事前討論後，柴崎對愛子說：

「妳最近老被修理呢，妳知道嗎？」

愛子不懂他這句話的含意。

「妳要是不知道的話，還是別知道比較好。不過，只有我一個人知道，卻不告訴妳，這樣感覺像在說謊，良心不安，所以還是跟妳說了吧。」

「說謊？」

「不，不是說謊，是有事瞞著妳。」

柴崎欲言又止。似乎找不到談這個話題的契機。

「妳可能不感興趣，但在其他地方，有人對這次的計畫說三道四呢。我個人只希望別造成不良的影響就好了。」

「其他地方？哪裡啊？」

「就網路論壇啊。」

柴崎說的是有一群不特定人士會在上面任意發表意見的網路論壇，有人在上面以「謝謝臺灣計畫的陰謀」這樣的標題，發起討論串，連日來滿滿都是對這項計畫的負面意見。愛子也看過那個網站，對它沒有好印象。

「我沒興趣。」

「我猜也是。不過，當它是個情報，先有個了解也好，總比什麼都不知道來得強。」

「謝謝。不過，看了那種東西只會教人心情沮喪，不會有好事發生。」

「說得也是。妳就別放在心上吧。一定是因為計畫推動得很順利，有人看了吃味，才刻意放話抹黑。」

雖然柴崎叫愛子別放在心上，但愛子看柴崎似乎相當在意。經這麼一提才想到，「謝謝臺灣計畫」的部落格上也曾經差點發生同樣的事。有人留言說這項計畫是愛子個人想藉此沽名釣譽，頻頻以惡意的寫法對愛子誹謗中傷。

不過，當初在推動這項計畫時，愛子也早料到會有這種情況。

她知道每個人都有不同的想法，而且就算自己再怎麼賣力付出，其他人也不可能全部都會認同。

不過，之前的誹謗中傷就只在謝謝臺灣計畫的部落格上進行，所以愛子說明自己的想法，做出適切的對應。因為要是放著不管，恐怕會讓協助這項計畫的人們對部落格的宗旨產生誤解。

但是從柴崎口中得知的網路論壇一事，卻是完全不同的情況。在一個和她無關的地方，有一群不認識的人自己關起門來惡搞。對此，她只能回一句「我沒興趣」，無法做其他答覆。

話雖如此，儘管心裡明白這個道理，但愛子在搭電車回家的路上，還是上網找到那個網路論壇。

首先令她吃驚的是，討論數量相當多。當留言達上千個時，就會移至新的討論串，愛子看的時候，討論串已多達十幾個。這表示已有上萬則留言。

其中，大部分都是對愛子的誹謗中傷。上面提到，謝謝臺灣計畫是在設計業界沒沒無聞的愛子為了沽名釣譽而推動，計畫打從一開始就經過縝密的計算。

雖然也有人留言擁護愛子，但這些人幾乎沒半點存在感。

愛子覺得自己要是再看下去，只會心情沮喪，被一把拖進負面情緒的深海中。

她就此離開網路論壇。

另一方面，匯款入帳仍很順利的持續增加中。

這幾天每次到銀行補摺，都會增加四到五本的新存摺，這時候匯款的金額達到三百萬日圓。

窗口的女性櫃臺人員也已認得愛子，她們都會面帶笑容的主動搭話道「今天不知道會進帳多少呢」。現在愛子在未來銀行新宿分行已成了一位小有名氣的名人。

從開始募款到現在已過了五天，存摺數量累積達十四本，匯款金額總額一千二百多萬日圓。捐款人數達三千多人。

●

「這位是陳教授。在臺北歷史大學教臺灣近代史。」

廣田介紹的這位人物，並不是真奈腦中原本想像的陳義信。

真奈滿心以為來的會是一位年輕又挺拔帥氣的教授。但眼前這位人物，是年紀大她許多的長輩，是可能已年過五十的一位大叔。

「敝姓山崎。」

真奈微微低頭行禮說道，接著對方以流暢的日語回答「敝姓陳。請多指教」。

而陳義信身旁，有一位和他年紀相仿，姓小川的日本人。聽說小川一直住在臺灣，經營一家小貿易公司，與陳義信是相識多年的朋友。

「您在臺灣待多久了呢？」

在臺日本人在認識彼此時，一定都會問這句話。真奈以像是在打招呼般的感覺，向小川問道。

「很久嘍。」

小川嘴角浮現笑意，如此說道，而陳義信就像在替他接話般，補上一句「三十多年了。沒錯吧」，並向他確認。

他們四人在忠孝東路的一家義大利餐廳。

店內相當寬敞。紅磚外露的牆壁，以木材拼接而成的餐桌，照明偏暗。

沙拉和前菜送來，四人舉起紅酒乾杯。

「原本其實是上個月就該辦的。」

陳義信望向廣田。

「沒錯。那天因地震而臨時取消。」

「那樣算取消嗎，雖然我跟廣田小姐說取消，但其實我們還是辦了聚會。」

「咦，是這樣嗎？」

「不過，林先生覺得很遺憾，還說難得有機會可以認識日本女性，實在可惜。」

林先生是陳義信的教授同事，就是請廣田邀日本女同事一起來的人。

四人的對話就這樣以陳義信和廣田為主，以緩慢行走般的步調進行。

話題主要與近代臺灣的民主化有關，當中提到好幾位真奈從沒聽過的人名，可能是政治人物吧。陳義信加以說明，小川不時穿插意見。而真奈則是努力跟上他們的話題。

「臺灣第一次人民選舉，我到現在仍清楚記得。」

小川以無比懷念的口吻說道，廣田馬上做出反應。

「咦，真的嗎？那是什麼感覺？」

「嗯，因為當時擁有『臺灣人』這種身分認同的人還很少，許多國民認為自己是中國人。而且民進黨與國民黨相比，實力還差一大截。因為是那時候舉辦的選舉，所以就氣氛來看，國民黨方面覺得，我怎麼可能會輸給你們？啊，對了，當時發生過這麼一件事。在投票會場的櫃臺處，一位退伍軍人想問問題，但工作人員正以臺語交談，動作慢吞吞。那名老先生看了，突然大聲說道：『你們這是什麼散漫的態度。換作是以前，早就被砍頭了！』砍頭是斬首的意思。工作人員聽了，全然為之錯愕。這是從我老婆那裡聽來的故事。」

退伍軍人指的是戰後和國民黨政府一起從中國撤退來臺的外省人。而用臺語交談的，當然是從以前就一直住在臺灣的本省人。換成現在的說法，這就是「藍與綠」。真奈聽了小川這番話，用自己的理解去解釋，認為應該就是所謂國民黨與民進黨之間的對抗吧。

廣田從頭到尾好奇的聆聽，陳義信半開玩笑的對她說：「他這個人知道很多對吧。因為他可是半個臺灣人呢。」

「請問。」

之前幾乎都沒參與話題的真奈，這時開口道。

「長期住在臺灣，到底是怎樣的感覺呢？」

這是真奈平時便常思考的問題。她自己過去這三年不到的時光，在北京和臺北都生活過，但感覺與之前住日本的時候相比，很多方面都不一樣。諸如生活習慣、常識、語言、歷史、教育、思想……。在日本通用的事，在這裡行不通，還有一些意想不到的發現。而在國外生活了三十年的小川，他最後的歸結之所又會是哪兒呢？真奈很想知道。

「這個嘛。」

小川對這個提問似乎頗感意外。

「如果問我有什麼感覺，我也說不上來，不過真要說的話，我並不會有住在國外的感覺。應該就只是覺得自己住在『這裡』吧。」

「這裡指的是臺灣對吧？」

「沒錯。臺灣確實算是國外，但實際在這裡住了幾年後，不知不覺間，那種外國的感覺逐漸消失。所以對我來說，它就只代表了『這裡』。」

「那麼，這次的地震，臺灣的民眾送來許多援助金，您對此有什麼看法？」

「嗯……」

小川思索片刻後，再次開口。

「也許，與許多日本人說『謝謝臺灣』相比，當中存有些許溫情的差距。當然了，我認為向災區有困難的人們伸出援手，是很偉大的情操，也覺得很感動。但就像我剛才所說的，我住在臺灣，並沒有感受到自己住在國外的意識。換句話說，日本和臺灣的分界線在哪兒，感覺已模糊難分。因此，以日本人的身分感謝臺灣人，像這麼明確的身分立場，我實在沒有這種真切感受。」

這番話，真奈聽得似懂非懂。

「所以我才說，這個人算是半個臺灣人。」

陳義信這次臉上流露的表情，比剛才更顯自信。

「不，不對。我是日本人。是貨真價實的日本人哦。」

真奈聽小川如此反駁，更加無法理解。感覺這比理解臺灣近代民主化的故事還要難上數倍。

「謝謝臺灣計畫」逐漸來到最後階段。

刊登廣告所需的資金，在計畫一開始就已達到目標金額，之後在部落格上經過一番熱絡的意見交換後，設計的最終稿終於敲定了。

愛子重新在部落格上寫道「託各位的福，最終文案也敲定了，再來就只剩和對方報社討論刊登日了」，報告現狀。並補上一句「今後關於與報社交涉一事，我希望由我一個人擔任窗口，所以請絕對不要以個人名義與報社聯絡交涉」，當作是請求事項。因為她認為在廣告費方面，報社已給予大幅折扣，所以要極力避免再因為其他事造成報社的困擾和混亂。

另一方面，愛子分別與《連合報》和《自由日報》這兩大臺灣報社，針對刊登日進行交涉。《連合報》來信詢問「廣告刊登日選在五月三日（星期二）不知可否」。理由是臺灣的報紙在一週裡的前幾天賣得比較好，所以較能期待廣告發揮效果。

愛子決定聽從他們的建議。不過，如果像對方說的，在五月三日刊登廣告，就會面臨款項支付日期的問題。因為《連合報》在刊登廣告時，最晚也要在刊登日的兩天前確認款項是否進帳，這是合約規定。

若將刊登日訂為五月三日的話，匯款期限則是五月一日，然而那天是星期日，銀行沒有營業。往前推一天，四月三十日是星期六，二十九日也是國定假日的昭和之日，這樣算來，實際的期限是四月二十八日。

而更傷腦筋的是，愛子尚未收到連合報開立的廣告費付款通知。對方說過二十五日前會寄出，即便收到後立刻辦理匯款，也很難確定在二十八日能順利完成。

於是愛子想出一計。完成匯款手續後，將銀行用印的匯款收執聯傳真至報社，做為匯款的證明。雖無法保證對方肯同意接受，只能盡力拜託。

另外還有一個大問題。

那就是兩家報紙的刊登日必須一樣才行。

答謝廣告就得要兩家報紙同時刊登才有效果。因此，照理來說，為了避免刊登日不一樣，有必要展開綿密的事前討論，但愛子沒有加以整合的能力。

非但如此，這兩家報社在政治上採取對立的立場，雖然不願意這麼想，但其中一方搶先的可能性也不是完全沒有。

《自由日報》的業務經理王威德，在會議室裡與副社長林振傑迎面而坐。

自從他進公司以來，不曾像現在這樣，與副社長在同一個空間裡獨處。

林振傑看起來個性敦厚，是位年近半百的紳士，但他具有一股威儀，能讓周遭空氣變得無比沉重。王威德在他的視線凝視下無比緊張，感覺這時不管說什麼，都不像是他自己說的話。
「不光我們，聽說《連合報》也會同時刊登對吧。」
林振傑以充滿磁性的平靜口吻說道。
「是的。我請懂日文的人常上那個部落格查看，就目前所知，只有我們和《連合報》這兩家報社沒錯。」
「五月三日是客戶想要的日子嗎？」
「是的。好像是想和《連合報》同一天刊登。」
「《連合報》方面知道客戶也會在我們報社刊登廣告嗎？」
「我想，大概知道吧。」
「嗯。」
回答後，林振傑一副若有所思的神情，沉默了半晌。
大約一週前，東京的特派員來電聯絡，是這一切的開端。
他說，有個日本人的團體想刊登答謝廣告。希望能告知廣告費用約莫多少。
之後聽他說明得知，他們擬定了「謝謝臺灣計畫」，廣為四處募款，最後募得一千多萬日圓。
然後刊登日訂在五月三日。
這似乎是《連合報》決定的刊登日。

「我比較好奇的是，為什麼不是五月二日。」

「是。我也這麼想過。如果《連合報》方面單純只是因為五月二日沒有刊登空間就好了。」

「會有這種事嗎？」

就算林振傑沒明說，王威德也明白他想說的是什麼。

如果在五月二日星期一刊登廣告，會是最理想的日子，但想不透為什麼刻意避開那天，而選在隔天的星期二。難道說，《連合報》先決定好在五月三日刊登，之後再突然變更。藉由這樣的做法，他們不但能比《自由日報》獲得更多的關注，看在日本人眼裡，也會覺得他們是臺灣最值得信賴的報紙。如果說這是他自己想多了，或許確實是如此。但萬一真是這樣，想必會遭受《自由日報》讀者的強烈批評。

「不回覆不行，而且只能姑且先同意了。不過，在回覆的方式上，別讓對方以為這是明確的保證，而是要讓對方覺得基本上沒什麼問題，但我們還會再做一些微調，可以做這樣的回覆嗎？」

「我明白了。」

「所以我們可能會在前一天刊登這件事，也要納入考量。總之，前一天再做最後決定。因為視情況而定，也許得詢問董事長的意見。」

林振傑如此說道，從位子上站起身。

《自由日報》主動聯絡。

告知五月三日星期二的版面，已確定保留了廣告空間。刊登費用為日幣一百零三萬六千日圓。日後會寄送正式的文件去。

以《自由日報》的情況來說，他們在東京有銀行帳戶，所以不必另外計算匯款的工作天數。交涉進行得很順利。

再來就剩《連合報》了。

在廣告刊登日的兩天前要匯款完畢，很可能會趕不及，所以會以銀行的匯款明細當擔保，請他們同意刊登廣告。愛子打電話給業務經理陳元浩告知這項做法，與他直接談判，沒想到對方馬上一口答應。他說，如果是日本銀行提供的文件，那就沒問題。

這天，愛子原本擔心的廣告費付款通知也以電子郵件寄來了。正式的廣告刊登費為三十六萬元。換算成日幣為一百零二萬日圓。

愛子馬上趕赴銀行，辦理海外匯款手續，之後依照約定，將匯款明細單傳真給《連合報》。

這麼一來，就只剩下等五月三日刊登了。

隔天，謝謝臺灣計畫的募款結束。到這天的上午十點為止，匯款的總計金額達一千八百萬日圓左右。存摺多達二十二本，匯款人數約五千五百人。

愛子在部落格上報告這件事，同時囑咐道「各位，今後請不要再匯款了」。

再來就是從中撥款匯到《自由日報》，剩下的錢全透過日本紅十字會捐給災區，這麼一來，這個帳戶就算任務結束了。

愛子望著手邊堆積如山的存摺，獨自沉浸在萬千感慨中。

網路論壇上的文字激戰持續展開。

「謝謝臺灣計畫」暗藏了發起人佐久間愛子個人想沽名釣譽的大陰謀。這樣的留言連日來不斷持續，討論串的數目不知不覺間已超過十五則。

而另一方面，也出現了擁護派，極力替愛子辯護，加以對抗。然而，以這裡的情勢來看，批判派還是占盡優勢，擁護派的辯護不是遭到漠視，就是被人扯後腿，反過來成為人們中傷的題材。

甚至批判派的人不知道是去哪兒調查得來，將愛子的經歷和過去當平面設計師接案的工作成果全部查得一清二楚，放在論壇上，當在看戲般冷嘲熱諷。

他們自己堅信的正義化為鐵拳，毫不留情的展開痛毆。而認同這個論調，從中得到快感的人們，紛紛加入了戰局，就像狂歡節一樣，熱鬧翻騰。

柴崎對這種過分的行徑感到怒不可抑。

不久，他的憤怒令他控制不住自己，待回過神來，他已不自覺的留言反駁：

「你們說她這是沽名釣譽，我倒是想請問，她是要向誰賣她的名氣？」

柴崎自認已盡量讓自己因憤怒而顫抖的情緒平靜下來，才寫下這樣的留言，但看到自己在論壇上的留言後，感覺那像是以居高臨下的態度寫下的挑釁語句。

對此，馬上有幾則留言前來筆戰。

「你去問愛子小姐啊。」

「賣名氣的對象多得是吧。因為她已經這麼大張旗鼓的向人賣她的名氣了。」

「只要擁有發起人這種絕世少有的企劃和推銷的才幹，就不用擔心沒人買帳。」

柴崎也很不服氣的回覆留言：

「不過，這種事在設計業界是行不通的吧。」

他這種寫法暗示出他很熟悉業界的情況。

不過，柴崎就算暗示他是這個業界的人士，但只要他匿名留言，就證明不了什麼。當然了，也有假冒業界人士的情形，所以會不會相信，就只能交由看這些留言的人自行判斷了。

柴崎繼續回覆留言。

「以她的情況來說，這次的作品不會加進她個人的作品集裡，而且她也很明白的公開說過，不會用在日後的商業用途上，所以她要是違背這項承諾，日後業界就再也沒人會搭理她了。換句話說，她所做的這些事，帶有很高的風險，如果是業界的專家，應該一看就知道才對。」

之後馬上有個不認識的人留言道「我也是設計業界的人，我很清楚這種風險。如果是我，絕不會這麼做。」

出現得真是時候。趁反對派還沒提出反駁前的短暫空檔，使出一記猛烈衝擊。

後來擁護派趁這個機會，氣勢逐漸增強。這一進一退的持續攻防，就在累積達十七個討論串時，形勢完全逆轉。

當討論串即將邁向二十個時，擁護派的留言已完全支配了討論串，而持續展開垂死掙扎的批判派，已成了敗軍的殘黨。

只因為最後的一塊拼圖疏忽大意，之前一路建立起來的計畫將逐漸崩解。

這樣的不安一再在愛子腦中浮現、消失，然後再度浮現。就算刻意不去想，但內心深處還是很在意。

廣告在五月三日這天刊登，此事姑且已談妥，但要是在愛子不知情的情況下，其中一方的報紙趕在之前刊登，例如前一天的五月二日星期一刊登，那會怎樣？

「我認為早刊登比較好」、「因為剛好前一天的報紙版面可以刊登」。不管對方說出何種理由，就算是出於善意才這麼做也一樣，對「謝謝臺灣計畫」所帶來的影響都難以估算。

衷心等候五月三日這天到來的那五千多名協助者，會覺得被擺了一道，而更悲慘的是被搶先刊登的另一家報社，也會覺得他們的厚意被白白糟蹋。

難道就沒有確切的方法，讓兩家報社都保證能在同一天刊登嗎？

愛子為此煩惱。煩惱就像撞向堤防的浪潮般，每次想到這個問題，它就會撞向牆壁，然後像泡泡一樣消失。

這時，突然有個東西從她的煩惱之海中浮現：

「我人在當地，今後如果有我幫得上忙的地方，請不用客氣，儘管用這個電子信箱直接和我聯絡。」

之前因為想知道《自由日報》的聯絡方式，而寫電子郵件給當地代表處時，那天晚上收到這麼一封回信。記得對方好像姓山崎。

——也許可以請她幫忙。

山崎在代表處工作。既然這樣，與當地的媒體應該有聯繫管道。雖然不知道能抱持多大的期待，但只要有百分之一的可能性，就不能輕忽，而不去付出努力。在計畫完結之前，為了這最後一塊拼圖，必須傾注全力。當愛子心裡產生這個念頭時，已展開行動。

●

像網眼般遍布臺北市內的捷運裡，滿是結束一天工作的通勤族。雖然不像東京的電車那樣，與不認識的人身體相貼，擠得水洩不通，但站在電車門附近，還是得提高警覺，確保自己的站立空間。

真奈上車後，便站向車門旁的一處狹小空間裡。

環視車內，不同於車門入口附近，車廂裡面內空空蕩蕩。

乘客全都露出認真的眼神，緊盯著手中的手機。這幕光景與東京沒多大不同，但明明是下班時間，卻看不到半個醉客。而且幾乎看不到穿西裝的乘客。剛到臺北就任時，真奈對眼前的光景感到很不可思議，但過不到一個月就習慣了，現在完全不以為意。

收到新郵件的通知聲響起。

她馬上取出手機，查看寄件者是誰，但上面顯示一個意想不到的人名。

「佐久間愛子」

想在臺灣的報紙上刊登答謝廣告希望能告知《自由日報》的聯絡方式。真奈想起約莫兩週前，曾收到這樣一封郵件，當時她從代表處回了對方一封婉拒信。之後真奈改以自己的電子信箱寄送聯絡方式，但對方並未回信。

而這正是那名女子寄來的郵件。會有什麼事呢？真奈因為太過好奇，就此打開郵件，沒發現自己已經到站。

久未問候。我是佐久間愛子。

前些日子蒙您告知《自由日報》的聯絡方式，但一直都沒回信給您，現在說這些，感覺只會像是在替自己辯解，不過，當時是因為忙得超乎預期，才會一時忘了回應。真的很抱歉。

關於與《自由日報》聯絡一事，到我收到您個人的來信前的這段時間，我與《自由日報》取得了聯繫，後來已經與他們進一步洽談。

這次實是有一事相求，這才寫信給您。

我已決定於五月三日在《連合報》與《自由日報》這兩份報紙上刊登答謝廣告。而現在有一件擔心的事，不知道這兩家報社是否會按照預定計畫，同時在這天刊登廣告。要是其中一家先刊登的話（搶先），我們的計畫會受到嚴重影響。為了能按照預定在五月三日刊登廣告，我不要求這兩家公司提出承諾，但能否再跟他們確認一次呢？

我自知這是很沒禮貌的請求，但眼下我也只能請山崎小姐您幫忙了，我知道自己很厚臉皮，但還是請您與我聯絡。您可以提供協助嗎？
以下是《連合報》和《自由日報》接洽者的聯絡方式（《自由日報》的接洽者是山崎小姐您介紹的）。」

雖然之前在意過這件事，但也都快忘了。在臺灣的報紙上刊登答謝廣告的計畫，後來在真奈不知情的情況下，仍持續推動，不知不覺間已來到最終階段。

真奈這次毫不猶豫。

她心想，只要我這麼做，這一個月來親眼目睹的眾多臺灣人的這份心，或許就能得到些許的回報。

猛然回神，她發現自己已經多坐了兩站。

真奈急忙走出車廂，在月臺上回信：

「我會盡己所能。」

《自由日報》的大樓無比氣派，就算說它像五星級大飯店也一點都不誇張。走進大門後，眼前是寬廣的大廳。站在大廳仰望天花板，是十幾層樓挑空的設定。充滿開放感的這棟大樓內，製作著臺灣發行量最大的報紙。真奈心裡想著這件事，走進電梯，前往業務部門。

她一早已打過電話，與經理王威德約好時間。

昨夜原本心想，既然是佐久間愛子的請託，她什麼都願意做，可真的打電話時，還是難掩緊張。面對這突如其來的電話，對方肯定也很驚訝。非但如此，也許還會不想搭理她，直接掛她電話。

但當她表明「我想針對『謝謝臺灣計畫』的刊登日和您談談」，王威德突然顯得很感興趣，說想要當面聊聊。真奈此刻的感覺，不是鬆了口氣，而是意外。

在業務部門的櫃臺前報上姓名和來意後，女性櫃臺人員以分機電話通知王威德前來。

「您是山崎小姐嗎？」

隔了一會兒，走出一位年約四十五歲，有點發福的男性。

「謝謝您專程跑一趟。我們副社長說很想當面和您問候一聲，可以嗎？」

王威德如此說道，帶著真奈來到其他樓層的會議室。

會議室的牆壁整面都是玻璃，可以望見遠處環繞臺北市的蒼翠群山。而另一側的牆壁則是掛著一幅以簡單的線條畫成的抽象畫。陽光射進這處寬敞的空間。中央擺著一張可供十個人坐的長方形大桌子。看起來相當高級，遠非代表處的會議室所能比。

王威德端來裝有烏龍茶的白色瓷杯。茶香撲鼻而來。

幾乎同一時間，房門開啟，一名頭髮花白，梳成三七分頭，看起來頗有威儀的中年男子走進。

「敝姓林。」

男子如此說道，遞出名片，上頭的頭銜寫著「《自由日報》副社長」。真奈也急忙遞出名片。林振傑仔細確認後，緩緩將名片擺在桌上。

「今天前來拜訪的用意，已在電話中跟王先生提過，我想針對『謝謝臺灣計畫』的廣告刊登日進行事前討論。」

「我們聽說刊登日是定在五月三日星期二。」

「對。我也是聽這項計畫的發起人佐久間愛子小姐這麼說。不過，她現在擔心的是，是否真的會在這天刊登。」

「這話的意思是……？」

「我想兩位也知道，這次要刊登廣告的對象，除了貴公司外，還有《連合報》。你們兩家公司都說要在五月三日刊登，是否真的會在那天刊登呢？今天我前來，就是想請你們幫這個忙。」

林振傑微微點頭。

「兩家報社的刊登日要是錯開，關注度也會分散，效果就此減半。所以同時刊登對我們來說，是很重要的問題。說得更具體一點，我們不希望你們其中一方搶先的這種情況發生。要是發生這種事，計畫會受到嚴重影響。而且，到時候被搶先的一方，也會受到重創。當然了，這不是我們所樂見的情形。」

「坦白說，我們也很擔心這種情況發生。要是《連合報》比我們早一天刊登，會有一種遭背叛的感覺。而且，到時候對我們的讀者也無法交代。」

「那麼，可以請您承諾在五月三日這天刊登嗎？」

林振傑朝擺在桌上的真奈名片望了一眼。

「我明白了。為了讓『謝謝臺灣計畫』成功，請讓我們也出一份力吧。」

「謝謝。」

真奈深深一鞠躬。

真奈離開《自由日報》後，直接前往《連合報》辦公室。

她已事先與業務經理陳元浩約好在《連合報》裡見面。當真奈提到想和他談廣告刊登日的事情時，對方的反應很詫異，但是真奈說出她是代表處的人之後，對方似乎就放心了，答應上午和她見面。

櫃臺人員帶她來到一處氣氛祥和的接待室。房內多處都有桌椅靠在一起拼成的區塊，到處都可以看到外面的客人與報社內員工在討論的身影。

真奈和陳元浩一起坐向當中空出的桌位。

「我今天前來拜訪，是針對『謝謝臺灣計畫』的廣告刊登日，想拜託您一件事。」

「這樣啊。廣告的刊登是在五月三日星期二，現在已保留版面空間。空間的大小為半版，原稿我們已經收到了。」

「關於刊登日，已確定是五月三日，不會再變更吧？」

「這話怎麼說？」

「是這樣的，如果是五月三日刊登就不會有問題，但如果提早刊登，我們可就傷腦筋了。」

陳元浩一臉還沒搞清楚狀況的表情，等候真奈進一步說明。

「這次的廣告，除了貴公司外，也在《自由日報》上刊登，這事想必您也知道，我們希望你們兩家公司能在同一天刊登。」

說完後，真奈就像之前在《自由日報》那裡說的一樣，針對計畫的宗旨做了一番說明。

「在來這裡之前，我已請《自由日報》給予承諾，並得到他們的答覆。同樣的，我也希望能得到貴公司的承諾。」

陳元浩一直默默聆聽，接著他旋即以清楚的口吻說道：

「請您不用擔心。我們不會搶先刊登的。」

「您可以保證嗎？」

「可以。」

這簡短的答覆，真奈覺得深深刻印在她心中。

這時，陳元浩繼續說道。

「其實最早聽聞這件事的人，是我們旅行美食組的編輯。他說有日本人想在我們的報紙上刊登答謝廣告。起初我還以為是某家日系企業想刊登普通廣告，而仔細聽他說明後，才知道似乎不是這麼回事。而是一般的日本平民百姓集結在一起，要刊登廣告答謝臺灣對震災提供的援助金。我大吃一驚，心想，真的有這種事嗎？不過，仔細想想，這對我們公司就不用說了，對臺灣人來說，更是美事一樁，意義非凡。所以我當場就同意刊登。並且在廣告費用上也盡可能打了折扣。」

「原來是這樣。謝謝您。」

「不，我才要道謝呢。因為能得到這麼棒的機會。而且，我也要感謝山崎小姐您。」

「咦，感謝我？」

「對。我雖然覺得不會有這種情形發生，但還是忍不住會往那方面想。想到搶先刊登的事。如此一來，就會開始左思右想，睡不著覺。所以有您出面，在我們兩家報社之間確認這件事，這對我來說，著實放心不少，或者應該說，覺得這樣就沒問題了，心情變得輕鬆許多。」

「能聽您這樣說，真是感激不盡。因為我也很希望能看到這兩份報紙同時刊登廣告。」

「沒問題的。因為《自由日報》和我們，都不會違反與代表處的約定。」

望著面帶微笑如此說道的陳元浩，真奈這才發現，對方當她是以代表處的代表身分前來。

——這樣好嗎？

雖然多少有點罪惡感，但遠遠不及達成任務後的充實感。

這麼一來，一切應該都會很順利才對。真奈有預感，五月三日會是個很特別的日子。

在坐回代表處的計程車上，真奈馬上寫郵件向愛子報告：

我去了《自由日報》和《連合報》。見過《自由日報》的副社長林振傑和業務經理王威德，以及《連合報》的業務經理陳元浩。

五月三日一事，我請他們配合，結果兩家報社都很爽快的同意。

雖然沒訂立契約，不過我想，應該可以信得過他們。

能略盡一分棉薄之力，我也覺得很高興，衷心期待五月三日的報紙出刊。

司機開車相當粗魯，在車上這段時間，真奈一直很努力的對著手機的小小螢幕打字，所以當她走下計程車時，略感噁心想吐。當她踩著蹣跚的步履返回辦公室時，眼前是和平時沒什麼兩樣的光景。

「如何？」

真奈回到自己座位後，隔壁的廣田以這句詢問取代問候。

真奈一早打電話給廣田，說她突然要去採訪一個團體會晚點來上班，請廣田早點到辦公室開門。

「也沒什麼啦。」

真奈這樣說道，回到自己位子上坐下，像平時一樣打開電腦開關。

往前一看，莊文真、陳怡靜等臺灣成員，各自坐在位子上，正盯著電腦螢幕作業。而她右手邊角落的座位，小笠原正在閱讀資料。

大家都不知道真奈剛才去了《自由日報》和《連合報》一趟。

但不知為何，真奈總覺得他們好像都知道這件事。而且覺得大家在對她說「恭喜」。

●

一隻粉紅色的貓穿著比基尼站立，有長長的睫毛和一對眼角微微上揚的杏眼。這確實是一張美人的臉蛋，但不光如此，還感覺得出一絲不凡的氣質。

那隻貓別有含意的望著他。

「她是史蒂芬妮。」

愛子就像在介紹自己的寵物般，如此說道。

「哦，感覺挺不錯的呢。像是之前製作梅花和櫻花的無趣設計所累積的鬱悶，一口氣全爆發開來似的，感覺得出妳的幹勁哦。」

柴崎半開玩笑的說道。梅花和櫻花指的是『謝謝臺灣計畫』的廣告設計。

「確實不會給人低俗的感覺，還不錯。」

角松似乎也給予不錯的評價。

信用卡公司的這筆生意，是要對辦新卡的人推出活動，製作出能產生聯想的新角色和文案。

「貓足全力」

柴崎想出的文案，也同樣讓人看不太懂。只看得出他想強調「貓」這個字。

不過大家心裡都明白，這種事沒有絕對。這文案搭配愛子的史蒂芬妮後，看起來倒也覺得有模有樣。

「如果是辦新卡，可能以年輕人居多，這樣的話，或許這個設計可以出奇制勝哦。」

角松一副無法再給予更高評價的神情，如此說道。

總之，這次似乎要以這項設計前去挑戰。希望能就此終止連敗，早日跳脫出負面的螺旋。雖然大家都絕口不提，但心裡想的卻是同一件事。

「對了，妳那件事處理得怎樣了？」

角松向愛子詢問。

「哪件事？」

「就是在臺灣報紙刊登廣告的事啊。」

「託您的福，會在五月三日刊登。」

「五月三日，那不就下禮拜嗎？」

「對。感覺好不容易才走到這一步。」

「你們募到多少錢？」

「一共一千九百多萬日圓。」

角松對此似乎也相當驚訝。「什麼？」他發出一聲驚呼後，半晌說不出話來。

「能一路走到這一步，想必有許多不為人知的辛苦。真是辛苦妳啦，一人廣告代理店。」

這種出言慰勞的方式，很像柴崎的作風。

事前討論結束後，柴崎來到愛子面前說道：

「那隻貓叫史蒂芬妮是吧。真不錯呢。打從第一眼看到她，我心裡就想，『噢，就是她了』。」

「謝謝。『貓足全力』我也挺喜歡的。」

「會成功嗎？」

「大概會吧。」

二人如此說道，互望著彼此。

「還有，關於之前那件事。」

「什麼事？」

「就是妳在網路上被修理那件事啊。」

「哦，我一點都不在意，沒關係。」

「不是的。現在討論串已累積到二十二則了，支持妳的留言已獲得壓倒性的勝利。」

「這是怎麼回事？」

「嗯，是這樣的，好像過程中有業界的人跳出來留言，說妳現在做的一切，如果是為了沽名釣譽的話，風險未免也太大了，這在業界裡是行不通的。之後風向就開始起了轉變。現在妳在那處論壇上，地位就像神明一樣崇高呢。」

「鬼扯什麼啊。」

愛子如此應道，莞爾一笑。過了一會兒，她開口說道：

「對了，等現在這項工作告一段落後，我想去臺灣看看。」

「臺灣是吧。妳去過嗎？」

「沒有。不過，這次推動『謝謝臺灣計畫』後，突然有這個念頭。我很好奇，臺灣到底是個怎樣的地方。仔細想想，我對臺灣根本一無所知。那裡有怎樣的人，過著怎樣的生活呢？好像很有趣。」

「一定很有趣的。因為那裡可是為日本募得了超過一百億日圓捐款的地方呢。」

窗外春天和煦的陽光閃亮耀眼。

在輕柔的和風吹拂下，路樹舒暢的搖曳全身的綠葉。

愛子的思緒再次飛向那遙遠的南方島國，心想，臺灣會是個怎樣的地方呢？

終章

五月三日一早，真奈在進公司前，先繞到辦公室附近的超商，買了許久沒吃的三十九元三明治和果汁超值組合。然後從報架上各抽了一份《連合報》和《自由日報》，拿到櫃臺前結帳。

她要找的廣告，《連合報》在第九面，《自由日報》在第五面，確實都刊登了。

以梅花和櫻花呈現的圖案，底下寫著「有難う、台湾（謝謝，臺灣）」這幾個大字。雖然設計簡單，卻傳來會讓翻看報紙的人目光深深被它吸引的強大力量。

還有，右下角有「日本志同道合者　敬上」一行字。真奈沒匯款，所以嚴格來說，不算是這群志同道合者的一員。不過，她覺得自己最後也算是參與這項計畫，出了一分力。她自己也覺得很開心。

●

愛子踏上臺灣這塊土地，是報上刊登廣告後，過了約一個禮拜的事。

四天三夜的行程，她買到特別便宜的旅遊套票，訂了行天宮附近的便宜旅館。

明明是第一次來，卻感覺街上的氣氛彷彿老早以前就很熟悉。但映入眼簾的一切，卻又無不新鮮。

這個市街，哪裡潛藏著能募得一百億日圓的力量呢？愛子想找尋答案，走在那滿是漢字招牌的街道。

她來臺灣最大的目的，是要拜訪刊登廣告的那兩家報社，當面答謝。

愛子認為，這次計畫能成功的最大原因，是報社爽快的答應讓她刊登廣告。她一直很想向報社獻上「英明果斷」這樣的最高讚譽。

如果是日本的報紙，情況會是怎樣？愛子覺得，可能就無法刊登廣告了。像她這樣的無名小卒，就算人數擴增為五千人，自己主動伸手想要握手，報社應該也不會回握吧。

所以愛子才會對臺灣的報社產生「英明果斷」這樣的印象。而實際與報社接觸後，感覺他們似乎也都有滿腔熱血。愛子覺得那是每個人與生俱來的良善之心。

她與《自由日報》約時間見面時，過了幾天，對方來信回覆道：

「抱歉，回覆晚了。董事長的時間已安排好，請您務必賞光。期盼您的到來。」

對方提到董事長，但愛子卻沒什麼真切的感覺。她就只是隱隱覺得，董事長想必就像置身雲端上的大人物一樣，不是平時說想見就見得到吧。這時，她突然在意起這件事，不知道該穿什麼衣服才好。因為工作的緣故，她平時的裝扮可說是以牛仔褲和運動鞋當制服在穿，根本沒半件稱得上正式一點的服裝。

最後，她特地為此買了一件素面的藍色連身洋裝。雖然看起來略顯樸素，但愛子求的是能平安應付這種場合，這件衣服可以充分滿足這項條件。

董事長室位於《自由日報》大樓的最頂樓。

從窗戶可以看見松山機場的跑道，以及從地面起飛的飛機。

「這次真的很謝謝您的幫忙。」

愛子以日語答謝，深深一鞠躬。

董事長已九十多歲高齡，但依舊背板挺直，臉色紅潤。而且能用流暢的日語交談。

「得知日本的民眾這麼關心臺灣，我也很高興。臺灣有很多人都對日本有好感。從像我們這種受過日本教育的世代，到現在的年輕人都有，可說是一脈相傳。」

董事長說的每句話，都深深刻印在愛子心裡。而現在她終於清楚明白這話語的重量。沒錯。它化為肉眼看得見的形體，也就是那超過一百億日圓的高額捐款。

窗外可以看見又一架飛機消失在藍天中。

愛子並不是特別喜歡中華料理，但在臺灣的這些日子，她的想法產生很大的改變。她並不是討厭中華料理，而是以前沒吃過好吃的中華料理。

她拜訪的對象，總是設宴款待她。陸續端上桌的菜肴，她幾乎都沒見過，但嚐過之後，樣樣都是全新的發現，完全沒讓她失望。

在《連合報》，對方一樣請她吃飯。

在和她講過電話的業務經理陳元浩的陪同下，他們來到一家豪華中又不失典雅的餐廳。穿過擺設了高級沙發組的接待區後，裡頭是一間又一間的用餐包廂，包廂中央有一張十幾人座的大圓桌。圓桌上除了按照用餐人數擺放了盤子外，還放有整組的筷子、陶瓷湯匙、酒杯，以及漂亮的折成花朵形狀的白色餐巾。

等了一會兒，像是陳元浩的上司和同事一共十人左右，陸續就座。當中幾個人向愛子遞上名片，不過中文的名字看起來都很相似，愛子一個也記不住。

用餐時一律都用英語交談。

「真的很謝謝你們同意刊登廣告。各位能做出這樣的決定，我由衷感謝。」

愛子出言致謝後，眾人紛紛回應。

「這是應該的。」

「不，該感謝的人是我們。因為你們收到了臺灣人的這份心意。」

「沒錯。因為臺灣和日本是永遠的朋友。」

——永遠的朋友。

愛子聽到這句話時，發現小時候從渡邊光那裡學會那句中文，在相隔近三十年後，突然又在腦中浮現。它綻放光芒，就此脫口而出，化為言語。

「我們是朋友。我們是真正的朋友。」

很漂亮的發音。

在場的臺灣人臉上的表情，就像一時間無法理解發生何事般，但旋即明白這句話的意思，有人大聲回應道「對了！我們是真正的朋友」。

接著，陳元浩一面說「來、來、來。我們是真正的朋友」，一面高高舉起手中的酒杯。

「我們是朋友。」

「我們是朋友。」

「我們是朋友」的叫喊聲此起彼落，發出酒杯輕快的碰撞聲，眾人暢快的將杯裡的紅酒一飲而盡。

星期六上午，在代表處的文化廳舉辦「日臺交流水彩繪畫展」。

出借文化廳向來都只限平日的上班時間，但這次展覽內容的副標題是「對援助金捐款的感謝，以及祈求日本振興」，真奈找小笠原商量，看能否給予特別待遇，在假日也能舉辦，結果沒想到小笠原馬上一口答應。不過，條件是週末這兩天，真奈必須以代表處負責人的身分在現場陪同。

雖然剛過上午十點，但會場上已有幾名入場者。

約有三十件作品。稱不上多大的規模，但在花和風景的原畫中，還摻雜了一些畫有募款的情況以及加入「日本加油！」文字的畫作，增添了特別的韻味。

「山崎小姐。」

真奈觀賞掛在牆上的作品時，背後有人朝她叫喚。

是主辦團體的負責人長井。

「這位小姐說她想見您。」

長井身後站著一名頂著一頭短髮，身材嬌小的女性。真奈馬上明白，眼前此人是佐久間愛子。

數天前，真奈收到愛子寄來的郵件，說她會來臺灣。還說她很想當面道謝，但很不巧，愛子指定前來的日子，真奈無法離開展覽會場。於是真奈回信告訴愛子，如果您能來會場一趟的話，我很樂意與您見面，就此與她做好約定。

「這次真的很謝謝您。」

「不。我當時只是想，要是能對佐久間小姐您的計畫幫得上忙就好了。我覺得自己只是做了很理所當然的一件事。不過話說回來，您的勇氣和行動力，真的很令我感動。」

「謝謝您。不過坦白說，我自己也搞不太懂。」

「您的意思是……？」

「一開始我是看到有人在網路上說『為什麼裡頭沒有臺灣』。而當我思考這個問題時，開始愈想愈覺得奇怪，之後完全搞不清楚是怎麼回事。或許該說，情勢很自然的就演變成這樣的結果，等我回過神來時，已經擬定了『謝謝臺灣計畫』。……我心想，必須有某人出面做這件事才行。而我剛好就是那個『某人』吧。」

真奈在心中不斷複誦「某人」這兩個字。接著不可思議的是，她感覺到震災後一直持續的募款活動風波就此靜靜的消失，似乎即將就此告一段落。

「不過，真的很奇怪。我這次明明是來臺灣道謝，卻反過來有許多人用日語對我說謝謝。」
愛子像猛然想起似的說道。
「應該是因為您注意到他們的付出吧。」
「這是很理所當然的事啊。因為他們可是為日本募得一百億日圓呢。」
「但是，我認為在這之前，注意到他們的人並不多。」
「並不多？」
「對。」
「聽您這麼說，好像也是，在發生這次的事情之前，連我也對臺灣一無所知……」
「其實我也是。」
「咦！」
愛子一臉意外的望向真奈。
「不過我認為，只要今後能愈來愈好就行了。希望雙方一直都維持這種能互相說阿里阿多、謝謝的關係。」
「阿里阿多，謝謝是吧。」
「對。阿里阿多，謝謝。」
兩人相視而笑。

——阿里阿多，謝謝。

這聲音聽在耳裡格外舒服。

後記

計劃著手寫這本《アリガト・謝謝》的契機，是在二〇一三年的時候，聽聞日本災區的人們對台灣感到無比好奇，於是心想：倘若將同受地震之苦的台灣與日本災區串成故事，在日本發表的話，會不會引起共鳴？

然而，到了開始籌備的那一刻，才發覺這樣的題材比起當初所預想的，要來得沉重太多太多了——災區當地還有不少人只能委身居住在臨時組合屋，而心靈受到創傷未能撫平癒合的人更是不計其數。一度想放棄的我，一日醒來，靈感忽現——如果以台灣為日本三一一大地震熱心募款的過程為故事主體，讓人在閱讀的同時，心中的振奮感油然而生，豈不更好？這本小說便在這樣的想法下孕育誕生。

接下來，寫作的事前準備，根據廣泛蒐集的文獻資料，展開與相關人士的訪談工作。採訪的地區不僅於台北，還包括台中、宜蘭、花蓮等台灣的數個大小城鎮，亦曾遠赴至日本。聽他們陳述當時鮮為人知的細節，我深深地感到，或許此時此刻，是聽到這故事的最後機會。震災已經過了兩年半的時間，當事人對於那時候發生的點點滴滴，早已遺忘了大半。即使如此，他們還是為了我，重新拾起那一段段的回憶，我也將他們這些寶貴的體驗盡力蒐集記錄。

我向受訪者說明：這些故事彙集後，將寫成小說；至於小說能不能出版，則毫無把握。前者的意思是，寫成小說的出發點，並不是為了記錄，而是希望能將此段記憶流芳後世——當時的台灣人曾經伸出援手，而且日本人也曾經那樣地回報。與其以文件檔案的形式忠實記錄事實，我反倒認為借託故事的講述，更能將其留存在人們心中。我始終相信故事所潛藏的力量。這本架構於七成事實、加上三成創作的作品，期待您好好品味。而後者，是因為在採訪階段尚未有出版社表明合作意願的關係。雖然我只能以「全力以赴」這句話做為承諾，大家仍是爽快地接受訪問，知無不言，言無不盡。在此由衷地表示感謝。

此後歷經撰寫、尋找出版社等種種過程，《アリガト・謝謝》日文版終於在二〇一七年三月，由講談社在日本出版發行。從構思開始到出版已歷經約有四年，對我而言，是一段既長且短的時間。

在寫這部作品時，「通俗易懂」是我特別重視的。簡言而之，上至年長的長輩，下至小學生，甚至是自認離開書本遙遠、多年不閱讀的人，都能輕鬆一覽。我希望可以藉由輕鬆易懂的語句，讓更多人知道寫這本小說的用意。

由於日本三一一大地震的愛心捐款，日本與台灣之間的關係有了明顯的變化。許多人不時談起台日友好，彼此間的距離有大幅縮短之感。如果這本書能促使這個距離更為拉近，身為作者的我會十分高興。

還有一點，當我見到中文版的封面設計樣稿時，深感與本書主題十分切合——宛如百衲被、一片片拼湊而成的台灣，自然而然聯想起這片土地上無數的人們，捐出自己的小小心意，匯集成龐大的愛心送往災區。這正是我在這故事中想要傳達給廣大讀者們的。

最後，我要感謝時報出版的主編羅珊珊小姐、引介出版的自由時報孫梓評先生、譯者高詹燦先生，更感謝當年受訪的各界人士。是各位與我共同創造並出版這部作品，見證台日友誼。

二〇二二年　木下諄一

新人間叢書348

阿里阿多・謝謝

作　者—木下諄一
譯　者—高詹燦
執行主編—羅珊珊
校　對—吳如惠、羅珊珊、木下諄一
封面設計—兒日設計

總編輯—龔橞甄
董事長—趙政岷
出版者—時報文化出版企業股份有限公司
108019台北市和平西路三段二四〇號四樓
發行專線—（〇二）二三〇六六八四二
讀者服務專線—〇八〇〇二三一七〇五　（〇二）二三〇四七一〇三
讀者服務傳真—（〇二）二三〇四六八五八
郵撥—一九三四四七二四時報文化出版公司
信箱—10899台北華江橋郵局第九九信箱

時報悅讀網—http://www.readingtimes.com.tw
思潮線臉書—https://www.facebook.com/trendage/
法律顧問—理律法律辦公室　陳長文律師、李念祖律師
印　刷—勁達印刷有限公司
初版一刷—二〇二二年二月二十五日
定　價—新台幣四八〇元
（缺頁或破損的書，請寄回更換）

阿里阿多・謝謝／木下諄一著；高詹燦譯. -- 初版. -- 臺北市：時報文化出版企業股份有限公司, 2022.02

面；　公分

譯自：アリアト・謝謝
ISBN 978-626-335-060-1(平裝)

861.57　　111001698

ISBN 978-626-335-060-1
Printed in Taiwan